조선책방

조선책방

초판 1쇄 발행 | 2022년 3월 25일
초판 2쇄 발행 | 2022년 5월 02일

지은이 | 박래풍
펴낸이 | 박영욱
펴낸곳 | 북오션

경영지원 | 서정희
편 집 | 고은경·장정희
마케팅 | 최석진
디자인 | 민영선·임진형
SNS 마케팅 | 박현빈·박가빈

주 소 | 서울시 마포구 월드컵로 14길 62 북오션빌딩
이메일 | bookocean@naver.com
네이버포스트 | post.naver.com/bookocean
페이스북 | facebook.com/bookocean.book
인스타그램 | instagram.com/bookocean777
유튜브 | 쏠쏠TV·쏠쏠라이프TV
전 화 | 편집문의: 02-325-9172 영업문의: 02-322-6709
팩 스 | 02-3143-3964

출판신고번호 | 제2007-000107호

ISBN 978-89-6799-666-6 (03810)

Bookocean

차례

조선 최초의 민간 서점

조선책방

#1

시간은 악마의 소유물이었다. 망각을 담보로 기억을 유혹하지만, 단지 회피일 뿐이었다. 시간이 해결해 준 건 없었다. 삶을 앎으로만 바꿔놓았을 뿐. 과거는 아쉬움과 후회라는 모진 감정을 핑계로 일상을 침탈해 갔으며 헛된 상상의 부유물만을 만들어 놓았다. 습관적으로 움직이는 육체는 정신마저 지배해갔으며 더 이상의 노력 또한 사치로 여기게 만들었다. 같은 공간과 시간 속에서 매연을 뿜어대는 공회전만 계속할 뿐이었다. 선우는 가득 찬 일산화탄소에 질식될 것 같았다. 어릴 적 연탄가스를 들이킨 날엔 동치미 국물을 마시며 몽롱함을 깨우곤 했는데 지금은 소주가 그 일을 대신하고 있었다.

어제도 정확히 오후 6시에 회사를 나와 춘천에서 가장 유명하다는 닭갈비집을 찾아갔었다. 멤버는 언제나 정해진 대로 선우를 포함해 네 명. 춘천에서 태어나 이곳에서 대학을 졸업한 후 잠시 서울의 한 금융회사를 다녔다던 이 과장과 춘천 내 다른 서점에서 일하다 여기 강원문고가 오픈하며 합류하게 된 김 대리와 한 주임, 그리고 서울 대형서점에서 20년 넘게 일했지만 '출판 대박'의 헛된 꿈을 꾸다 모든 것을 잃어버린 선우, 이렇게 넷은 이틀이 멀다 하고 함께 저녁을 먹곤 했다.

춘천은 좁은 도시였다. KBS춘천총국 바로 옆에 있는 강원문고에서 30분만 걸으면 웬만한 곳은 다 도착할 수 있었다. 선우는 늘 아침 8시에 후평동 원룸 숙소를 나와 동부시장을 거쳐 약사천 천변을 따라 30분 정도 걸어서 회사로 출근했다. 무엇보다 서울과는 공기의 질이 현저히 차이가 있었다. 아무리 술에 취했던 전날이라도 일단 문 밖을 나와 몇 분 걷기 시작하면 숙취가 바로 사라졌다. 걸으며 오늘의 일 또한 머릿속에 정리할 수 있었다.

그러나 출근길 생각의 대부분은 과거의 기억을 떠올리는 것이었다. 그 기억은 '원망'과 '탓'이었다. 선우의 잘못은 너무 큰 욕심을 냈다는 것뿐, 자신에게 면죄부를 아낌없이 남발하며 스스로를 정당화시키고 있었다. 하지만 아무리 '내 탓'을 '남 탓'

으로 돌리려 해도 일정 시간이 지나면 곧 제자리로 돌아와 결국 '내 탓'으로 수긍하는 날들이 많아졌다. 선우의 과거는 달라질 수 없었고 미래 또한 추측하기 힘든 바람의 진로와도 같다는 생각을 했다.

약사천의 오리들이 꽤 많이 늘어났다. 공지천과 이어져 있어 선지 먹이는 풍부한 것 같았다. 지난 겨울엔 간혹 가다 몇 마리의 어미 오리만 보였을 뿐인데 지금은 어디서 나타났는지 몇십 마리 새끼들이 떼를 지으며 약사천을 휘젓고 다녔다. 그러다가도 발소리를 기억하는 것처럼 졸졸 공지천 앞까지 선우를 따라오기도 했다.

과거는 버려진 시간이라 생각하기로 했다. 지워질 삶이라 여기기로 했다. 떠올리지만 않는다면 그리할 수 있을 것만 같았다. 몇 번이고 이러한 다짐을 하곤 했지만 상처는 나아도 흉터는 남는 법이었던 것 같다. 삶 속에 매만져지는 아픔을 매번 외면할 수는 없었다.

선우는 따라온 오리들에게 인사를 건넸고 뒤돌아선 그들을 바라보았다. 춘천의 혹독한 겨울을 이겨낸 어미 오리를 따라 주먹만 한 새끼들이 불규칙적으로 따라붙었다.

"전하, 신 어득강! 소신이 불민하여 전하께 누가 되었사옵니다. 불충을 용서하시옵소서!"

"……."

"신은 사직하고자 합니다. 더 이상 전하의 곁을 지켜드리지 못함 또한 불충이오나 소신이 있는 한 전하에겐 누가 될 뿐이오니 부디 윤허하여 주시옵소서!"

중종 이역은 잠시 머뭇거렸지만 이내 불쾌한 듯 고개를 돌렸다.

"그리하라!"

자줏빛의 용포 안으로 그의 얼굴도 붉게 일그러지고 있었다. 몇 달간 대사간 어득강과 민간 서사(書肆, 지금의 서점) 설치에 관한 건을 얘기하며 의견을 교환하였건만 지금의 이 서늘한 반응은 의외였다.

어득강은 이미 예상한 듯 말없이 편전에서 물러났다. 벌써 술시(저녁 7시)에 접어들고 있었다. 봄바람에 밀려온 목련꽃이 흩어져 황톳길 여기저기에 누렇고 하얀 멍을 만들고 있었다. 나무 위에선 그 화려함을 자랑하듯 새하얗게 빛을 발했지만 떨어진 후에는 금세 진갈색의 쓸모없는 천덕꾸러기로 변하고 마는 것이다. 어득강은 씁쓸했다. 하지만 고향 진주로 돌아가려 한 선택에 후회는 하지 않았다. 더 이상 뜻을 굽히지 않는다면 자신뿐만 아니라 두 아들과 가문 모두 위험에 처할 수 있다는 현실을 직시한 것이다.

기남은 여전히 '초희당'에 머물러 있었다. 신시(오후 3시)부터 시작한 술판이 술시(저녁 7시)가 다 돼가는 지금까지 반나절 내내 기생 치마폭을 놓지 못하고 있었다. 자단목에 산수 문양이 새겨진 등받이를 제쳐둔 채 기생 가월의 흰 허벅지를 베개 삼아 잠까지 들 태세였다. 수와 당나라 때부터 즐겨 마셨다던 '양하대곡'의 부드러움과 독함에 정신마저 혼미해지고 말았다. 물론 가짜였을지도 모르지만. 그저 돈 많은 양반 도련님들이 명나라의 호사스러움을 흉내 내기 위한 술이었을 것이다. 목제 유등에 젖은 황금빛 창틀 너머로는 백색의 반달이 설핏 비추고 있었다. 하지만 우윳빛 달 한가운데로 네 살 위 형 기선과 자신의 얼굴이 겹쳐 보이는 것만 같았다.

"무얼 그리 골똘히 생각하나?"

잠시 진지한 표정의 기남을 재민은 궁금한 듯 물어보았다.

"응…… 아무것도 아닐세."

"그게 아닌 것 같은데, 혹 아버님 일이 걱정돼서 그런가?"

"그 일이라면 그리 염려하지 말게나."

재민의 맞은편에 앉아 연신 기생의 엉덩이를 토닥이던 유신이 말했다.

"내 궁금하여 아버님께 흘깃 여쭈어 보았네만, 워낙 전하의 신뢰가 두터워 별일 없을 거라 하셨네. 좌의정 심준 대감과도 그리

척이 있는 것도 아니고 사직 정도로 마무리될 거라 하시더군."

유신은 한성부 판윤 이만희 대감의 아들이니 그의 말은 어느 정도 신뢰할 수 있을 것이다.

"그거 잘되었네. 대사간 어르신의 일은 걱정마시고 안심하시게나!"

재민이 말을 이어갔다.

"서사의 일이 잘되면 내가 적극 힘써볼까 했는데 좀 아쉽게 됐군."

"응! 서사에 대해 생각했었다고?"

유신이 재민의 말에 의외라는 듯 물었다.

"허허. 자, 생각해보게. 서사의 확대는 꽤 이문을 얻을 수 있는 일이라네. 서책을 찾는 이는 도성 안에 넘쳐나지 않는가? 허나 이를 감당 못 하는 게 현실이지! 사실 난 기대 좀 했었네. 아쉽게 됐어. 그동안 사대부와 유생들이 서책을 구할 수 없어 얼마나 고생했나! 돈푼 깨나 있다는 이도 역관에게 웃돈을 주고 간신히 명나라 책을 구하고 있는 실정 아닌가! 그러니, 만일 서사가 늘어나 서책의 충분한 공급이 이루어진다면 꽤 재밌는 일이 벌어질 것 같지 않은가?"

역시 재민은 거간꾼의 피가 흐르고 있었다. 재민은 굳이 신분으로 따지면 기남과 유신의 틈에 낄 수 없는 중인 출신 상인의 아들이다. 하지만 그의 아버지 김태성은 조선 · 명나라 · 왜 삼국에 걸친 무역으로 조선에서 손가락 안에 드는 거상이 되었다. 조선의 홍삼을 명과 왜에 수출하였고, 왜로부터 교환된 은(銀)은 몇 배의 이윤을 붙여 조선과 명나라에 되팔 수 있었다. 하지만 신분에 한계가 있었던 김태성은 아들 재민만큼은 이를 극복할 수 있도록 어릴 적부터 고관대작의 아들들과 어울리게 하였다. 혹시 모를 훗날의 일을 대비하기 위함일 것이다. 당연 오늘 기방의 술값도 재민이 낼 것이다.

재민은 계속 말을 이어갔다.

"자네들은 서책을 어떻게 생각하나."

"……."

"어떻게 생각하다니? 무얼 말인가."

기남과 유신은 무슨 뜻인지 어리둥절했다.

"서책은 그저 서책일 뿐 아닌가? 주자께서 정리한 《논어》와 《맹자》, 《대학》, 《중용》 등 성인들의 가르침, 《시 · 서 · 역경》의 고전, 더해서 《춘추》와 《예기》 등을 일컫……."

"됐네, 됐어."

유신의 말이 답답한 듯 재민이 가로챘다.

"누가 대감댁 도련님 아니랄까 봐……. 그건 과거 시험에서나 나오는 이야기고."

"과거 시험에서나? 그럼, 그런 서책 말고 또 무얼 말하는 건가?"

자세를 고쳐 앉은 기남이 물었다.

"자네들이 말하는 사서삼경 말고 저잣거리 매설가(賣說家, 이야기를 팔아 먹고사는 사람)의 이야기를 서책으로 만들면 어떨 것 같은가?"

"에이, 시정잡배들의 저급한 이야기를 어찌 책으로 만든단 말인가?"

유신은 얼토당토않다면 꾸짖듯 말하였다.

"자네 혹시 《창선감의록》이라고 들어보았는가?"

재민이 황급히 손사래를 치며 말했다.

"《창선감의록》? 처음 듣는 것이네. 서책 제목인가?"

기남이 관심 있듯 재촉하였다.

"그렇다네. 임금의 총애를 얻기 위한 권력 다툼과 가족 간의 갈등, 남녀의 연모 등 근래 뭇 아낙네들에게 최고의 인기를 얻고 있는 잡담집이라네."

"뭐라! 어찌 조신해야 할 규수들이 그 한낱 잡문에 목멘다 말인가? 그것도 임금님의 주변을 놓으로 삼아! 내 아버님께 말씀드려 이것들을 당장 요절내야겠네."

"어허…… 이 사람아, 뭐 그리 할 필요까지 있겠는가. 그러다 말 걸세. 매설꾼들의 이야기에 잠시 여흥을 즐기는 것인데 그리 책망할 필요까진 없을 듯하네."

다소 흥분한 유신을 기남이 웃으며 가라앉으려 하였다.

"괜히 말했나…… 이거. 내가 책임지고 성안의 모든 매설꾼들의 입과 손을 봉해 놓을 테니 판윤 대감께는 비밀로 해 주게. 하하. 자…… 이젠 그만 일어나지 않겠는가? 이러다 늦으면 순라군에게 잡혀 볼기를 맞을 수도 있겠네그려."

재민은 재미로 한 말에 유신이 민감하게 반응하자 자칫 휘하에 있는 장사치들에게 화를 미칠까 서둘러 자리를 마치고자 하였다.

"그러세, 조금 있으면 통금 시각이 될 것 같네."

기남도 서둘러 자리를 끝내는 것이 좋다고 생각했는지 재민의 말에 바로 맞장구를 쳤다.

불콰했던 얼굴이 어느 정도 돌아온 듯한 느낌이었다. 초선당이 있는 수표교에서 서촌 집까지는 족히 반 시진 정도는 걸릴 것이다. 방금 전에 있었던 재민과 유신의 이야기는 쉽게 잊혔고 기남의 머리는 온통 형 기선에 대한 생각뿐이었다. 기선과 기남은 같은 형제라고 믿기 어려울 정도로 달랐다. 형 기선은 성균관 유생 출신의 홍문관 수찬으로 가문의 명예를 이어가고 있는 반면 기남은 형의 그늘에 가려진 채 늘 비교에 대상이 되었다.

어쩌면, 기선에 대한 열등감이 기남 스스로 자신을 소외시키고 있는지도 몰랐다.

길게 늘어선 사랑채와 처마의 웅장함을 볼 때마다 이곳은 자신이 있어야 할 집이 아닌 것 같았다. 십여 명의 달하는 하인들과 천 섬은 족히 나올 전답은 호식하며 일생을 보낼 수 있는 재산이었다. 가문의 유지는 형 기선에게 맡기고 자신은 한량의 삶을 살기로 마음먹은 후부터 기남은 모든 일에 흥미를 잃어가고 있었다. 반만 채워진 달빛은 그것만으로 밝았으며 어둠으로부터 보호받기에도 충분하다고 생각했다.

기남이 권세에 욕심이 없는 점은 아버지 어득강을 꼭 빼닮았다. 수차례의 사직을 반복하며 중앙에서 지방을 오가며 관직 생활을 이어온 그는 이번이 마지막이라 생각하고 대사간을 맡은 것이었다. 사실 지금의 이 호사스러움도 한사코 마다하던 어득강이 돌아오자 중종이 친히 하사한 것이었다. 그렇지 않았다면 가족 모두 몰락한 양반의 행색을 벗어날 수 없었을 것이다.

여느 때처럼, 몽롱한 기분에 어둑한 자신의 방으로 향하던 기남은 뜰 한 켠에 꼿꼿이 선 대나무처럼 자신을 발견한 아버님과 마주쳤다. 흠칫 놀란 마음에 급히 어득강 앞으로 걸음을 재촉했다.

"이제 들어오느냐. 많이 늦었구나?"

깊은 밤이 되었지만 어득강은 잠들지 않은 채 쌀알만 한 마지막 목련꽃 몽우리를 바라보며 기남을 기다린 것이다.

"송구하옵니다. 소자 이제 들어왔습니다. 오늘 입궁하신 일은 어떻게 되셨습니까?"

기남은 어득강이 무사하다는 것을 이미 알고 있었지만 예의상 물어보았다.

"난, 진주로 돌아가마. 너와 기선은 이곳 한성에 남아도 상관치 않으마."

짐작한 대로였다. 어득강은 틈만 나면 낙향하고자 하였다. 그곳에서 글을 쓰며 편히 생을 마감하고 싶다고 늘 말해 왔었다.

"다만, 네게 한 가지 부탁이 있구나."

"네, 소자께 어떤…… 아버님."

"네가 관직에 뜻이 없다는 것은 이 아비도 잘 알고 있다."

"송구합니다."

"아무리 출사의 뜻은 없다 해도 엄연한 선비의 삶을 자청한다면 과거만은 치르면 좋겠구나. 마침 얼마 안 있어 별시(別試, 임시 과거 시험)가 있을 것 같구나. 급제에 연연하지 말고, 서책과 가까이하는 네 모습을 볼 수 있으면 좋겠다."

따지고 보면 기남이 처음부터 글공부를 게을리한 것은 아니었다. 어떤 면에서는 형 기선보다 명석한 머리를 갖고 있었는지도 모른다.

어득강은 기묘사화 때 조광조의 구명에 힘썼다는 이유로 강릉에 유배된 적이 있었다. 다행히 조광조의 유파가 아닌 학자로서의 구명 활동이 참작되어 일 년여 만에 조정에 다시 복귀할 수 있었다. 하지만 그 이전에도 두세 차례 크고 작은 옥고 생활을 경험한 그였다. 아무 탈 없이 수십 년간 묵묵히 조정에서 일한다는 것은 거의 불가능에 가까운 일일지도 모른다.

기남은 아버지의 이런 모습을 지켜보며 일찍부터 관료로서의 삶에 등 돌리게 되었던 것이다. 사건의 크고 작음을 떠나 서로 치열히 뺏고 빼앗기는 과정을 보며 자연스럽게 권력의 무상함을 터득했다. 그 때문인지 글공부 또한 자연스럽게 멀어지게 되었다.

그러나 지금 아버님의 말씀은 마치 유언과도 같이 들렸다. 그동안 방탕한 자신의 모습에 어떠한 꾸지람도 없었기에 차마 거스를 수 없는 위엄마저 느껴졌다.

"……."

"왜 말이 없느냐?"

"네, 알겠습니다. 소자 늦었지만 아버님의 뜻을 따르겠습니다."

"그래, 고맙다. 어서 들어가 쉬어라."

"네, 아버님."

도포 자락엔 아직 기방 초희당의 기생 가월의 분꽃 향이 사라지지 않았다. 쪽빛 침구 위로 몸을 던지며 스르르 눈을 감았지만 숨이 턱 막혀왔다. 족히 반년 이상은 초희당에 갈 수 없다는 생각이 먼저 들었다. 벌써부터 초췌해지는 듯했다. 가월의 미소를 인내할 수 있을까? 덜컥 쓸쓸함이 엄습해 왔다. 그러나 분명 가월이 그리워서만은 아닐 것이다.

어쩜 오늘 밤, 아니 오래전부터 그랬듯이 언제까지 기방을 들락거리며 세월을 낭비할 수만은 없다고 생각했었다. 아버지 어득강의 말대로 구태여 관직을 맡지 않더라도 언젠가 한 번은 과거를 치러야만 했다. 양반으로서의 당연지사가 아닌 기남 자신에 대한 시험이기도 했기 때문이다. 한동안 서책을 멀리하였지만 20여 년 쌓아온 기남의 학문 수준이라면 몇 개월만의 공부로도 급제 정도는 가능할 수 있을 것이다.

외갓집이 있는 춘천으로 가기로 마음먹었다. 그곳이라면 얼마 동안은 딴생각 없이 글공부에 매진할 수 있을 것만 같았다. 흔들리기 전에 동이 트면 당장 떠나야겠다고 생각했다. 과거 시험 소식이 들릴 때면 늘 이러한 결심을 했었지만 이내 사그라들고 말았으나 오늘 밤 처음이자 마지막일지도 모르는 어득강의 말에 기남은, 왠지 굳은 의지를 다져야만 해야 할 것 같았다.

반쯤 쪼개진 구름 사이로 달빛이 간신히 비집고 나와 기남의 한 편을 비추었다.

3월 말이지만, 여전히 쌀쌀한 날씨였다. 24년 전 2월 어느 날 대학 동기 중 처음으로 입대한 효택을 따라 춘천 102 보충대에 왔을 땐, 정말 딴 나라인가 싶었다. 주변이 온통 흰 눈으로 덮여 있었고 살얼음같이 날쌔고 쨍쨍한 바람은 흡사 만주 벌판이 이렇지 않을까 상상하게 만드는 곳이었다. 효택을 보내고 정확히 일주일 후 선우에게도 입영 통지서가 날라 왔다. 아뿔싸! 102 보충대로 오란다. '세상엔 우연이란 것은 없구나!'라는 생각이 들었다. 보이진 않지만 분명 일상을 연결해 주는 희미한 무엇인가가 존재한다는 느낌이 들었다.

제대 후 다시는 오지 않겠다고 다짐하던 이곳에 머문 지 벌써

2년 하고 2개월이 지나고 있었다. 화려했던 종로 대형서점에서의 생활을 접고 쫓기다시피 찾아온 곳이지만 나름 재미를 붙이고 있는 중이었다.

28만 인구의 비교적 작은 도시지만 서울 못지않게 할 일도 많았다. 수시로 관공서 도서 납품을 책임져야 했고 시내버스 정류장마다 설치된 120여 곳의 무료 대여용 중고책 책장도 점검해야 했다. 무엇보다 4만여 명 가까이 되는 대학생들이 상주하고 있었지만 그들에게 주어진 문화 공간은 턱없이 부족했기에 선우가 일하는 서점은 늘 젊은 친구들로 붐볐다. 서점 시설 또한 여느 지방 서점에 비해 월등히 좋았다. 어쩜 요즘 오픈하고 있는 대형서점 체인점보다 나은 점도 많았다. 곳곳마다 앤디 워홀과 클로드 모네의 진품이 걸려 있었으며 우리나라 최초의 여성화가 나혜석의 그림과 심지어 박수근 화백의 진품 그림까지 전시되어 있었다. 책뿐만 아니라 값비싼 미술품도 무료로 관람할 수 있는 곳이었다.

선우는 오늘, 화천과 철원 경계에 위치한 군부대로 도서 납품을 가야 했다. 무려 열다섯 군데를 들러야 한다. 나라장터를 통해 입찰한 결과 운 좋게 강원책방이 뽑힌 것이다. 요즘 공공도서관 납품은 정말 깨끗해졌다. 모든 것이 온라인을 통해 공정하게 이루어지는 것 같았다. 사단 본부에서 지정한 예하 부대로 직접 배달해 주는 일이다. 온통 산으로 둘러싸인 민간인 출입 통제 구역 내의 군부대를 직접 찾아가야 한다. 그나마 다행인 건 선우가 30개월 동안 군 생활을 한 부대였기에 대략적인 위치 정도는 기억하고 있다는 점이었다. 물론 20여 년이 흘러 많이 변했겠지만 민간인 통제 지역이기 때문에 도로 정도만 정비되었을 거라는 막연한 추측을 했다.

예상은 거의 맞았다. 춘천댐을 지나 사창리를 거쳐 22년 만에 찾아온 봉오리 신병교육대 앞 삼거리는 아스팔트 도로가 깔리고 건물이 신축되었을 뿐 예전 그대로의 모습이었다.

"김 대리, 여기서 밥부터 먹고 갈까? 더 안으로 들어가면 부대 말고 아무것도 없을 것 같은데."

"그래요? 좀 이르긴 해도…… 그럼 먹고 가요."

둘은 봉오리 삼거리에 있는 허루한 식당 안으로 들어갔다. 연희가 으레 메뉴판을 뒤졌지만 들어오기 전부터 정해진 듯 선우는 별 고민 없이 바로 주문했다.

"김치찌개나 먹자."

"그래요. 근데 점장님은 이 근처 다 기억나요?"

김 대리는 열다섯 곳을 다 찾아갈 수 있는지 의심스럽다는 듯 물었다.

"글쎄, 몇몇 건물들만 제외하면 길은 그대로인 것 같은데? 에이, 못 찾으면 민박이라도 해서 내일 오전까지 끝내지 뭐!"

"민박이요? 이런 산골에 그런 곳이 있을까나……."

"그럼, 면회 오는 가족들을 위해 여러 곳 있지. 여기는 좀 뜸해도, 저 건너편 쪽으로 10분 정도 가면 육단리라는 곳이 있는데 거기는 좀 괜찮을 거야."

사실 서점에서 출발하기 전 지도 앱을 통해 납품할 곳의 위치를 찾아보았지만 헛수고였다. 휴전선 접경 지역이라 제한이 있는 듯했다. 심지어 내비게이션도 부정확했다. 첫 번째 배달지가 9782 포병 부대였는데 알려준 곳과 전혀 달랐다.

"그래도, 집에 가서 자고 싶은데……."

"나도 그러길 바래……."

김 대리는 춘천에서만 6년 동안 서점 일을 해왔다. 서점 오픈을 위해 직원 면접을 보던 중 잘됐다 싶어 바로 채용했다. 아니 채용보다는 모셔왔다는 표현이 더 맞는지도 모른다. 산업디자인을 전공해서 POP와 디자인 작업을 도맡아 왔는데 대형 서점 홍보팀보다 나은 세련된 분위기를 연출했다. 오늘은 굳이 오지 않아도 되는 길을 사무실에만 있으면 나른해진다며 따라왔다. 혼자 가는 것보다는 괜찮고 심심하지 않을 것 같아 선우는 흔쾌히 동의했던 것이다.

"자, 식사하세요. 어디서 왔어요? 면회 온 것 같지는 않구."

팔팔 끓고 있는 2인용 찌개를 불안히 내려놓으며 식당 주인인 듯한 여성이 물어왔다.

"아…… 춘천에서 왔어요. 군부대에 도서 납품이 있어서요."

김 대리가 삐뚤게 놓인 냄비를 이리저리 자리 잡으며 대답했다.

"참, 사장님! 여기 9782 포병 부대가 어디 있는지 아세요?"

김 대리는 이때가 기회였다 싶었는지 처음부터 헤맨 부대 위치를 물어봤다.

"9782? 그건 모르겠고. 저 위 신교대 못 미쳐 포대가 두 군데 정도 있긴 한데…… 아, 맞다. 조금 있으면 군인 몇 명이 점심 먹으러 올 테니 그때 물어보셔."

"신교대? 뭐예요?"

"어, 신병교육대."

"신병은 논산인가 거기서 훈련받는 거 아니에요?"

"경우에 따라 사단에서 따로 신병을 교육하는 곳도 있어. 주로 강원도 지역 부대들."

"그럼, 점장님도 거기서 훈련받았어요?"

"그랬지. 말도 마! 3월 14일인가 입대했는데 신병 교육받다 5월에 귀에 동상이 걸려 꽤 고생했지."

"에이, 그 정도까진 아니지요. 5월에 무슨 동상. 나도 30년을 강원도에서 살았어요."

"거짓말 아닌데. 아침 저녁으로 개울가에서 세수하고 목욕도 하면 그리 돼. 밥 먹은 식기도 거기서 닦았어. 그래, 요 앞에 흐르는 물이 신교대를 거쳐 오는 그 개울일걸?"

"왜, 뭐야 그 식수대, 그런 게 있었을 거 아니에요?"

"있었지. 하지만 좁기도 했고 또 그리하는 것도 훈련이라 생각했나 봐! 빨랫비누와 나뭇잎으로 기름진 붉은색 플라스틱 식기를 닦다 보면…… 어휴……."

연거푸 찌개 국물을 떠먹으며 잡다한 얘기를 나누던 중 대위와 상사 각각 두 명이 들어왔다.

"어머니! 여기 비빔밥 둘, 된장 둘이요!"

"천 상사님, 고생하셨어요."

"네, 오후에는 사단에 연락해서 자재 좀 부탁해야겠어요. 이게 몇 번째인지 모르겠네요."

"그러게요, 왜 그 길만 그렇게 무너지는지…… 이 차에 철근을 사용해서 단단히 고정하시죠."

"네, 오늘은 임시 땜빵했으니 자재 오는 대로 다시 하겠습니다."

대위 한 명과 천 상사란 양반은 오전에 도로 정비 작업이라도 한 모양이었다.

"근데, 이 대위님. 방금 작업한 그 길, 얘기 들으셨어요?"

또 다른 상사가 맞은편 대위에게 물었다.

"무슨 얘기요?"

"거기가 원래 삼청교육대 터였잖아요. 매번 무너진 그 도로 말이에요. 거기서 유골이 나온 적이 있었대요?"

"그래요! 언제요?"

"한 4~5년 전이었죠. 그 후로 비가 오거나 요즘처럼 해빙기가 되면 유독 그곳만 유실된다네요. 아직 발굴되지 못한 유골이 자기를 꺼내달라는 소리라나 뭐라나……."

"홍 상사님, 얼른 장가가셔야겠어요. 집에 들어가도 할 일이 없으니 매일 술 먹고 이상한 말만 듣고 다니시네!"

"아니에요, 중대장님. 잘 생각해보세요. 한두 번도 아니고 늘 같은 장소만 무너진다는 게……."

"아, 네. 알겠습니다. 그건 작업 일지엔 안 쓰실 거죠? 하하."

어느 군부대나 나름 납량특집 썰은 있기 마련이다. 이들도 그 얘길 나누고 있는 듯했다.

"저, 죄송한데요. 저희는 춘천에 있는 강원문고에서 왔는데, 오늘 부대별로 납품을 가야 하거든요. 헌데 어떻게 가야 할지 잘 몰라서요. 괜찮으시다면 길 좀 물어봐도 될까요?”

역시 센스쟁이 김 대리였다. 납품 부대 리스트를 가장 젠틀해 보이는 이 대위라는 중대장에게 물어보는 중이었다.

“아, 강원문고요. 거기 분위기 좋던데요. 애들 대리고 한 번 갔었는데 너무 괜찮았어요. 빵도 맛있고. 이번엔 유명한 카레 집도 열었다면서요. 거기서 오셨구나. 그렇다면 당연히 도와드려야죠, 자, 한번 볼까요.”

급 칭찬에 화색이 된 김 대리는 선뜻 리스트를 건네주었다.

“와, 뭐 이렇게 많아요. 하나 둘 셋 네엣…… 열다섯 곳이나 되네!”

“어디 봐요. 이걸 언제 다 돌아다녀. 오늘 중으로 힘들 것 같은데요.”

옆에 앉은 홍 상사가 거들었다.

“많기는 하지만 위병소에만 전달하면 돼서 코스만 잘 잡으면 가능할 것 같아요. 중고개 · 말고개 · 마현리 · 육단리 · 수피령 이렇게 갈까 하는데요?”

선우가 끼어들었다.

“길을 잘 아시네요.”

“점장님이 20여 년 전 여기서 군 생활하셨대요.”

천 상사의 말에 김 대리가 대답했다.

"아 그러시군요! 우리 선배님이시네요. 근데 중고개는 아직 1시간 정도 더 마무리 작업을 해야 해서…… 반대로 시계 방향으로 도시죠!"

"그래요, 수피령으로 해서 중고개 쪽으로 넘어오세요. 그쯤 되면 공사도 다 끝날 테니. 이쪽으로 명단 줘 보세요. 제가 부대별로 대략적인 약도 그려드릴게요. 잠깐 보니 군데군데 모여 있는 것 같기도 하던데요."

천 상사와 맞은편에 있던 정 대위가 납품처 리스트를 받았다.

"감사합니다!"

김 대리 덕분에 일은 훨씬 수월해진 것 같았다. 맛있는 점심을 먹고 300원짜리 자판기 커피도 한 잔씩 하는 여유도 부릴 수 있었다.

그들이 그려준 대로 선우와 김 대리는 수피령 쪽으로 향했다. 중간중간 부대 위병소에 책을 전달하며 육단리를 거쳐 민간인 출입 통제 구간인 마현리로 들어섰다. 바로 남쪽에는 1,175m의 대성산, 동쪽으로는 1,071m의 적근산이 있고 북쪽으로 북한의 1,062m 오성산에 둘러싸인 마을이다. 모두 높은 산들이지만 코앞의 앞산처럼 손에 잡힐 듯 가까운 곳에 위치하고 있다. 특히 대성산은 북쪽으로 거대한 스키장을 보듯 완만한 곡선으로 뻗어 있었다. 하늘에서 넓은 치마를 펼쳐놓은 듯 여러 골을 만들며 아래로 흘러내리고 있다. 치마 끝자락에 듬성듬성 몇 채의 집들이 자리 잡고 있었으며 흰 고무신을 신은 것처럼 무채색의 비닐하우스가 그 아래로 나열되어 있었다. 모두 민통선 안에 사는 이들의 것이다.

"김 대리, 저 건너편 산등성이 보이지?"

"요 앞 꼭대기요? 무슨 큰 간판 같은 것도 있는데요?"

"응, 거기가 철책선이야!"

"엥? 그럼 지금 우리는 철책선 바로 앞 도로를 달리는 중이에요?"

"그렇지, 저 큰 간판은 대북 방송용 확성기인 것 같은데. 요즘은 사용하지 않는다고 들은 것 같아……."

"실제 휴전선 모습도 보고 싶다."

"처음 보면 조금은 무서울걸? 하지만 익숙해지면 아침, 특히 눈 온 날 아침의 철책은 정말 눈부시지. 날카로운 철책 끝으로 수만 송이 눈꽃도 피고. 그렸다 지웠다 변덕스러운 안갯속으로 갈빛의 억새가 빼꼼히 흔들리면…… 참 아름다운 풍경이었는데……."

"아…… 더 궁금한데요."

"저긴가 보다. 다음이 수색대대였지? 강산이 두 번 변했는데도 그 자리 그대로 있네."

"이제 여기만 하면 두 군데밖에 안 남았어요! 아까 그 신교대인가 하고 포병부대, 두 군데요."

"잘하면 6시 안에 춘천에 도착할 수 있겠는걸. 축하해, 연장근무는 없을 것 같아."

"끝나면 저녁 사주시는 거죠?"

"나 돈 없어. 하지만…… 법카는 있지! 뭐 먹을까? 1.5에 가자. 나 같은 서울 촌놈은 그 집 닭갈비가 제일 맛있던데."

"맛있긴 한데, 자리가 있을지 모르겠네요."

"있다가 한 주임한테 전화해 줘. 미리 가서 줄 서고 있으라고……. 자, 내리지. 책은 내가 들게 김 대리 납품서 좀."

"네!"

1년 조금 넘은 신차급의 스타렉스는 말고개 정상을 지나 중고개 쪽으로 향했다. 말고개는 옛날부터 금화와 화천을 연결해주는 긴요한 길목이었고 중고개는 지금은 사라졌지만 유명한 사찰이 있어 절골이라고도 불리는 곳이다. 중고개 정상 부근에서는 동로(東路)를 통해 대성산으로 올라갈 수도 있었다.

중고개는 매우 가팔랐다. 엔진 브레이크를 사용하여 시속 15km 이하로 서서히 내려갔다. 중간 조금 넘게 내려오자 김 대리가 손가락으로 가리키며 말했다.

"저기가 아까 그 공사했다는 곳인가 보네요?"

"그런가?"

30m 앞에 산재된 돌덩이와 흐트러진 망치, 각목, 톱, 시멘트 포대가 보였다. 선우는 의아한 생각이 들었다.

'작업 후 정리정돈이 생명인 군대에서 이리 마무리가 허투루 인가?'

황색의 노을과 회색의 콘크리트 빛이 섞인 조각난 시멘트 파편이 시야를 불편하게 했고 툭툭 거리며 타이어에 튕겨 나갔다. 긴장한 선우는 조금 더 천천히 내려가기로 했다.

"으응악!"

김 대리가 튕기는 돌 소리에 깜짝 놀라 소리쳤다. 생각보다 심각한 상황이었다. 분명 임시 공사를 했다고 그랬는데 그런 모양새는 어디에서도 찾아볼 수 없었다. 마치 재개발 철거 중인 공사판을 30도로 꺾어 눈앞에 펼쳐놓은 듯했다. 잠시 차를 멈췄다. 차에서 내려 앞을 걸어보기로 했다. 채 4m도 안 될 것 같은 도로 폭이었지만 지프차 두 대는 지날 갈 수 있을 것 같았다. 하지만 낭떠러지 쪽으로 팬 웅덩이로 인해 산기슭 안쪽으로 바짝 붙여 운전해야 할 것 같았다.

"어휴, 뭐 이래. 어째 오늘 일이 잘 풀린다 했다."

운전석에 다시 앉은 선우가 투덜거리며 말했다.

"운전하기 어려울 것 같아요?"

김 대리의 걱정스러운 말과 눈빛에는 살짝 공포심을 젖어 있었다.

"해 볼만은 해! 25년 무사고 모범 운전자 아니겠어?"

선우는 말은 그렇게 했지만 살짝 겁도 났다. 자칫 한쪽으로 치우치면 배수로로 빠져 전복될 수도 있을 것이다. 작은 숨을 토하고 운전대를 잡았다.

기어를 1단에 놓고 브레이크를 살짝 밟으며 더 천천히 내려갔다. 창을 열어 삼각뿔 모양으로 깎인 웅덩이를 살피며 앞바퀴를 굴렸다. 크르륵 크르륵 자잘한 돌들이 차저에 부딪히며 소리가 났고 김 대리는 연신 반대쪽 배수로를 보며 "OK! OK!"를 외쳤다. 조각난 길을 반쯤 넘어오자 다소 안정된 숨을 내쉴 수 있었다. 선우는 좀 더 서둘러 내려가고자 브레이크에서 발을 떼었다. 그 순간이었다.

쿠우쿵 쾅!

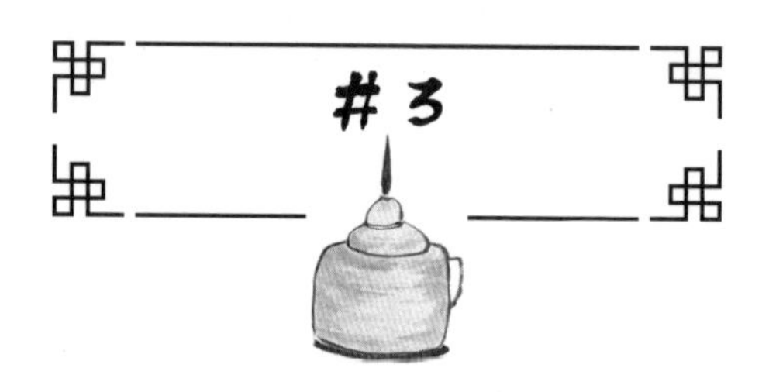

기남이 춘천이 온 지 보름이 다 되어 갔다. 그런대로 과거 시험공부에 집중할 수 있어 멀리 이곳까지 온 것에 만족스러웠다.

외조모님 댁은 단출했다. 외조모님은 슬하에 아들 없이 기남의 어머니와 동생, 두 명의 자매만 두셔서 늘 서운해하셨다. 기남의 외할머니는 아들을 얻기 위해 돌아가신 외조부께 첩을 들이라는 둥 그것도 싫으면 다른 방법을 찾아서라도 대를 잇자며 다그치셨고 그 모든 것이 자신의 잘못인 양 아들을 얻을 수만 있다면 안방 자리도 내줄 것만 같았다. 하지만 외조부 이 진사는 끝내 외조모 홍 씨의 말을 듣지 않았다. 이 진사가 죽자 홍 씨는 지극 정성으로 제를 올리고 김화 못 미친 곳의 용화사라는 유명한 사찰에 위패를 모셨다. 말을 하지는 않았으나 자신의 처지를 어여삐 봐준 이 진사에 대한 애틋한 마음이었을 것이다.

"기남아, 할미는 용화사에 좀 다녀와야겠다. 혹 필요한 것이 있으면 석봉 아비에게 말하거라!"

"네, 할머님. 또 혼자 다녀오시려 합니까? 소자가 모시고 가겠습니다. 함께 가시지요."

"아니다. 너는 글공부나 힘쓰거라! 그리고 나 혼자 가야 한다. 그래야 마음이 편하다. 기력이 있을 때까지는 이리 하고 싶구나!"

홍 씨는 정성이라 믿었다. 먼저 간 남편에 대한 정성. 이 진사는 행복한 사람임에 틀림없었을 것이다. 죽은 후에도 이리 성심을 다해 아내가 보살펴 준다는 건 생전에는 더 많은 배려를 받았을 테니. 부부는 배려가 사라지면 금세 허물어지고 마는 사이가 된다. 사랑을 확인하기까지는 너무 많은 시간이 필요하지만 그것이 무너지기까지는 그리 오래 걸리지도 않는다. 분명 홍 씨 부인과 이 진사는 행복한 부부였을 것이다.

"그럼…… 조심히 다녀오십시오."

아무리 가마를 타고 간다지만 협소한 계곡에서는 걸어야만 했기에 일흔이 가까이 된 그녀에겐 고된 길이였다. 하지만, 홍 씨의 용화사 가는 길은 단순히 죽은 남편의 제만을 기리는 발걸음은 아니었다. 일 년에 두 차례 정도 용화사를 찾아 죽은 이 진사와 기남의 어머니인 이 씨 부인의 혼도 기리며 70년 가까이 살아온 그녀의 삶을 평온하게 되돌아보는 시간을 가질 수 있었다. 얼마 남지 않은 자신의 삶을 반추해 보는 소중한 일정이었다.

용화사는 깊은 내륙에 위치해 있어 쉽게 찾아올 수 없는 절이었다. 언제 지어졌는지 정확히 알 수는 없으나 떠도는 말에 의하면 후삼국 시대 궁예가 철원으로 천도하며 천년을 이어갈 나라를 기원하며 축조했다고 전해진다. 이후 궁예가 죽자 그의 환생을 믿었던 몇몇 승려들이 모여 예불을 올렸다 한다. 물론 그런 일은 일어나지 않았지만 그 이후로도 내세에 대해 믿음이 강한 사람들이 소문을 듣고 찾아와 위패를 모시고 정기적으로 예불을 드리곤 했는데 홍 씨 부인도 그중 한 명이었다.

"도련님! 도련님!"

적막한 오전을 깨트리는 날카로운 목소리였다. 석봉 아비가 급한 일이 있는 듯 시끄럽게 기남을 찾았다.

"무슨 일이냐? 왜 이리 호들갑이냐?"

"큰일났습니다. 큰 마님께서 발목을 겹질려 오도 가도 못하고 계시답니다."

"뭐라고!"

"그래, 지금 어디쯤 계신다고 하더냐?"

당황한 기남은 신발부터 찾았다. 바로 달려갈 심산이었다.

"급한 대로 분이네가 먼저 와서 곽 의원을 데리고 지암리 쪽으로 출발했습니다."

지암리라면 여기서 한 시간 남짓 걸리는 곳이었다.

"지암리라 했느냐? 어서 출발하자."

불행 중 다행이라 할 수 있나? 그나마 멀리 가지는 못한 것 같았다. 기남은 지체하지 않고 출발했다.

반 시진쯤 거의 달리다시피 재촉하여 온 기남의 눈에 홍 씨의 가마가 보였다. 먼저 도착한 분이네와 사우골 곽 의원의 모습이 보였다. 분명 좁은 산길을 걸어가다 미끄러졌을 것이다. 더 이상 갈 수 없다고 생각하고 분이네를 먼저 보내 곽 의원을 데려왔을 것이고…….

"할머니! 어떠세요? 가마 타시는데 무리는 없나요?"

"어…… 기남이도 왔구나. 괜한 걱정을 끼쳐 미안하구나. 아침나절이라 그런지 돌이 아직 덜 말랐구나……."

"발목 말고는 다른 곳은 어떠한가? 곽 의원!"

"우선 침을 놓아드렸습니다. 며칠 고생하시면 보름 후에는 괜찮으실 겁니다. 넘어지실 때 짚은 손바닥이 조금 까진 것 말고는 별다른 외상은 없는 것 같습니다. 그나마 다행입니다."

"그런가? 다행이군. 며칠 잘 부탁드리네."

"예, 도련님."

기남은 곽 의원에게 할머니의 상태를 확인하고 다시 집을 향하려 했다. 그때 홍 씨 부인이 기남을 불러 세웠다.

"기남아!"

"예, 할머님."

"……."

"무슨 말씀이라도…… 뭐 불편한 것이라도 있으신가요?"

"기남아, 할미가 부탁 좀 해도 되겠느냐?"

"그럼요, 무슨 일이지요?"

"내 대신 네가 용화사에 다녀오면 해서 말이다."

"……."

"할아버님과 네 어미를 보고 오면 안 되겠냐? 그냥 지나치자니 마음이 영 개운하지 않구나……."

"소자가 용화사를 다녀오는 것은 그리 어렵지 않은 일이나 그 사이 할머님이…… 괜찮으시겠어요?"

"물론, 할미 걱정은 안 해도 된다. 오히려 직접 가지 못하는 것에 더 신경 쓰이는구나!"

기남은 홍 씨 부인의 부탁으로 바로 용화사로 향했다. 족히 하루는 가야 하는 거리였다. 바삐 재촉한 덕분에 기남은 해가

지기 전에 간신히 용화사에 도착했다. 도착한 후 주지 스님인 선종 스님에게 할머님의 일을 설명하고 곧바로 잠을 청했다. 종일 걸어서인지 피곤에 젖은 몸은 깊은 잠을 잘 수 있었다. 새벽녘에 눈은 뜬 기남은 잠시 서책을 보고 선종 스님을 만났다. 아침을 취하고 공양물을 전달하고 이 진사와 어머님의 위패에 예를 갖춘 후 바로 춘천으로 떠난다고 말했다.

"스님, 뵙자마자 떠나게 되어 죄송합니다."

"별말씀을요. 마님께는 몸조리 잘 부탁드리겠습니다."

"네. 그리하겠습니다. 그럼 이만."

"참, 가시는 길에 혹 낯선 차림의 사람들과 마주치게 되면 잘 보살펴 주십시오. 특별한 연이 있어 도련님께도 큰 도움을 줄 이들입니다. 허허."

"아, 네에…… 낯선 차림이요?"

기남은 듣는 둥 마는 둥 예의 대답을 했다. 이 깊은 산속에서 만날 것이라곤 산짐승과 도적떼뿐 만이 더 있겠는가? 그래도 기남은 혹시라도 하는 마음에 도적떼를 경계하며 빽빽이 들어찬 나무들 사이를 유심히 보며 내려갔다.

"으으……."

정신이 몽롱했다. 놀이공원 자이로스윙을 타다 땅바닥에 던

져진 것처럼 멍한 공간을 허우적거리다 잠시 어지러움을 겪었고 무언가 번쩍이던 불빛에 정신을 잃었다. 아마 땅에 처박힐 때의 충격이었을 것이다. 팔꿈치 부근에 가벼운 찰과상만 입었고 몸은 의외로 멀쩡했다. 새 차의 짐칸이 거의 반파될 정도로 나뒹굴었는데 그것에 비하면 기적과도 같은 일이었다. 우선 움직일 수 있는지 확인하고 바로 김 대리부터 흔들어 깨웠다.

"김 대리! 정신 차려. 이봐, 김 대리!"

별 반응이 없자 선우는 김 대리의 가슴에 귀를 대고 심장 소리를 확인해 보았다. 다행히 콩당콩당 작지만 분명 살아있는 숨소리를 들을 수 있었다. 바로 스마트폰을 집어 들고 119를 눌렀다. 하지만 스마트폰은 말을 듣지 않았다. 몇 번이고 시도했지만 연결할 수 없었다. 스마트폰을 자세히 보니 통화권을 벗어나 있었다. 이상한 일이었다. 방금 전만 해도 인터넷 검색이 가능했었는데…… 선우는 우선 김 대리부터 깨우기로 했다. 차 안에서 벗어나 평평한 수풀 위에 눕혔다.

"김 대리! 정신 차려 봐! 김 대리…… 야, 김연희!"

선우는 김 대리의 얼굴을 흔들며 힘껏 소리 질렀다.

"김연희 대리! 김연희! 연희야!"

"연희야! 연희야!"

용화사를 나설 때보다 자못 긴장이 풀린 기남은 평상시의 걸음으로 산길을 내려오고 있었다. 그러던 그에게 어디선가 애타게 누군가를 부르는 소리가 들려왔다. 잘못 들었나 싶어 잠시 발을 멈추고 다시 귀를 집중했다.

"김연희 대리! 김연희! 연희야!"

분명 근방 어딘가에서 들리는 사람 목소리였다. 기남은 같이 따라온 하인 한 명과 함께 살펴보기로 했다. 분명 동북쪽 방향임에 틀림없었다. 수십 걸음을 움직이자 그 소리는 확연히 더 크게 들려왔다.

"연희야! 김연희!"

얼마 안 된 오전의 햇빛 사이로 초록에 가까운 연두색 잎이 나풀거리고 있었지만 확연히 보이는 검정의 흔들림은 사람의 형체였다. 급히 발걸음을 재촉하여 다가갔다.

"이보시오. 무슨 변고라도 당하였소!"

기남은 얼떨결에 말을 걸기는 했지만 깜짝 놀라지 않을 수 없었다. 이들의 모습은 생전 처음 보는 낯선 차림이었다. 아니 낯설기보다 해괴한 옷과 머리 모양을 하고 있었다. 특히 여자의 옷차림은 민망하여 제대로 쳐다볼 수도 없었다. 푸른색의 꽉 끼는 합당고(조선시대 바지의 한 종류)를 입은 것 같기도 했고 상의는 졸잇말(조선시대 코르셋과 비슷한 여성의 가슴을 압박하는 속옷)

도 입지 않은 채 저고리의 끝단은 허리까지 내려와 있었다. 더구나 머리채는 얼마나 짧게 깎았는지 목선이 훤히 드러나 보였다. 남자도 마찬가지였다. 생전 보지 못한 검은색의 윤기가 흐르는 가죽으로 만든 상위를 입고 있었으며 바지와 머리 모양 또한 여자의 그것과 비슷했다.

혼란스러운 건 선우도 마찬가지였다. 사극에서나 볼 법한 복장의 낯선 사내 두 명이 불쑥 다가와서는 자신들의 안부를 묻자 덜컥 겁부터 났다.

"아…… 네, 요 앞 신교대에 일이 있어 오다가 그만 차가 전복되고 말았습니다. 스마트폰으로 119에 연락 좀 부탁해도 될까요?"

"……."

"스마트폰…… 없으신가요?"

"스……마트……폰, 119, 차, 신……교대……. 무슨 말씀을 하시는지…… 잘 모르겠소만."

옷차림과 말투, 모두 처음 접하는 사람이었다.

'낯선 차림의 사람들을 보면 잘 보살펴 주십시오! 특별한 연이 있어 도련님께도 큰 도움을 줄 이들입니다.'

선종 스님의 말이 기남의 머릿속을 스쳐 지나갔다.

"자 우선, 누워 있는 저 여인네부터 살펴보도록 하시지요. 여기 물 좀 드려라, 돌쇠야."

"예, 도련님!"

기남이 남자 하인을 시켜 물을 건네려고 하자 선우는 번쩍 생각이 들었는지 급히 일어나 어그러진 승합차로 달려가 앞자리를 뒤지기 시작했다. 한 달 전 김 대리가 승합차 운전을 배우고 싶다며 마음을 진정시키기 위해 미리 사다 둔 우황청심원이 생각난 것이다. 콘솔박스에서 청심원과 생수를 꺼내 김 대리의 상체를 일으킨 후 조심스럽게 먹였다.

기남과 돌쇠는 단단한 쇠붙이로 만들어진 사각 모양의 것에도 신기해했다. 반짝반짝 빛을 내듯 화려한 색깔의 겉모습도 놀라웠지만 아무리 뛰어난 대장장이라도 흉내조차 낼 수 없을 것만 같은 직선과 곡선의 유연함에 연신 감탄하고 있었다.

"김 대리! 정신 좀 차려 봐! 김 대리……."

"아…… 점장님!"

"김 대리, 정신 좀 들어?"

"어떻게 된 거예요?"

"나도 잘 모르겠어. 분명 잘 빠져나온 듯했는데 뭔가가 뒤에서 잡아끌 듯 배수구 옆으로 떨어진 다음엔 나도 정신을 잃었어."

"저분들은……."

김 대리 또한 낯선 복장의 두 사내를 경계하듯 물어보았다.

"어디선가 나타났는데…… 스마트폰도 없고 좀 이상해. 일단 조심해야 할 것 같아."

작은 목소리로 주의 깊게 말하는 선우는 그들뿐만 아니라 주변 환경도 의아스러워했다. 분명 포장된 도로에서 운전했고 사고를 당했지만 지금 이곳은 온통 흙바닥뿐이었다. 콘크리트나 아스팔트 도로의 흔적은 그 어디에도 없었으며 길 옆 수많은 전봇대의 모습도 보이지 않았다. 무척 낯선 느낌이 들었지만 김대리가 안정을 취하는 것이 우선이었기에 그 생각은 잠시 접어두기로 했다.

"죄송합니다만. 저희 차가 저리 돼서…… 시내까지 저희를 태워주실 수 있을까요?"

"네? 태워달라니요? 무엇을 말입니까?"

눈만 깜박거리며 대답하는 기남을 보고 답답한 선우가 애걸하듯 말하였다.

"그러지 마시고요. 차를 타고 오셨을 거 아닙니까? 사례는 해드릴 테니 같이 좀 갑시다."

"차요? 가마나 말을 타도 당최 차라는 것은 처음 들어봅니다. 그리고 저희는 걸어왔습니다만."

"아니, 저기 엎어져 있는 것이 보이지 않나요? 좋습니다. 걸어왔다고 하니 그럼 같이 좀 가시죠. 어차피 30분 정도 걸어가면 검문소가 나타날 테니…….”

“그러시죠. 저 여인은 걷는 게 괜찮겠소?”

짐짓 염려되는지 기남이 물어보았다. 비꼬는 말투로 선우가 대답했다.

“괜찮소~이~다.”

그러고는 김 대리에게 속삭이듯 물어본다.

“김 대리 괜찮겠어? 좀 걸어야 할 것 같은데.”

“네, 머리가 좀 어지러운 것 말고 특별히 아픈 곳은 없는 것 같아요. 그나저나 회사에 연락해야 되지 않나요?”

“그러게 말이야, 지금 오전이잖아. 그럼 우리가 정신을 잃고 여기서 하룻밤을 보낸 건데…….”

“그러게요, 점장님. 연락이 안 되면 누군가 찾으러 올 만도 했을 텐데요. 경찰에 신고도 했을 테고…….”

“이상해. 뭔가 이상해!”

선우와 연희는 께름칙한 기분이 들었지만 우선 이 산속을 벗어나는 것이 먼저라고 생각했다.

“잠깐만요!”

선우는 출발하기 전 다시 차 안을 뒤지기 시작하더니 큰 배낭을 하나 짊어지고 왔다.

“가시죠. 도련~니임!”

"그건 뭐예요?"

연희가 물어왔다.

"응, 혹시 몰라서 힘닿는 대로 몇 권 넣어왔어. 혹, 비라도 오면 다 버려야 하잖아!"

"참, 누가 책쟁이 아니랄까 봐 이 무거운 걸. 이리 좀 주세요."

"아니야, 가방도 없으면서. 가다가 힘들면 몇 권 양보할게."

배낭에 가득 찬 책은 대략 40여 권 정도로 거의 20kg 가까이 됐다. 자칫하면 배낭이 찢어질 수도 있을 것만 같았다. 그러나 선우는 차 안에 두고 온 책들이 더 아깝다는 생각을 했다.

"그런데, 도련님인지 도령인지께선 어디까지 가시나요?"

선우가 두어 발작 앞서 걷는 기남에게 넌지시 물었다.

"네, 춘천 삭주골까지 갑니다."

"춘천……이요?"

선우와 연희는 동시에 입을 열었다.

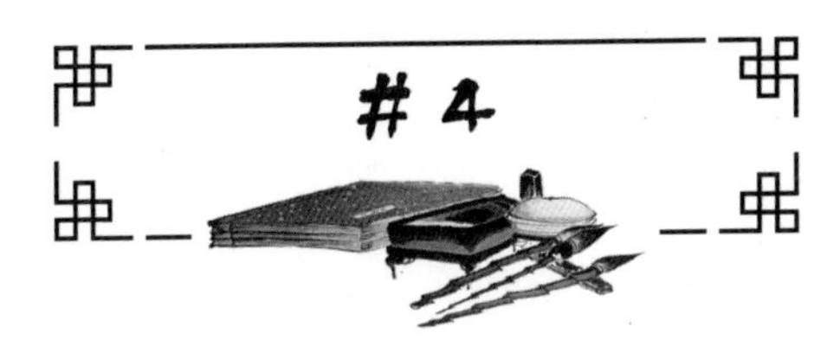

기선은 대과에 장원급제 후 종 6품 홍문관 부수찬에 제수되었고 얼마 되지 않아 정 6품 수찬에 임명되었다. 정 6품은 비록 중급 관료이긴 해도 홍문관 수찬은 교지를 작성하며 왕과 직접 대면할 수도 있었고 정책에 대한 의견도 피력할 수 있는 직책이었기에 직급 이상의 대우를 받는 요직이었다. 어릴 적 아버지 대사간 어득강과 성균관에서 함께 수학하며 막역한 사이가 된 좌의정 심준은 이런 기선을 더욱 눈여겨보았다.

하지만 그날 이후부터 심준 대감을 대하는 기선의 마음은 흔들릴 수밖에 없었다. 어쩌면 장인이 될 수도 있는 분이기도 했지만 며칠간 기선이 알게 된 심준의 비밀은 너무도 참담한 것이었다. 민주의 맑은 모습 뒤에 심준의 검은 눈빛이 겹쳐 보였다. 기선은 심준을 바라볼 용기조차 사라졌다. 아니 용기라기보다 그와 한 자리에 앉는 것 자체가 불편했다. 온화한 웃음 뒤엔 거침없는 잔인함이 숨겨져 있으리라. 오늘은 몸이 불편하다는 핑계로 인사만 전하고 바로 문 밖을 나섰다.

"도련님, 몸이 편치 않으시다고…… 방금 아버님께 전해 들었습니다."

"요 며칠 무리를 하였더니 그만 고뿔이라도 든 것 같소."

민주의 검은 눈 안에 염려의 빛이 가득했다.

참 예쁜 눈빛이었다. 금방이라도 쏟아질 것 같은 촉촉함으로 기선을 들뜨게 했다. 모든 근심을 이 여인의 눈빛 속에 녹여낼 수 있을 것만 같았다. 하지만, 오늘은 이 집에 더 이상 머물고 싶은 마음이 없었다. 민주를 보는 내내 마음은 무거워져만 갔다.

"민주 낭자, 미안하오만 오늘은 일찍 들어가 좀 쉬어야겠소."

"아…… 그러세요. 소녀는 상관치 마시고……요. 빠른 쾌차 하십시오."

"낭자도 푹 쉬세요. 그럼."

한시라도 빨리 심 대감의 집에서 벗어나고 싶었지만 쉽게 발길이 떨어지지 않았다. 몇 번이고 뒤돌아보며 민주의 고운 얼굴을 담아두었다.

민주는 기선의 흔적이 어둠에 완전히 사라질 때까지 지켜보았다. 아마 이 순간뿐만 아니라 죽을 때까지 바라만 보고 있으라 한들 그리 못할 이유가 없을 것 같았다. 사랑은 늘 기다림이었다. 기다림이 사라지면 사랑도 무너질 것이다. 기다림은 긴 밤 동안 숨어있는 빛과 같아서 순서에 맞게 어둠이 물러가면 낮과 같은 밝음을 선사해 주곤 한다. 그래서 기다림마저 또 다른 사랑의 방법임을 민주는 알고 있었다.

이내 그의 모습이 사라졌고 다른 한 편에서 평교자(가마의 한 종류)를 탄 이조판서 홍성주의 모습이 보였다.

"뒤처리도 잘 되겠지요?"

"네, 대감! 남촌 인근 검계를 통해 처리할 것이니 걱정하지 않으셔도 됩니다."

"입단속은, 잘 시키세요."

"그럼요. 모든 것을 원래 상태로 돌려놓겠습니다."

"수고 좀 해 주십시오. 이판대감!"

좌의정 심준은 예의 날카로운 눈빛을 보내며 웃어 보였다.

"아버님, 민주이옵니다."

"어, 그래. 들어오너라."

"소녀, 이판 어르신도 오시고 하여 주안상을 준비하였사옵니다."

심민주, 그녀는 좌의정 심준의 외동딸이었다. 병약한 어머니를 대신하여 집안의 살림을 맡고 있었다. 연꽃잎 같은 흰 손결로 가지런한 음식이 옮겨졌다.

"우리 민주 영애님, 날로 미모가 꽃을 피우는군요. 대감, 제가 팔자에 없는 중신 한번 해볼까요?"

"그래요, 허허. 이판이 그리 자신 있으시면 내 믿고 맡겨볼까요? 하하하. 어떠냐, 민주야?"

"아버님도 참. 소녀 아직은 그럴 생각 없사옵니다. 좀 더 아버님 곁에 있고 싶습니다."

"그래, 그거 듣기 좋은 소리구나!"

민주의 얼굴은 금방 붉어졌다. 굳이 홍성주 이조판서가 중신을 설 필요가 없을 정도로 민주에 대한 평판은 웬만한 사대부 집안에 이미 자자했다. 미모와 품행에 있어 흠잡을 곳 없는 규수였다. 사실 조선 최고의 권력자 좌의정 심준의 여식이라는 것만으로도 최고의 혼처가 될 수도 있을 것이다.

"소녀, 물러가겠사오니 혹 부족하신 것이 있으시면 불러주십시오."

"아니오. 나도 잠시 후 일어날 것이니 개의치 말고 쉬도록 해요."

"네, 알겠습니다. 그럼."

정말 이상한 일이었다. 가도 가도 신교대는커녕 어제 점심을 먹었던 식당의 흔적조차 볼 수 없었다. 아니 사람의 그림자도 없었다. 좁은 산길이 계속 이어졌으며 그 흔한 포장도로도 눈에 띄지 않았다. 스마트폰을 다시 걸어보았지만 똑같이 먹통이었다. 연희의 상태가 점점 안 좋아졌다. 아직 머리를 부딪친 충격에서 벗어나지 못한 것 같았다. 우선 어딘가에 들어가 잠시 쉬어야 할 것 같았다.

"저…… 뭐라 불러야 할까요? 도령, 선비님 아니면 도련님?"

"저는 어기남이라 합니다. 편한 대로 부르십시오."

"아, 네. 그럼 기남 선비님이라 하죠. 저는 박선우라 합니다. 회사에서는 주로 박 점장이라 불렀지요."

"회사? 점장? 좀 알아듣는 말을 쓰시면 좋겠습니다."

"아니, 뭘 못 알아들어요! 그건 나중에 말하고, 우선 우리 김 대리가 좀 안 좋은 것 같은데 어디 좀 쉴 곳이 없을까요?"

선우와 기남은 서로 알 수 없는 얘기를 주고받고는 김 대리의 상태를 살폈다.

"돌쇠야! 여기서 가장 가까운 주막이 어디 있느냐?"

"네, 도련님. 한 이각 정도 걸어가면 사방거리 근처에 있을 겁니다."

"일각이 15분이니 이각이면 30분 정도네요?"

"15분이니 30분이니 그건 모르겠고 암튼 가봅시다. 가서 쉬든 먹든 뭐라도 하시죠."

"여기 열 냥 정도 있으니 국밥도 한술 드시죠, 도련님. 헷헷."

"그래, 그러자꾸나."

기남은 서둘러 가자며 재촉하듯 말했다. 순간 팔을 펼치며 안내하는 기남의 도포 사이로 분명 호패 비슷한 것이 선우의 눈에 들어왔다. 영화에서나 볼 법한 물건이었다. 돌쇠라는 사람이 흔들어 보이는 것도 분명 옛날 엽전과 비슷했다.

선우는 덜컥 겁이 났다. 이제까지는 이 사람들이 장난을 치거나 오랫동안 산에 살아서 그런가 하고 반신반의했지만 10분 남짓 걸어오며 느낀 이들의 옷차림, 말투, 행동은 너무나 자연스러웠다. 순간 몸이 굳었다.

'나는 지금 다른 시대에 온 거다! 현실이다!'

"왜 그러시오. 박……점어엄……장."

"기남 선비! 지금 임금은 누구입니까?"

"진정 몰라서 묻소? 올해가 중종 임금께서 즉위하신 지 16년째 되는 해지요."

중종 시기 최대 사건 중의 하나인 기묘사화가 1519년에 있었는데, 그럼 지금은 그 전인가 후인가? 선우는 다시 한번 물었다.

"조광조라는 사람을 아시오?"

"박 점장님, 2년 전 사사된 조광조를 말하시오? 지금은 내 혼자 듣고 말겠지만 다른 이들 앞에서는 절대 말하지 마시오! 자칫하면 목숨마저 위험할 수 있으니!"

1521년이었다. 지금 박선우와 김연희가 서 있는 이 자리는 1521년의 조선, 춘천 그 어딘가인 것이다.

생각은 복잡했지만 정리할 수 없었다. 어떻게 이곳에, 왜 왔는지, 돌아갈 수는 있는지 갖가지 궁금증이 일어났지만 어디서 대답을 들을 수 있을지 그 또한 알 수 없었다.

기남 또한 마찬가지 생각을 했다. 분명 이들은 뭔가 달랐다. 겉모습에서부터 말투, 그들 옆에 있던 요상한 쇠붙이와 박 점장이 짊어진 봇짐 그리고 그 안의 든 서책들도 이상했다. 분명 처음 보고 듣는 것들이었다. 다만 선종 스님의 말을 믿고 일단 지켜볼 작정이었다.

"돌쇠야!"

"예, 도련님."

"너는 먼저 마을에 들어가서 이 분들이 입을 만한 옷 좀 구해오너라. 물론, 지금까지의 일을 절대로 말해서도 안 된다!"

"네, 알겠습니다. 도련님!"

돌쇠라는 이가 먼저 앞서 나갔고 나머지 일행이 그 뒤를 따랐다. 저 먼발치에 수십 채의 초가집들이 보이기 시작했다. 어느 정도 정신이 든 김 대리는 휘둥그런 눈으로 주변을 살펴보았다. 선우는 연희에게 자신의 생각을 말했다.

"점장님, 판타지 너무 많이 읽으신 거 아니에요? 크크."

연희는 전혀 믿을 수 없다는 듯 힐난했다.

"알다시피 내 유일한 독서 편식이 판타지 안 읽는 거 몰라? 나도 믿기지 않아! 좀 지나면 연희 너도 느끼게 될 거야!"

얼마 지나지 않아 돌쇠가 허겁지겁 옷가지 몇 벌을 구해왔다. 가장 가까운 민가에 들어가 한 냥을 주고 구해 왔다고 했다. 냄새가 심하게 났고 듬성듬성 해어진 옷이었다.

"이런 옷을 한 냥이나 받다니! 급한 대로 우선 갈아입으십시오. 제 외조모 집에 가면 새로 구해드리겠소."

"자, 연희야. 저쪽 가서 먼저 갈아입어."

연희는 내가 왜 이걸 입어야 하는지 모르겠다며 투덜댔지만 선우가 억지로 끌고 가다시피 하여 갈아입혔다. 갈아입은 옷마저 배낭 안으로 넣었다. 덕분에 선우의 배낭은 더욱 무거워졌다. 그 와중에도 기남은 선우와 연희의 신발을 물끄러미 바라보았다. 무척 탐나듯이.

"그건 가죽이요, 무명이요? 거 신고 있는 거 말이오?"

기남은 화자(조선시대 관복을 입을 때 신었던 신)처럼 길지도 않고 태사혜(사대부 남성이 외출 시 신던 일반적인 가죽신)처럼 짧지도 않게 적당히 발목을 감싸 안은 운동화를 경이로운 듯 바라보며 물었다.

"이건 운동화라는 겁니다. 신고 싶나요? 무척 편안합니다. 특히 달릴 때 제격이죠."

"됐소. 내 궁금해서 물어본 것이오. 신고 싶기는……."

이후로도 그들은 인사치레 같은 잡담을 주고받았으며 어느새 주막 앞에 이르렀다. 네 명의 일행은 한 귀퉁이에 자리를 잡고 주모를 불렀다.

"여기 국밥 네 그릇 주시오."

"네, 나리 두 전 네 푼(약 2만 원)입니다."

돌쇠가 국밥 값을 치르는 사이 선우와 연희는 사람 구경에 넋이 빠졌다. 생각보다 작은 체구와 너무 지저분한 옷차림에 놀라기는 했지만 그에 개의치 않고 주고받는 대화와 몸짓에는 활력이 넘쳐 보였다. 다섯 개의 평상으로 구성된 주막 마당엔 이른 점심 겸 낮술을 마시는 이도 있었으며 주막 앞 큰길에는 심심치 않게 많은 이들이 왔다 갔다 하였다. 선우와 연희에겐 너무 낯선 풍경들이었다. 마치 사극 속 배우가 된 듯한 느낌이 들었다. 연희 또한 지금의 이 상황이 더 이상 판타지가 아닌 현실임을 인정할 수밖에 없었다. 국밥을 깨끗이 비우고 다시 춘천을 향해 출발했다.

저녁이 다 되어서야 춘천에 도착했다. 기남은 선우와 연희를 잠시 도움을 준 이들이라고 홍 씨 부인에게 소개한 뒤 그들을 사랑채에 머물게 했다. 피곤했지만 잠을 잘 수 없었다. 선우와 연희는 각자의 방 안에 누워 앞으로의 일을 걱정해야만 했다. 어떻게 여기로 왔을까? 다시 돌아갈 수 있는 방법은 있을까? 내일은 당장 어떻게 살아야 할까? 모든 것이 근심이었다.

제대로 잠을 청하지 못한 둘은 푸석한 얼굴로 아침상을 받았다. 기남은 잠은 잘 잤느냐, 불편한 곳은 없었느냐, 춥지는 않았느냐 등 자못 다정한 말로 물어봐 주었다. 멀리 있던 친구가 놀러 온 듯 대하였다. 그나마 다행인지 이 세계에서 믿을 수 있는 사람은 기남 밖에 없다고 선우는 생각했다. 밥상이 들어오고 반 정도 비웠을 때였다.

"도련님! 도련님!"

흙빛이 된 민석 아비가 급히 기남을 찾았다. 민석 아비는 한양 기남이네의 집사와 같은 사람이다. 집 안의 대소사를 주관하며 재산관리를 도맡아왔다. 한양에 있어야 할 그가 이 멀리까지 한걸음에 달려온 것이다. 기남은 움찔했다. 분명 일이 생긴 것임에 틀림없었다. 그것도 매우 안 좋은 일이…….

목멱산(지금의 서울 남산) 아래에서 발견되었다. 죽은 지 반나절 정도가 지났는지 이미 차갑게 굳은 시신으로 집으로 옮겨졌다. 기선은 새벽녘 지나가던 행상에 의해 소나무에 목을 맨 채 발견됐다. 기남은 믿기지 않았다. 형 기선은 절대 자결할 사람이 아니었다. 누구보다 올곧은 형님의 성품을 잘 알고 있을 터였다. 오전에 사헌부의 지평이 나와 조사하였고 얼마 지나지 않아 바로 자결로 매듭지었다고 했다.

며칠 후 뒤늦게 한양에 도착한 기남은 분노에 찬 모습으로 어득강을 막아 세우고 울부짖으며 말했다.

"아버님, 분명…… 형님은 자결하지 않았습니다. 아버님도 그리 믿지 않으십니까!"

"……."

"아버님, 형님에겐 필시……."

"그만하거라! 입 다물거라! 이미 장례까지 마치지 않았느냐!"

너무나 싸늘한 어득강의 말에 기남은 더 이상 대꾸할 수 없었다. 아들, 그것도 촉망받아 온 집안 장손의 죽음이건만, 아버지로서의 어득강의 반응은 너무나 냉정했다.

"아버님! 너무하옵니다. 이대로 형님을 보낼 순 없습니다. 아버님!"

사랑채로 건너 온 어득강은 풀린 다리와 함께 이내 무너져 버리고 말았다. 어찌 자식의 죽음 앞에 초연할 수 있겠는가. 어득강은 기선의 죽음이 모두 자신의 탓인 것 같아 마음이 더 아려왔다. 좀 더 강하게 만류했었다면 기선의 죽음 정도는 막을 수 있었을 것이다. 대쪽과 같은 성품은 타협하지 않으려 했을 것이고 끝까지 그들의 비밀을 파헤치려 했을 것이다.

이제는 하나 남은 아들 기남과 가문의 안위를 걱정해야만 했다. 자칫하다간 기남마저 어찌 될지 모를 일이었다. 풍전등화처럼 집안의 미래는 흔들리고 있었다. 심준을 찾아가 볼까도 했다. 아직 젊었을 때의 정이 터럭만큼이라도 남아 있다면 적어도 이쯤에서 마무리가 되지 않을까라는 생각도 했다. 하지만 부질없는 일일 것이다. 목숨과 가족, 가문 전체의 운명이 달린 일에 한 때의 우정이 무얼 그리 중요하겠는가? 시간이 사라지면 감정도 희미하고 탁하게 변하고 만다. 늙어 간다는 건 백지와 같은 인생에서 검정의 먹지로 변하는 과정일 수도 있다. 청춘을 잃는다는 것은 그만큼의 순수함을 빼앗기는 것과 같다. 용기와 경험을 다 가질 수는 없는 법이다. 경험이 많아지면 용기는 사라져 버리고 만다. 어득강도 심준도 경험 많은 늙은이에 불과했다.

어득강은 기남만큼은 지켜야 한다고 생각했다. 장례는 최소화했고 기선의 죽음을 그 누구도 거론하지 말라 당부했다. 하인은 물론 일가친척들에게도 아무 일 없듯 조용히 지내라 했다. 힘들겠지만 몇 년 아니 몇십 년만 참고 지내다 보면 다시 일어설 기회가 찾아올 것이라 믿었기 때문이다.

"희빈 마마, 이판 대감이옵니다."

"그래, 어서 모셔라."

이조판서 홍성주는 희빈 홍 씨 앞에 가까이 다가가 앉았다.

"아버님, 어서 오십시오. 일은 어떻게 되었습니까?"

"네, 마마. 걱정 안 하셔도 됩니다. 이 아비가 조용히 처리했사옵니다."

"스스로 목숨을 끊은 것으로 얘기하던데…… 대사간의 반응은 어떻습니까?"

"아마 별 수 없을 겁니다. 일이 더 이상 커지게 되면 죽은 아들뿐만 아니라 가문 전체가 위험에 빠진다는 것쯤은 알고 있을 테니까요. 더군다나 달포 전 사직을 청하고 낙향을 준비한다고 했으니 이쯤에서 물러날 것입니다."

"그러면 다행이고요. 아버님, 이차에 아예 화근을 뿌리 뽑는 것은 어떨까요?"

"마마, 그건 좀 위험합니다. 그리했다 그쪽에서 죽을 각오로 임한다면 저희 쪽의 안전도 보장할 수 없습니다."

"그러겠지요……."

"좀 더 시간을 가지고 조용해지기를 기다려 본 후 그때 가서 결정해도 늦지 않을 겁니다!"

"전, 아버님만 믿습니다."

"그럼요, 마마는 심려치 마시고 맘 편히 지내십시오."

2년 전 중종 14년(1519년), '주초위왕(走肖爲王)'의 사건으로 사림의 상징이었던 조광조와 그를 따르던 수많은 사림파들이 사사되는 일이 있었다. 이일을 기묘사화라 한다.

중종은 훈구 대신들이 연산군을 몰아내고 옹립한 왕으로 그 권위가 미약했었다. 그러던 중 사림의 조광조를 등용함으로써 훈구파의 득세를 막아보려 했다. 따라서 조광조에 대한 중종의 신임은 두터웠으며 이에 힘을 얻은 조광조는 강력한 개혁을 주도하게 된다.

조광조는 1519년 새해 시작과 함께 종 2품 대사헌에 올랐고 그해 4월에는 현량과를 실시하여 급제자 대부분을 조광조의 측근으로 채웠다. 특히 김식이라는 자는 조광조와 매우 가까웠는데 장원급제 후 종 3품 성균관 사성에 임명되었고 바로 며칠 후 정 3품 홍문관 직제학으로 승진하였다. 이에 그치지 않고 조광조와 사림은 김식을 성균관 대사성으로 임명할 것을 중종에게 종용하였고 며칠 버티던 끝에 결국 사림의 뜻대로 이루어진다. 이 일 이후 중종은 조광조와 사림에 대해 경계심을 품게 된다. 훈구파와 다른 또 하나의 권력 집단이 탄생한 것이라 믿었다. 이윽고 1519년 10월 조광조와 대사간 이성동은 반정(反正) 공신들에 대한 위훈 삭제를 요구하였고 11월 시행되었다. 76명의 훈작이 삭탈되었으며 이는 반정 공신들의 3분 2에 달했다.

조광조에 당하고 있을 수만은 없었던 훈구 세력의 남곤과 심준, 홍성주는 꿀로 나뭇잎에 '주초위왕(走肖爲王)'을 새겨 문힌 뒤 벌레가 갉아먹게 하였다. 주(走)와 초(肖)를 합치면 조(趙)가 되니 '주초위왕(走肖爲王)'은 조 씨 성을 가진 이가 왕이 된다는 의미이다. 홍성주의 딸인 희빈 홍 씨는 이 일을 중종에게 고

하였고 이후 사림파에 대한 대단위 숙청 작업에 들어가게 된다. 1519년 12월 발생한 이 사건을 '기묘사화'라고 한다. 조광조, 기전, 김정, 김구, 김식 등 많은 개혁 세력들은 유배된 후 사사되거나 자결하였다.

심준과 홍성주, 남곤의 계획은 성공적이었다. 권력은 다시 그들의 손아귀로 들어왔으며 조정에서도 사림 출신은 찾아보기 힘들었다. 하지만, 조선은 유학에 근간을 둔 나라였기에 그들의 학문과 사상마저 억누를 수는 없었다. 비록 적극적으로 조광조를 지지하지 않았으나 명분과 신의를 목숨과도 같이 소중히 여기는 이들도 있었으니 어득강도 그들 중 한 명이었다.

분명 '주초위왕(走肖爲王)'의 사건은 조작된 것이었다. 그러나 중종은 이를 빌미로 사림 세력의 득세를 억누르려 하였고 그 결과 조정의 권력 구도는 다시 훈구 세력으로 재편되었다. 세력은 얻었지만 이들에겐 한 가지 약점이 있었다. 조작된 사건은 치명적 허점이 있기 마련인데 바로 가담자들의 기밀 유지였다. 심준 등은 이를 위해 서로 간의 수결로서 증거를 남기기로 하였다. 어느 누구도 이 사건에서 자유롭지 못하도록 서로의 약점을 쥐고 있기로 한 것이다. 심준, 홍성주, 남곤 그리고 희빈 홍 씨. 이 넷은 죽을 때까지 같은 배를 탈 수밖에 없게 되었다.

수결된 문서는 희빈 홍 씨가 보관하기로 하였다. 만일을 대비해 사가보다 궁 안이 보안에 더 유리하다는 판단이었다. 희빈 홍 씨는 어릴 적 사가에서부터 읽던 《내훈(內訓)》에 이 문서를 끼워 넣었다. 자신이 아끼던 서책이었기에 누구에게도 발각되지 않을 거라 믿었다. 하지만 기묘사화가 일어난 지 1년여의 시간이 흐른 후 까맣게 잊고 있던 일이 발생하고 만다.

시중에 《창선감의록》, 《서상기》, 《곽장양문록》 등 남녀 간의 사랑을 다룬 규방 소설들이 삼강의 법도를 해치고 있으며 궁내의 많은 궁인들도 즐겨 읽는다는 상소가 올라왔다. 사실 중종은 서책에 대해 관대한 편이었기 때문에 그리 문제 삼지 않으려 했으나 몇 번의 상소가 이어지자 문제가 된 책쾌(책 중개인)를 벌하였으며 일반 양반들에게도 자진해서 반납하도록 하였다. 또한 궁궐 내의 일은 홍문관에서 조사하여 사가에서 들여온 책은 모두 폐기하도록 하였다.

기선이 살해된 이유는 사가에서 반입된 서책을 조사하던 중 희빈 홍 씨의 처소에서 그들의 수결 문서를 보았기 때문이었다. 어명에 의해 서책을 조사하던 중 희빈 홍 씨의 《내훈》을 발견하였고 그 안의 끼워둔 문제의 문서를 확인했던 것이다. 어머니의 병문안을 다녀온 후 뒤늦게 이 일을 알게 된 희빈 홍 씨는 급히 이조 판서에게 연락했다. 홍성주는 기선이 그 문서를 보았을 것이라 짐작했고 그렇다면 그를 가만둘 수는 없는 일이었다.

기선은 이 일에 대해 어득강에게 털어놓았다. 혼자만으로는 감당하기 힘들다고 판단했을 것이다. 또한 누군가의 도움도 간절히 필요했을지 모른다.

'절대 아는 척해서는 안 된다. 평소처럼 행동해야만 한다. 나는 내일 전하를 알현하여 사직 상소를 올리도록 하겠다.'

기선의 말을 들은 어득강의 답이었다. 기선의 목숨이 위험하다는 것을 직감했다. 아마 기선 또한 똑같은 생각을 했을 것이다. 지금처럼 조정의 모든 권력이 심준과 홍성주에게 있는 한 자신과 아들 하나쯤 없애는 것은 일도 아닐 것이라고 어득강은 생각했다. 기선의 안위를 걱정하며 앞마당을 서성이던 어득강 앞에 기남이 들어오는 것이 보였다.

어득강의 마음은 불안했으며 애처로웠다. 기선과 기남에 대한 감정이었을 것이다. 기남은 그러한 어득강의 눈빛을 알아차릴 수 있었다. 공부에 힘써 별시에 준비해 봄이 어떻겠느냐는 아버지의 그 눈빛에는 예전과 다른 애절함마저 보였기 때문이었다. 그날 밤의 일이었다. 기남이 춘천으로 떠나기로 마음먹은 그날의 일이었다.

어득강은 형의 죽음을 보며 울부짖는 기남을 불러 세워 모든 것을 말해주었다. 춘천으로 떠나기 전날 형 기선과의 대화와 왜 그리도 빨리 기선의 죽음이 자결로 매듭지어졌는지. 또한 지금의 상황이 얼마나 위험한지도. 기남은 묵묵히 듣고만 있었다. 그러나 그가 움켜쥔 옷자락 사이론 굵은 힘줄이 선명했다. 맑고가는 눈빛 사이에 옅은 물빛이 드러났다. 아버님의 당부는 정제되어 있었지만 슬픔과 분노의 입김을 내뱉고 있었다. 기남은 단한 번도 아버지 어득강의 분노를 경험하지 못했지만 지금의 삭히지 못한 감정의 떨림은 정확히 들려왔다. 어득강의 힘없는 시선은 형 기선을 그리워함에 틀림없었다.

"아버님 말씀…… 소자 알아듣겠습니다. 인내하며 자중하도록 하겠습니다."

기남은 기다리기로 했다. 이길 수 없는 싸움에 목숨을 버릴 순 없었다. 힘을 키워야 했고 기회를 만들어야만 했다. 지금 기남이 할 수 있는 일은 조용히 기선의 죽음을 애도하고 출사의 길을 택해 훗일을 기약하는 것뿐이었다. 얼마 남지 않은 과거시험에 급제하는 것이 그 첫 번째 시작일 것이다.

선우와 연희는 얼떨결에 한성까지 따라오긴 했으나 어찌할지 몰라 방 안에 박혀 서로의 눈만 바라보고 있었다. 지금 이 집의 상황으론 쥐 죽은 듯 가만히 있는 게 최선일 것이다. 끼니만은 제대로 챙겨주니 다행이었다.

묵시적으로 자신들과 기남은 다른 시대에 살고 있음을 서로 인정했지만 앞날의 얘기는 꺼내지 못했다. 선우와 연희가 왜 여기까지 왔는지, 어떻게 하면 돌아갈 수 있는지 누구도 알 수 없었기 때문이다. 당장 해결할 수 있는 단서는 어디에서도 찾을 수 없었다.

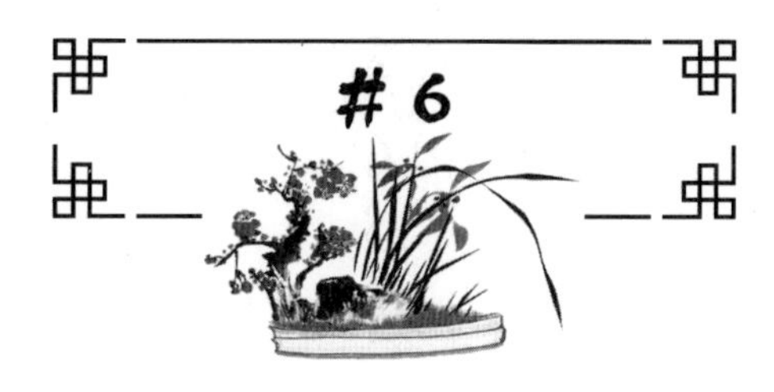

#6

어느덧 지루했던 장마를 지나 본격적인 더위가 찾아왔다.

에어컨 없이 여름을 지내는 게 이리 힘들 줄 몰랐다. 그 흔한 얼음은커녕 시원한 물 한 모금 마시지 못하며 이 더위를 견뎌내야만 했다. 다들 저리도 잘 참고 지내건만 유독 선우와 연희만이 맥을 못 추고 연신 부채질로 하루하루를 버텨내고 있었다.

그동안 알아낸 것은 기남이 용화사를 나올 때 선종 스님이라는 분이 자신들을 잘 돌봐주라 당부했다는 것이 전부였다. 선종 스님은 어떻게 기남이 자신들을 만날 것을 미리 알고 그런 말을 했을까? 혹 그렇다면 돌아갈 수 있는 방법도 선종 스님이라는 분은 알고 있을지 않을까 하는 생각까지 미쳤다. 하지만 한 달 뒤로 남은 기남의 과거시험으로 함께 철원으로 가자고 부탁하는 것은 무리였고, 그렇다고 둘이 그 먼 곳까지 알아서 찾아가는 것 또한 불가능했다. 다행히 기남이 과거시험을 마치고 같이 용화사를 방문하기로 얘기되어 그때까지만 기다려 보기로 했다.

스타렉스에서 힘들게 챙겨온 책 꾸러미는 그나마 시간을 보내기에 제격이었다. 40여 권의 베스트셀러를 돌아가며 읽다 보니 무료하지 않은 하루하루를 보낼 수 있었다. 오늘도 여지없이 각자 한 권씩의 책을 들고 사랑채를 나왔다. 선우와 연희가 가장 많이 머무는 곳은 떡갈나무 아래 족히 네 명은 누울 수 있는 대나무 평상이었다. 향이 좋았다. 예전에 누웠던 대나무 평상과는 비교할 수 없는 안락함을 느낄 수 있었다. 언뜻 보기에는 금방이라도 주저앉을 듯 빛바랜 노랑을 띠고 있었지만 은은한 대나무 향과 조금씩 찌그덕거리는 댓살의 부대낌은 어릴 적 할머니의 무릎과도 같은 촉감을 주었다. 연하지만 결코 꺾기지 않을 강건함이 스며있었다.

"오늘은 무슨 서책을 읽습니까?"

과거를 앞두고 종일 자신의 방에서 글공부에 열중하던 기남이 잠시 바람을 쐬러 나온 듯했다.

"아, 네. 점장님은 마키아벨리의 《군주론》, 저는 백세희 작가의 《죽고 싶지만 떡볶이는 먹고 싶어》라는 책을 읽고 있었어요."

연희가 대신 대답해 주었다.

"《군주론》이요? 그거 재밌겠는데요. 대체 무슨 내용입니까?"

아마도 군주라는 말에 익숙함을 느꼈는지 기남은 관심을 보이며 선우의 얼굴을 쳐다봤다.

"이 책은 우리나라와 반대편에 있는 영길리(영국)와 불란서(프랑스) 옆의 이태리(이탈리아)라는 나라의 정치가 마키아벨리가 쓴 책입니다."

"정치가요? 그럼 임금과 신하에 관한 서책인가요?"

"그렇다고 봐야죠. 강력한 국가를 유지하기 위한 왕의 처세술이라고 할까요!"

"왕의 처세술? 그거 재밌는 말인데요. 대체 어떤 내용이 담겨 있습니까?"

기남이 의외의 반응을 하자 선우는 우쭐하여 《군주론》에 대해 좀 더 설명해 주었다.

"《군주론》은 1532년에 출간된 책입니다. 그러니 앞으로 11년 후에 나올 책이죠. 하하…… 실제로는 1513년에 쓰였습니다만. 마키아벨리는 좋은 가문에서 높은 교육을 받고 이태리 피렌체라는 도시 국가의 고위 관료로 오랫동안 생활했어요. 하지만 메디치라는 유명한 가문에 의해 정권이 바뀌면서 그는 쫓겨났고 지방을 전전하게 됩니다. 그 기간에 쓴 책이 《군주론》이에요. 사실 이 책은 마키아벨리가 다시 중앙정부의 부름을 받고자 메디치 가문을 위해 쓴 것이죠. 하지만 끝내 메디치 가문은 마키아벨리를 부르지 않았지요. 그는 1527년에 죽었습니다. 생전에는 빛을 보지 못하다 사후에 인정받은 책이에요. 지은 지 500년 가까이 된 책이지만 많은 지도자와 기업가들에 의해 지침서로 활용되었지요. 너무 현실적이고 냉철한 내용 탓에 당시 교황청이라는 거대 종교적 권력 기관에 의해 금서로도 취급되었어요. 예를 들어, '군주는 사악하게 행동하는 법을 알고 있어야 한다', '사랑받는 것보다 두려움의 대상이 되어라', '상황에 따라 입장을 달리할 줄 알아야 한다', '여우의 꾀와 사자의 심장을 가져라', '목적이 수단을 정당화한다' 등 어찌 보면 저급하지만 극히 실용적인 통치 철학을 설파하는 내용이 들어가 있지요."

선우는 신이 나서 마키아벨리와 《군주론》에 대해 말해주었다.

"선우 선생님, 그 서책 나도 좀 빌려 봅시다. 다 읽으신 후 제게도 좀 줄 수 있을까요?"

"아…… 이 책을요? 뭐 드리는 건 어렵지 않지요. 읽으실 수 있을지 모르겠네요? 지금과 제가 사는 시대의 한글에는 큰 차이가 있어서요."

"그렇겠지요? 그거야 선우 선생이 도와주셔야죠! 저도 함께 할 테니 지금의 한글로 한번 옮겨 보는 건 어떻겠습니까?"

"그거 재밌겠는데요! 그렇게 하세요. 점장님. 오리지널 한글 공부하시는 셈 치고. 저도 좀 배우고 싶고요. 호호."

신세도 지고 있고 시간도 넉넉하니 선우에게도 그리 어려운 부탁은 아니었다. 그래서 그날 이후 선우와 연희, 기남 이 셋의 새로운 한글 공부가 시작되었다.

이번 과거는 중종이 직접 채점하는 별시문과(別試文科)였다. 새벽부터 과거장 앞은 인산인해를 이루었다. 좀 더 좋은 자리를 선점하고자 일찍부터 몰려든 것이다. 이렇게 많은 조선 사람을 한 번에 보는 것도 선우와 연희에겐 처음이었다. 초집(과거시험 기출문제)을 잔뜩 든 나이 많은 선비에서부터 등 떠밀려온 듯한 부잣집 도련님이며 떡 무대기를 쌓아놓고 아침을 해결하라는 장사치와 혹시 모를 거벽(대리시험자)을 솎아 내기 위한 관원 등 양반과 양인이 섞여 한바탕 잔치를 벌이는 모습이었다. 과거 시험장에서부터 나온 '난장판'이라는 말의 유래를 증명하는 광경이었다.

기남은 담담히 선우와 연희의 배웅을 받고 과거장 안으로 향했다. 한 손에 든 돗자리를 가지런히 편 후 봇짐 안에 든 종이와 붓, 먹을 내려놓았다. 무념으로 먹을 갈고 있을 무렵 중종이 등장하였고 모두 일어나 하례를 한 후 바로 시제가 발표되었다.

'왕은 어떻게 신의를 지켜야 하는가?'

기남은 아원(대과 시험의 차석, 2등)을 차지했다. 장원은 이조판서 홍성주의 아들 홍명한이었다. 아버지는 이조판서이고 누이는 임금의 총애를 받고 있는 희빈이니 홍명한의 급제는 당연한 일인지도 모르겠다. 하지만, 중종이 직접 시권(답안지)을 보며 결정한 장원에 홍명한이 뽑힌 것은 그의 학식에 대한 깊이를 가늠할 수 있는 잣대일 수도 있었다. 하지만 아원에 뽑힌 기남도 대단한 것임에 틀림없다. 아무리 명석한 머리를 가졌다 해도 이리 빨리 과거에 급제할 거라 아무도 생각하지 못했다. 선우는 기남에게 장난삼아 물어보았다.

"답지에 뭐라 적었나요?"

"아…… 그거요. 후후, 마키아벨리의 말을 썼지요. 이번 시제에는 《군주론》 제18장 '군주는 어떻게 약속을 지켜야 하는가?'에 나온 내용이 딱 제격이었어요. 제가 지금까지 공부한 성리학과는 분명 다른 점이 있었지만 백성을 지키고 나라를 강하게 만들기 위해서라면 왕은 사악해져도 괜찮다 뭐 그런 내용 아니었나요?"

"그래도, 기남 선비님은 지금까지 유학이라는 대의명분을 중시하는 학문을 공부해 오셨을 텐데……."

선우는 파격적인 기남의 대답에 움찔 놀랄 수밖에 없었다.

"맞아요. 맹자의 왕도 정치의 입장에서 보면 소인배로 보일지 모르지요. 하지만 '백성'이라는 중심된 사상이 있잖아요. 왕도든 소인배든 백성을 빼고 나면 아무것도 남지 않습니다. 백성과 강건한 나라를 위해서라면 왕이 군자가 되든 소인배가 되든 뭐 그리 중요하겠어요? 안 그래요, 연희 낭자?"

"아…… 네. 그래도 왕이 너무 줏대가 없으면 좀…… 아무튼 축하드려요! 합격, 아니 급제하신 거!"

"고맙소, 하하하. 급제는 제가 한 게 아니고 '마키아벨리'라는 사람이 한 겁니다."

홍명한은 정 6품 홍문관 수찬에 기남은 정 7품 승정원(현재의 대통령 비서실) 주서에 각각 제수되었다. 홍문관 수찬은 죽은 기선이 맡았던 관직이었다. 승정원 주서는 승정원일기와 사초 및 실록 편찬에 관여하는 직책이었다. 경우에 따라서는 왕의 특명으로 지방에 파견되어 암행 업무도 수행했다. 홍명한이 홍문관 수찬에 제수된 건 홍성주의 입김이 작용했기 때문일 것이다. 지난번 기선의 일로 크게 당황했던지라 아예 그 자리를 자신의 아들에게 맡긴 것이다. 종 6품의 홍명한이 한 단계 위 품계인 정 6품 수찬의 자리에 앉은 것도 그 이유였다. 이와 반대로 기남이 승정원에 들어가게 된 것은 전적으로 중종의 의지가 반영된 일이었다. 과거 시험장에서 보여준 기남의 글과 아버지 어득강에 대한 중종의 신뢰가 아직 깨지지 않았음을 의미하는 것이기도 했다. 하지만 이 일로 인하여 꺼질 것 같았던 심준과 홍성주의 불안은 다시 불붙을 수밖에 없었다. 언제 다시 타오를지 모르는 잔잔한 불씨와도 같았다.

과거시험이 끝나자 약속대로 선우와 연희, 기남은 용화사 선종 스님을 만나러 갔다. 강원도의 산은 벌써 가을을 지나 초겨울의 날씨를 향하고 있었다. 때 이른 쌀쌀함은 으슥한 분위기마저 들게 했으며 마르고 냉랭한 바람 사이로 알싸한 흙냄새가 묻어 나왔다.

선우와 연희는 사고가 났던 지점부터 둘러보았다. 이곳을 떠나기 전 비닐로 간신히 형체만 덮었을 뿐 수개월째 방치만 되었기 때문에 은근히 걱정되기도 했다. 어쨌거나 되돌아가야 할 때 다시 사고 난 이 차를 타야 하지 않을까 하는 막연한 추측도 있었다. 차는 의외로 잘 보존되어 있었다, 초록과 갈색의 낙엽이 적절히 섞여 그 위를 위장하고 있었고, 어디에선가 날아왔는지 잔가지들도 엉키어 마치 큰 바위덩이를 연상케 하였다. 잠시 그 주변을 맴돌던 선우는 갑자기 무엇인가가 생각나는 듯 수북한 넝쿨을 해짓고 운전석을 뒤지기 시작했다.

"됐어! 용케 남아 있었군."

운전석을 빠져나온 선우의 손에는 남색과 노랑, 자주색 등 대여섯 가지의 색으로 수놓아진 조각보가 들려있었다. 한눈에 봐도 정갈해 보였다.

"그게 뭐예요?"

"응, 내가 책방 일을 하면서 얻은 건데 꽤 괜찮은 물건 같아서 잠시 보관 중이었어!"

선우는 살짝 열어 조각보 안에 든 물건을 연희에게 보여주면 말했다.

"어머! 이거 도장 아니에요? 도장 치고는 좀 크기도 하고? 꽤 근사한데요."

"나도 좀 봅시다."

연희가 꺼내 든 도장을 기남도 궁금한 듯 끼어들었다.

"음…… 이거 벽조목으로 만든 거 같군요! 가만있자 여기 네모 안에 册(책)이라 새겨져 있네요."

"점장님, 이거 어디서 구했어요? 그리고 기남 선비님이 말씀하신 벽조목은 뭐죠?"

"아, 벽조목은 번개 맞은 대추나무를 말하오. 순간적으로 높은 열을 받아 나무가 아주 단단해지지요. 또, 번개를 맞아서 주변 잡귀들이 얼씬거리지 못한다고 합니다. 그래서 스님들의 염주로도 많이 쓰이지요."

기남이 연희의 말을 받아 주었다.

선우는 일본 서적을 수입하는 일로 서점업계에 발을 내디뎠다. 그때가 IMF가 터지기 바로 전이었는데 당시 대형서점의 일본 서적 수입 파트는 나이 지긋하신 분들이 계약직으로 일하는 경우가 많았다. 아마도 일본어라는 특수성 때문에 그 일을 배우려는 젊은이가 거의 없었고 일본과의 문화 교류도 금지되어 있던 터라 서점 내에서도 그리 관심을 끌지 못하는 부서였다. 더군다나 일본 서적은 대부분 출판되기 전, 미리 출간 예정 목록만으로 선주문을 해야 했고 전액 현금 지불에 반품조차 안 되는 까다로운 업무였다. 그래서 서점에서는 이미 검증된 경력자들을 우선 채용했는데 중간 경력자가 아예 없다 보니 나이 일흔이 넘은 분들을 모셔서 일주일에 2~3번 정도 도서 주문 업무만을 맡겼던 것이다. 선우에게 주어진 일은 그 일을 보조하는 것이었다. 말은 보조지만 사실은 주문 업무를 배워보라는 의미였을 것이다.

선우는 책 검수, 수입 과정, 판매 위주로 일했다. 회사가 바라던 주문 업무는 엄두도 낼 수 없었다. 당시 일본 서적의 주 고객층이 교수님들이었기 때문에 책들의 수준도 높았다. 또한 법률, 종교, 철학, 역사, 인문, 이학 등 전공 서적의 수입이 대다수여서 해당 분야의 지식이 없으면 불가능했다. 선우는 3년 가까이 엄청난 독서와 공부를 해야만 했다. 오픈과 마감을 지키며 거의 12시간을 서점에서 살았다. 각 전공 분야의 지식은 물론 일본의 분야별 유명 저자에서부터 출판사별 특징까지 닥치는 대로 습득하려고 했다. 덕분에 중 · 고등학교는 물론 대학 동기들 모임 등 많은 사적인 관계를 포기해야만 했다. 그때는 어떻게든 회사에서 자기 자리를 굳히는 것이 우선이라 생각했기 때문이었다.

어느 날, 이를 좋게 보셨는지 일흔셋이 되신 해의 첫날 허 선생님은 선우를 불러 책상 열쇠를 주시며 주문 업무를 해보라 권했고, 바로 한 달 후 당료와 고혈압을 핑계로 그만두셨다. 퇴사 다음날, 선우는 허 선생님의 책상을 정리하던 중 제일 아래 서랍 안쪽에서 벽조목 도장을 발견했고 이를 전해주기 위해 집을 찾아갔었지만 만날 수 없었다. 회사에 등록된 주소로 찾아갔지만 그곳에 살지 않았던 것이다. 그 후로도 몇 번이나 연락하고자 했으나 끝내 만나지 못했고 이후로 그 도장은 선우가 보관하게 되었다. 길이는 6~7cm에 가로 세로 각 2cm 크기의 정사각형 모양으로 冊(책)이라는 한자를 廻(돌 회)가 감싸 안은 문양이 새겨져 있었다.

얼마만큼의 시간을 감내했을까? 거친 상처에도 품위를 잃지 않은 일주문 기둥 옆으로는 알 수 없는 잡초들이 그들만의 군락지를 이루었고 간간이 피어난 코스모스의 알록달록한 빛깔은 누군가의 관리를 받은 듯 가지런히 정돈되어 있었다. '大聖山龍華寺(대성산용화사)'라고 쓰인 일주문과 천왕문을 지나 불이문을 넘어서니 작지만 기품 있어 보이는 대웅전이 보였고 그 주변으로 3~4개의 전각들이 자리 잡고 있었다. 선우 일행은 이곳 용화사를 창건하신 스님을 기리는 진영각으로 안내되었다.

풍채가 상당했다. 족히 100kg는 돼 보였다. 산에서 나물만 드시는 분이 뭘 먹고 저리 체격이 좋을까 궁금하기도 했다. 선종 스님은 거구의 몸과 어울리지 않을 정도로 공손하게 맞이해 주었다.

"잘 지내셨는지요, 스님."

"네, 저희야 뭐 산속에 처박혀 신선놀음만 하고 있지요, 허허. 기남 선비님도 그동안 무탈하셨는지요?"

선종 스님과 기남이 간단한 인사를 마치자 젊은 스님 한 분이 차를 내왔다. 기남은 그동안의 일을 선종 스님에게 말해 주었다. 형 기선의 일과 본인이 관직에 오른 일, 아버지 어득강의 귀향 등 마치 신부님에게 고해성사하듯 사소한 부분까지도 설명했다. 앞으로 어떻게 하면 좋겠냐는 조언을 받고자 하는 마음을 충분히 읽을 수 있을 정도로 말하는 내내 그의 눈빛은 애절

해 보이기도 했다.

물론 그중에는 스님의 말에 따라 선우와 연희를 만나 잘 지내고 있다는 말도 포함되었다.

"스님, 믿기지 않으실 테지만…… 여기 이 두 분은 먼 훗날의 시대에서 오신 듯합니다. 처음 보았을 때의 옷차림에서부터 말투, 갖고 있는 서책 등 모두 지금으로서는 이해할 수 없는 것들뿐이었습니다……."

기남은 잠깐의 망설임 끝에 선우와 연희의 이야기를 꺼냈다. 그런데, 이 말을 들은 선종 스님의 반응은 의외로 차분하다 못해 냉랭할 정도의 표정을 지었다.

"저희 둘은 어떻게 해야 할지 모르겠습니다. 어찌해서 저희가 여기까지 왔는지, 다시 우리가 살던 시대로 돌아갈 수는 없는지, 당장은 어떻게 살아야 하는지, 정말 힘들기도 하고 두렵기까지 합니다."

"기남 선비님의 말을 들어보면 스님께서는 저희와 선비님이 만날 것을 미리 알고 말씀해 주셨다고 하던데요. 그렇다면 저희가 어찌 여기까지 온 건지, 또 돌아갈 방법은 없는지요? 스님은 그 답을 알고 계시지 않을까요?"

선우와 연희는 별 말없이 듣기만 하는 선종 스님의 대답을 다그치듯 물었다.

"소승이 어찌 모든 것을 다 알 수 있겠습니까? 다만, 두 분이 예까지 오신 이유가 분명 있을 겁니다. 그 이유를 찾게 되면 돌아갈 방법 또한 자연스럽게 터득할 수 있지 않을까요."

"이유……요?"

"그렇습니다. 두 분이 오신 이곳과 또다시 두 분의 돌아가고 싶어 하는 그곳 또한 같은 공간 안에 존재합니다. 몇백 년 아니 몇천 년의 시간도 그저 하나의 공간에 둘러싸여 있을 뿐입니다. 시간은 흐르는 것이 아니라 선택하는 것입니다!"

선종 스님의 말에 선우, 연희, 기남 모두 놀라지 않을 수 없었다.

"무슨 의미인지…… 같은 공간 안에 존재한다? 시간은 흐르는 것이 아니라 선택하는 것이다? 마치 서로 각기 다른 세계들이 한 공간에 엮여 있다는 말씀으로 들리는데요!"

"그와 비슷하다고 말씀드려도 될까요. 그보다는 두 분께 이곳 용화사에 대해서 잠시 설명드리고 싶은데요?"

선우의 질문에 선종 스님은 뜬금없이 용화사 이야기로 그 대답을 대신하였다. 용화사의 대한 설명은 대략 이러했다.

용화사는 후삼국 말기, 고려의 개국과 비슷한 시기에 창건되었으며 후고구려를 세운 궁예의 혼을 기리는 절이었다. 삼국사기 등 정사에 기록된 바에 의하면, 918년 왕건에게 패한 궁예가 간신히 도망치다 배고픔에 못 이겨 보리 몇 줌을 훔쳐 먹다 백성들에게 붙잡혀 돌에 맞아 죽었다고 했지만 이는 어디까지나 승자에 의한 기록이었으며 후일 궁예에 대왕이라는 칭호까지 사용한 기록(강진 무위사의 '선각대사비')이 있는 것을 봐서 그리 허망하게 죽지는 않았을 것이라 했다. 비록 폭정에 의해 쫓겨난 폐주의 신세였지만 전장에서 수십 년을 지낸 궁예였고 아무리 왕건이 반정에 성공했다 하더라도 당시 궁예를 따르던 무리도 꽤 있었기 때문이다. 오히려 그는 동조자를 모아 철원 깊숙한 산지에 숨어 재기의 기회를 엿보았는데 그 터전이 여기 용화사 자리였다는 것이다. 그러던 어느 날 궁예는 한 고승을 만나 자신의 미래에 대해 물어보았는데 원하는 대답을 얻지 못하자 실망한 끝에 자결하려 했으나 차마 그러지 못한 채 돌로 변하고 말았다. 일대의 백성들이 이를 안타깝게 여겨 금으로 칠한 뒤 사찰을 만들어 정성껏 모셨으나 금에 욕심이 난 도굴꾼들이 궁예의 시신을 훔치려 하였고 그때마다 번개가 주변 나무에 떨어지며 이를 막았다고 한다.

선우는 뜬금없는 궁예에 대한 설명을 건성으로 듣는 척하였으나 예상 외의 설명에 조금은 관심을 갖기 시작했다. 하지만, '용화사나 궁예에 대해 알기 위해 멀리 여기까지 온 것은 아니었지 않나!'라는 생각에 선종 스님의 말을 끊었다.

"스님, 저희는 급합니다. 용화사나 궁예의 일보다 저희에 관한 조언을 받고 싶습니다."

"허허, 앞날에서 오신 분. 성격이 급하시군요! 소승에게서 무슨 답을 얻으려 하십니까? 그저 제가 알고 있는 것만 말씀드릴 뿐입니다."

선종 스님은 계속 말을 이었다. 선종 스님은 궁예의 일로 시작해서 철원 정확히 말해 궁예가 세운 '태봉'이라는 나라까지 설명했다. 또한 독자 연호를 사용하며 스스로를 황제라 칭한 것과 중국에 비견할 수 있는 엄청난 규모의 궁궐과 신도시를 이곳 철원에 만들려고 한 뜻이 무엇인지 알아야 한다고도 말했다. 그는 이런 설명을 끝으로 몸이 좋지 않다며 진영각을 벗어나 자신의 처소로 되돌아갔다. 물론 선우 일행에 대한 배웅도 없었다. 바로 전 스님과는 사뭇 다른 모습이었다. 아니 완전 다른 사람처럼 느껴졌다.

선우는 한양으로 돌아오는 동안 영 찜찜하지 않을 수 없었다. 이렇다 할 소득이 없는 것 같으면서 무언가 실마리가 풀린 것 같은 느낌, 선종 스님의 궁예와 태봉의 관한 말이 결코 무의미하지 않을 것이라는 막연한 추측도 갖게 되었다. 그렇다고 당장 무슨 일을 해야 하는지 여전히 알 수는 없었다.

다만 스님의 말 중 '공간'과 '시간', 이 두 단어가 계속 아른거렸다. 또한 말할 때마다 두드러졌던 선종 스님의 눈가의 흉터가 계속 신경 쓰였다.

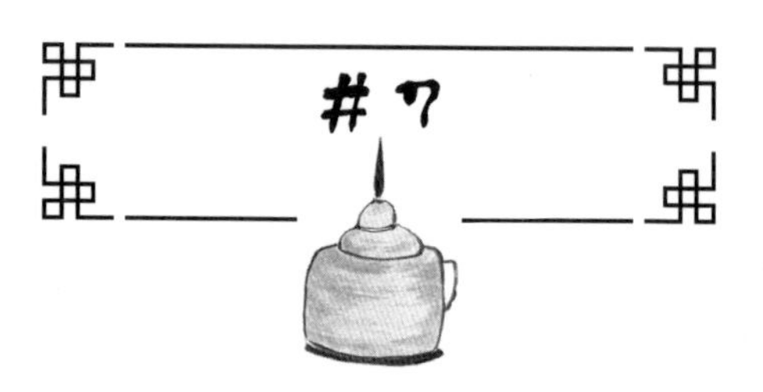

"선우 선생님, 약주라도 한잔하실까요?"

"그거 좋지요. 기분도 좀 그렇고 했는데 잘됐네요. 연희 씨도 같이 할래?"

"좋아요! 요 며칠 저도 힘이 쏙 빠지네요."

기남은 연희와 함께 술을 마신다는 말에 또다시 놀라고 말았다. 이번이 한두 번도 아니건만 여자가 동석한 술상은 왠지 낯설기만 했다. 여자는 당연 분위기만 맞추면 되는 존재로 생각했는데 지난번 술자리에서 꺼리낌없이 자신이 생각과 의견을 발하는 모습에 적지 않게 충격을 받았다. 하지만 한 마디 한 마디에 그릇됨이 없었고 오히려 시시껄렁한 선비보다는 훨씬 사려 깊은 생각을 가지고 있다고 느꼈다.

"좋습니다. 그럼 오랜만에 저의 벗들도 불러 소개도 하고 좋은 담소도 나눠 보면 어떠실까요?"

"정말요. 궁금했어요! 선비님 친구분들은 어떨지……. 사실 저와 점장님이 지금까지 뵌 분은 선비님과 선종 스님뿐이라 이 시대의 다른 사람들은 어떨까 늘 궁금했거든요?"

"그래요? 그거 다행이군요. 혹, 벗들이 동석하면 결례가 되지 않을까 생각했었는데요."

"으음…… 아닙니다. 저도 아주 좋습니다."

선우는 손사래를 치며 어서 빨리 연락하라며 기남을 재촉했다. 선우와 연희가 이곳에 온 지 벌써 반년이 지나가지만 좀처럼 마음 편히 대화한 적은 거의 없었다. 집 안의 하인들과의 목례 정도와 이따금 마을 장터에 가서 사람 구경하는 것이 전부였다. 어찌 보면 감옥과 같은 생활이었다. 하지만 별 다른 뾰족한 탈출구를 찾기까지는 이런 생활을 참고 견딜 수밖에 없었다. 그렇지만 기남의 친구들이라면 안심할 수 있을지도 모른다는 생각이 들었다. 설령 자신들의 신분이 노출된다 하더라도 보호받을 수 있을 거라는 근거 없는 확신도 생겼다. 아마도 기남에 대한 선우의 믿음 때문일 것이다.

한 시간 정도 지나 해가 붉은빛으로 변할 무렵 재민이 먼저 도착했다. 옥빛이 흐르는 도포 자락을 입고선 한 손엔 어울리지 않게 새끼줄로 엮인 고깃덩이가 보였다.

"어이, 정 7품 주서 나리! 소인을 친히 불러주셔서 황감하옵니다."

"됐네, 됐어! 어서 오게. 아니, 손에 그게 뭔가…… 종을 시켜 들고 오라 하지, 원…… ."

"괜찮네, 이 정도야 뭐! 그리고, 난 원래 중인이지 않나. 하하!"

재민이 직접 고기를 들고 오자 기남이 나무라듯 말하였으나 재민은 개의치 않고 웃음으로 받아쳤다. 재민의 집안이야말로 한양 도성 내에서 알아주는 부자건만 그는 조금도 티를 내지 않았다. 오히려 본인이 중인 출신임을 떳떳이 드러내고 다녔다. 재민의 그런 모습을 볼 때마다 기남은 마음속으로부터 부러워했다. 저 당당함을 갖고 싶었다. 그저 돈이 많아서 그런가 보다 생각한 적도 있었으나 어릴 적부터 지켜본 재민은 분명 여느 부잣집 아들과는 달랐다. 기남에게 없는 따뜻함도 그에겐 있었다. 드러내지 않아도 마음은 마음끼리 이미 알고 있는 법이다. 특히 내가 가지지 못한 것들은 아주 쉽게 파악할 수 있다.

"자, 어서 안으로 들게나. 내가 오늘 소개해 줄 분들도 계시네."

"그래! 자네가 소개하는 사람이라면 언제든 환영이네."

둘이 사랑방으로 들어서자 미리 앉아있던 선우와 연희가 일어서서 멋쩍은 목례를 먼저 나누었다.

“김재민이라 하옵니다.”

“반갑습니다. 박선우입니다.”

“김연희입니다.”

“자, 모두 앉으시지요. 자세한 소개는 한 명 더 오면 하도록 하고 먼저 차나 한잔하시지요.”

기남은 준비되어 있던 다과상에서 우윳빛의 찻잔을 서로에게 권하였다. 단연 화제는 기남의 궁중 경험이었다. 임금님의 용모, 중전마마는 본 적이 있는지, 궁녀들은 얼마나 예쁜지 등 시시껄렁하지만 아무나 알 수 없는 이야기들이었다. 하지만 승정원 주서의 일을 말할 때 기남의 표정은 잠시 무거워졌다. 잠시 말이 멈췄을 때 유신이 들어왔다.

“아…… 미안하네. 좀 늦었네.”

“그래, 어서 오게나. 이쪽으로 앉으시게.”

기남은 선우, 연희가 앉은 맞은편으로 재민과 유신을 앉게 했다.

“자, 소개해 드리지. 이 분들은 내가 지난봄 춘천에 있을 때 철원 용화사 인근에서 우연히 만났네. 사정이 있어 우리 집에 잠시 의탁하고 계시지. 그리고 여기 오른쪽에 앉은 벗이 김재민이고 왼편이 이유신입니다.”

“처음 뵙겠습니다. 이유신이라 합니다.”

"네. 박선우라 합니다."

"김연희입니다."

"유신은 한성 판윤 대감의 1남 1녀 중 장남이고 재민 저 친구는 조선에서 제일가는 부자이신 김태성 어르신의 외동아들입니다."

"어, 이거 대단한 집안의 자제 분들이시군요. 앞으로 잘 부탁드리겠습니다."

"재민 저 친구도 그렇고 아버님들이 대단하신 거지, 저희가 잘 난 것은 없습니다. 부끄럽습니다."

선우가 유신과 재민 집안을 칭찬하자 유신이 정색을 하며 그리 여기지 말라는 표정으로 대답했다.

"자, 이제 서로 통성명은 하였으니 편히 이야기를 나누도록 하지요. 어이 돌쇠야! 여기 술상 좀 준비하거라!"

"예, 도련님!"

기남이 모두에게 소개를 마치고 저녁 겸 술상을 준비하도록 하였다.

"근데, 유신! 자네 얼굴이 아까부터 조금 어두워 보이는데 무슨 근심거리라도 있는가?"

"아…… 아닐세. 별일 아니네……."

눈치 빠른 재민은 금방 알아챌 수 있었다. 유신이 알 수는 없지만 뭔가 다른 생각을 하고 있음을.

"이보게, 친구! 벗 좋은 게 뭔가. 괜찮다면 우리에게 말해보게. 10년 넘게 사귄 형제와 같지 않나? 내, 자네 눈빛만 보면 금방 알 수 있다네."

"참, 재민 자넨 우리 부모님보다 내 속을 더 정확히 아네, 헛헛……."

유신은 겉으로 웃어 보였지만 그리 편하지 않은 눈빛으로 재민과 기남을 바라보았다.

"자네들도 대충 알고 있지 않은가? 지아 때문일세."

"음…… 지아 낭자. 좀 나아진 것 같던데……. 한 달 전인가 장터에서 봤을 땐 먼저 반갑게 인사도 건네고. 왜, 차도가 없는 겐가?"

기남이 이미 알고 있다는 듯 안타까운 표정으로 유신의 술잔을 채워주었다.

지아, 올해 정확히 열여덟인 이지아는 이유신의 하나뿐인 여동생이다. 다섯 살쯤 어머니 윤 씨 부인을 여의고 할머니 손에서 키워졌다. 특히, 오빠 유신은 여덟 살 아래인 지아를 살아 있는 보물 다루듯 소중히 생각했다. 물론 엄마의 손길보다 못했겠지만 지아의 일이라면 그 무엇보다 우선했으며 여동생에 대한 안타까움으로 늘 가슴 아파했었다. 아버지 이만희 또한 허약

했지만 무척 단아했던 윤 씨 부인을 꼭 빼닮은 지아를 누구보다 아끼고 애지중지 해왔다. 마치 유신의 집안은 이지아를 중심으로 움직이는 것 같았다. 지아가 웃으면 행복했고 지아가 슬프면 집안 전체가 어두웠다. 하지만 15세 무렵부터 알 수 없는 울증(鬱症, 우울증)에 걸려 종일 아무 말 없이 홀로 지내는 날이 많아졌고 오빠 유신이나 이만희에게조차도 좀처럼 말을 걸지 않았다. 심지어 2년여 전에는 자신의 방에서 목을 매는 자살 소동이 벌어져 지금은 몸종 한 명을 붙여 늘 함께하도록 했다.

무척이나 지아를 아끼는 이만희 대감은 모든 수를 써서 지아의 울증을 고치려 했다. 기(氣)의 순환이 막혀 울체(鬱滯)증을 풀어야 한다기에 용하다는 의원에게 침도 맞히고 약도 지어 먹였으며 울증에 좋다는 연자방(연꽃 씨앗)과 원추리, 강황, 산대추나무 열매 등 갖은 약재를 찾아 먹이기도 하였다. 그 노력 덕분인지 몰라도 지아의 병은 더 이상 악화되지 않았으나, 오늘 유신의 표정은 너무 어두워 보였다.

"1년여 전부터는 많이 좋아졌네. 아버님의 노력으로 지아는 정말 괜찮아졌어!"

"그래! 참 다행이네. 근데 오늘 자네 표정이 왜 그런가?"

재민이 물었다.

"사실, 오늘 자네들을 만나러 나가는 길에 잠시 지아의 방을 찾았지. 그런데 방 안에서 울음소리가 들리지 않겠는가…….”

“지아야! 무슨 일이냐? 웬일로 울고 있는 게냐?”

“오라버니, 전 너무 힘들어요!”

“그래, 그래, 무슨 일인데 그러냐? 이 오라버니가 무엇이든 다 해 주마!”

“흑흑흑…… .”

“그래, 지아야. 잠시 진정하고 이 오라버니를 보아라. 자…… 얼굴을 들어 나를 보거라.”

잠시 머뭇거리던 지아는 마지못해 유신을 향해 고갤 들었다. 눈물이 두 뺨 전체를 가리고 있었으나 열여덟의 아름다움은 덮을 수 없었다. 그런 지아를 볼 때마다 유신의 마음은 더욱 아려왔다. 어떻게든 지아의 슬픔을 걷어주고 싶었다.

“소녀는 압니다. 아버지와 오라버니가 저를 위해 얼마나 걱정하고 고생하시는 걸요.”

“그게 무슨 말이냐! 당연한 것이다. 아버님과 내게 있어 네가 얼마나 소중한 사람인데!”

“그래서, 힘듭니다. 아버님과 오라버니의 정성을 알기에 그래서 더욱 힘듭니다.”

“그게 무슨 말이냐?”

“소녀는 늘 부족한 자식이었고 동생입니다. 언제나 근심만을 드렸으며 어떠한 기쁨도 나누어 드리지 못했습니다. 그런 저를 아버님과 오라버니는 한없이 감싸주셨지요.”

“아니다! 절대 아니다! 네가 있는 그것만으로도 이 오라버니는 행복하다. 더구나 예전보다 훨씬 밝아진 모습에 나도 아버님도 정말 기뻐하고 있단다.”

“그래서, 더욱 괴롭습니다. 그런 사랑을 알기에 저는 참고 또 참아 아버님과 오라버니를 기쁘게 해드리고 싶었습니다. 저만 인내하면 두 분 모두…… 하지만, 언제까지 견뎌야 할지 자신이 없어요. 저도 절 잘 모르겠어요. 흑흑…….”

“지아야! 그랬구나. 미안하다!”

유신의 동생 지아는 가족들의 힘으로 지금까지 버텨왔다. 무엇보다 지아 스스로가 우울증을 인식하고 고치려 무단히 애쓴 결과 많이 좋아진 듯했다. 하지만, 우울증이라는 것이 완치 없이 지속적으로 감정을 공격하는 병이기에 부단한 노력이 필요했다. 지아도 예전처럼 격한 감정의 기복은 없더라도 어느 순간 깊은 자괴감에 빠져들곤 했다.

“그랬었나……. 그래도 실망 말게 지아는 의지가 강해 꼭 이겨낼 걸세!”

"그럼, 당연하지! 실망하지 말게, 유신! 힘내게!"

기남과 재민이 번갈아가며 유신을 위로해 주었다. 그 말이 유신의 귀에 들어오겠냐마는 그래도 벗들의 말과 눈에는 진심이 담겨 있음을 누구보다 유신은 잘 알고 있었다.

"그래. 미안하네, 이거. 오랜만에 모여서 안 좋은 얘기만 했구려. 그 얘긴 그만하고, 기남, 자네는 요즘 어떠한가? 이리 자네 집에서 보자고 한 특별한 이유라도 있는 겐가?"

"그러게 말이야. 그저 우리를 보기 위해서라면 초희당에서 봐도 괜찮을 텐데……."

유신이 화제를 돌려 말하자 재민도 뭔가 낌새를 느낀 듯 굳이 기남이 자신의 집으로 초대해 만나자고 한 이유를 물었다.

"뭐…… 특별한 이유라도 있는 겐가? 여기 손님이 계시기도 하고……."

"이보게, 기남. 말하시게 괜찮네. 무슨 일인가?"

옆에 있던 재민도 거들어 재촉하였다.

"정말 속일 수 없는 친구들이군그래……, 하하하."

사실 기남이 자신의 집에서 선우와 연희, 두 친구를 초대하여 술을 마시자고 한 건 핑계거리에 불과했다. 며칠 전부터 기남에게는 결정해야만 하는 고민거리가 있어 여러 친구들의 의견을 듣고 싶었던 것이다.

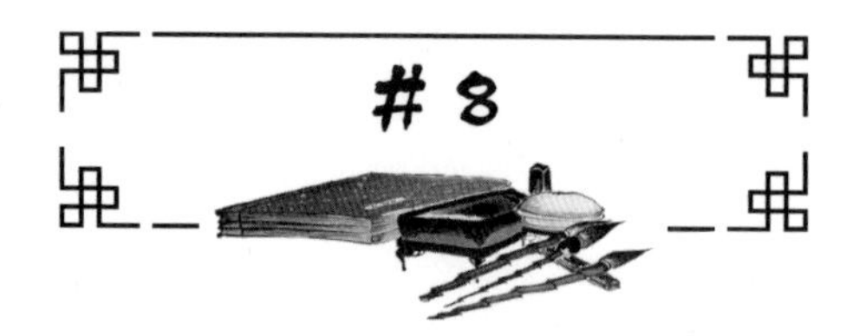

#8

기남은 승정원의 주서로 관직을 제수받은 후 얼마간은 임금과 대신들 사이에 끼어 업무파악을 하는 데 주력했다. 하지만 어느 정도 안정을 되찾은 이후로 아버지 어득강과 형인 기선의 일을 되돌아보게 되었다. 어득강이 고향으로 낙향하고 나서는 더욱 혼자만의 시간이 많아졌고 특히 형의 억울한 죽음을 어떻게 하면 헛되이 하지 않을까 고민해 왔던 것이다.

그러던 그에게 떠오른 것은 '서책'이었다. 어느 날 선우와 얘기하던 중 듣게 된 이야기에 적잖은 충격을 받았다.

'미래에는 일반 백성 누구든지 책을 마음대로 볼 수 있어 특정한 정치세력에게 정보가 독점되지 않는다.'

'또한 어디든 책을 파는 서점이 있어 누구든 자유롭게 살 수 있다.'

아버지 어득강이 꾸준히 제기한 '서사'의 필요성을 증명한 말이었기 때문이다. 하지만 지금의 집권 세력인 훈구대신들의 반대로 서사의 확대는 빈번히 실패하고 말았다. 기남은 생각했다.

'지금 조정의 상황에서 혼자 할 수 있는 것은 아무것도 없다.'

그를 지지해 줄 세력 또한 많지 않았다. 기묘사화로 많은 사림들이 죽임을 당했을 뿐만 아니라 그나마 얼마 남지 않은 이들도 몸을 사리고 있는 판국이었다. 그래서 생각해 낸 것이 서책의 보급을 확대하여 다양한 사고를 고취시키고자 하는 것이다. 일방적이고 소수이며 특정 세력에 기대고 있는 조선의 권력을 다수의 백성들에게 분배하고자 한 것이다. 여기까지 생각이 미치자 어찌 시작해야 할지 엄두도 나지 않았고 만약 일이 잘 풀려 서사 확대가 윤허된다고 해도 그 운영은 또 어떻게 해야 할 것인가도 문제였다. 내일 중종에게 서사 설치의 관한 상소를 올릴 계획인데 그전에 오늘 모인 이들에게 자신의 생각을 털어놓고 조언을 받고자 한 것이다.

먼저 유신이 말을 꺼냈다.

"나도 서사를 확대하는 것은 찬성일세. 도무지 서책을 구하는 것이 이리 어려워서야……. 하지만 심준 대감이나 홍성주 대감께서 가만히 있겠는가?"

"그러게 말이네. 대사간 대감도 그리 노력했건만 모두 물거품이 되지 않았나? 난, 무리했다가 자네까지도 다칠까 걱정되는군그래!"

"재민, 자네가 걱정해 주는 말 충분히 고맙네!"

사실 기남은 일주일 전, 선우에게서 얻은 《군주론》을 중종에게 보여 주었다. 서역에서 넘어온 서책이라 말하고 건네준 것이다. 《군주론》을 읽은 중종은 매우 흡족해했다. 이제껏 공자와 맹자, 주자의 성리학 등 유학 관련 서책과는 전혀 다른 새로운 느낌이라며 밝은 표정을 보였다. 기남은 바로 그 기회를 놓치지 않고 싶었다. 즉시 중종에게 다시 서사 확대를 강조한 것이다. 직언도 아끼지 않았다.

"전하! 신 어기남 목숨을 걸고 다시 한번 주청 드립니다. 서사의 확대를 윤허하여 주시옵소서! 맹자에 유사농단언(有私壟斷焉, 이 구절에서 '농단'이라는 말이 유래되었다)이란 구절이 있사옵니다. 이는 높은 언덕을 차지하고 혼자만 이익을 보려 하는 소인배들을 이르는 말입니다. 서책도 마찬가지라 생각하옵니다. 서책은 곧 지식이며 권력이 될 수 있습니다. 각각의 생각이 있어야만 권력은 특정 세력에 집중되지 아니할 것입니다!"

이 말이 중종의 의중을 찍었다. 사실 조광조 등 사림 세력이 일거에 제거된 것도 겉으론 '주초위왕'의 불충한 유언비어였으나 그 안에는 날로 커진 사림 세력의 견제가 작용하고 있었다. 하지만 걷잡을 수 없이 늘어난 사림의 죽음으로 중종도 적잖이 당황하였고 조정은 다시 훈구 대신들의 손아귀로 들어가게 된 것이다. 마치 왼쪽 혹을 떼어 오른쪽에 붙인 격이었다. 그 후 중종은 또다시 심준과 홍성주의 눈치를 보게 되었다. 기남의 직언이 효과가 있었는지 중종은 정식으로 상소를 올리면 대신들과 의논해 보겠다고 하였다.

"그럼 말일세, 만일 전하께서 서사 확대를 윤허해 주신다 해도 그 일은 누가 맡게 될 것 같은가?"

역시 눈치 빠른 재민이 물어보았다.

"그야 당연히 홍문관 수찬 홍명한이 맡지 않겠는가?"

유신이 냉랭하게 말했다. 어쩜 당연한 일일 것이다. 경서와 사적 관리는 홍문관 소관이니 서사 관리도 홍문관의 일일 것이다.

"그럼, 다 끝난 얘기 아닌가? 홍성주 대감은 분명 반대할 것이고 설령 일이 성사된다고 한들 책임자가 그의 아들이라면……. 아쉽군……."

"그건 좀 두고 봐야 할 것 같네. 서사 확대의 결정도 시간이 걸리니 그 이후의 일은 지켜볼 수밖에……."

재민과 기남의 말이 끝나자 기다렸다는 듯 연희가 치고 나왔다.

"책방 만드는 거면 우리 점장님이 딱인데요!"

"그게 무슨 말씀이시죠?"

"아…… 그게. 음, 명나라에서 서점을 몇 개 만든 적이 있습니다만…… 조선과는 여러모로 다른지라……."

갑작스러운 연희의 말에 재민이 묻자 선우가 황급히 변명과 같은 대답을 했다.

"서점이요?"

재민과 유신이 동시에 물어보았다.

"아, 명나라에선 서사를 서점이라 부르지요. 우리 조선보다는 훨씬 다양한 책도 팔고 있고요."

"그래요? 그거 참 잘됐네요! 혹시 일이 잘 풀리면 선우 선생님의 도움을 받을 수도 있겠는걸요!"

기남은 처음 듣는 것처럼 능청스럽게 말하며 선우와 연희를 번갈아 보며 웃었다.

"야, 이거 일이 잘되면 좋겠는걸! 기남 자네는 어떻게든 전하의 윤허를 받아오게. 민간 서사의 운영만 허락한다면 내 한양에서 가장 좋은 자리를 얻어 적극 돕겠다고 약조하네! 여기 전문가들도 계시니 얼마나 좋은가!"

"이거 천하의 김재민이 밀어주는 거라면 필히 성공하겠는걸? 그렇다면 나도 좀 끼워주면 안 되겠나? 요즘 도통 몸이 좀 근질근질해서 말이야. 하하……."

재민과 유신이 농반진반으로 웃음을 건네고 있을 때, 기남은 자못 진중한 눈빛으로 술잔을 바라보았다. 정녕 이 일이 성사된다면 그동안 평생 꿈꿔오던 아버님의 뜻을 받들 수 있을뿐더러 비록 형 기선의 죽음을 밝힐 수는 없지만 최소한 헛되이 하지는 않을 수 있을 것 같았다.

처음과는 달리 밝은 분위기로 술자리는 무르익어갈 무렵 연희가 잠시 자리를 비운 뒤 한 손에 책을 들고 다시 들어와선 유신에게 권하였다.

"본의 아니게 유신 선비님의 여동생분 사정을 듣게 되었습니다. 도움이 될지 모르겠으나 댁에 돌아가셔서 동생 분께 전해주시겠어요?"

"《죽고 싶지만 병자(간장으로 요리한 조선 시대 떡볶이)는 먹고 싶어》…… 이게 무슨 서책입니까?"

"지아 아가씨처럼 우울증을 앓았던 여성이 지은 책입니다. 우울증에 걸린 젊은 여성이 병원 아니 의원을 다니며 상담한 내용과 자신의 심경을 담담히 쓴 책입니다. 어쩌면 지아 아가씨도 공감할 수 있을 것 같아 드립니다."

"이거, 감사합니다. 이런 서책도 있군요. 뜻하지 않은 선물을 받아 고맙습니다. 꼭 전하겠습니다!"

유신은 연신 감사하다는 말을 연희에게 했다. 그 마음은 진심이었다. 조선 어디에도 동생 지아와 같은 젊은 여성이 읽을 만한 책은 존재하지 않았기 때문이었다. 가끔씩 돌아다니는 규방 소설이 있었지만 지금의 지아에겐 전혀 도움이 되지 못했다. 하루하루를 공허하게 보내는 동생에게 분명 도움을 줄 수 있는 책이라 확신했다. 이를 본 재민 또한 감사의 인사를 함께 했다.

그날 밤 선우는 좀처럼 잠을 이루지 못했다. 기남과 중종의 뜻이 관철되어 서점을 만들게 된다면 무엇부터 시작해야 되나 아득하였다. 진짜로 조선 최초의 서점을 자신이 직접 만들지도 모른다는 상상으로 밤을 꼬박 새웠다.

"전하! 신 좌의정 심준 아뢰옵니다. 서사의 확대 설치는 불가하다 사료됩니다."

"신, 이조판서 홍성주도 같은 생각이옵니다. 몇 년째 가뭄이 이어져 백성들은 끼니마저 제대로 잇지 못하고 있사옵니다. 그깟 서사를 설치한들 그들에게 무슨 의미가 있겠사옵니까!"

"호조판서 김동명입니다. 아뢰옵기 황공하오나 요 근래 이어진 기근으로 인하여 궁으로 들어와야 할 진상품도 제때 도착하지 못하고 있는 상황입니다. 하물며 새로운 창업을 하신다면 그에 필요한 재물과 인력 등으로 인하여 백성의 고통은 더 가중될 것으로 사료되옵니다. 부디 통촉하여 주시옵소서."

"통촉하여 주시옵소서!"

심준, 홍성주, 김동명의 말이 끝나자마자 많은 대신들이 일제히 명을 거두어 줄 것을 요청하였다. 중종을 향한 그들의 압박은 늘 이러했다. 미리 자기들과 상의하지 않은 사안에 대해서는 한사코 불가를 부르짖었고 기필코 왕의 결단을 꺾어야만 직성이 풀릴 것처럼 일사불란하게 움직였다. 이번 건도 이미 예견된 일이기도 했다. 온전히 중종 혼자의 힘으로 밀어붙인 일은 거의 없었으니 말이다. 하지만 이번엔 좀 달랐다. 예의 중종 같으면 대신들의 힘에 밀려 한 발짝 뒤로 물러섰을 테지만, 좀처럼 그의 뜻을 굽히지 않으려 하였다.

"좋소! 대신들의 의견은 그렇다 치고, 대사간 대감의 의견은 어떻소?"

김민 대사간 대감은 기남의 아버지 어득강과 함께 오랫동안 사간원에 몸담은 사람이었다. 어득강이 사직한 후 종 3품 사간에서 정 3품 대사간으로 제수되었다. 어득강과도 막역한 사이였고 몇 차례의 사서 확대에 관한 어득강의 상소에도 간여한 인물이다. 중종이 김민을 콕 찍어 물어본 것은 당연히 우군이 될 것이라는 믿음이 있었기 때문이었다.

"신, 김민 아뢰옵니다. 지금의 교서관(책의 제작, 보급을 관장하던 국가기관)으로는 배움에 치중하는 유생에게 만족할 만한 서책 보급이 어려운 것은 사실입니다. 신 또한 전하의 서사 확대에 이견이 없사옵니다. 하지만…… 다만 상황이 그러한지라 좀 더 시간을 갖고 신중해야 할 것으로 생각합니다."

"상황이 그러하다……. 그렇다면 호조판서와 대사간의 의견은 재정적으로 문제가 있으니 미루어 다음에 생각해 보자 이것입니까?"

"황공하옵니다!"

김동명과 김민은 머리를 조아리며 소극적으로 반대 의견을 표하였다.

"좋소이다. 그럼 이렇게 하는 것은 어떻겠소. 경들의 말대로 나라의 곳간이 어렵다 하니 이번 서사는 나라가 아닌 개인이 만들면 어떻겠소?"

"개인이요? 나라에서도 버거운 서사의 설치를 어찌 일개 중인들에게 맡기신다는 말씀이십니까! 그는 더욱 어려운 일일 것입니다!"

깜짝 놀란 홍성주는 눈을 더 부릅뜨고 말했다.

"내가 언제 중인들에게 맡긴다 하였소. 서사는 이 나라의 근본이 되는 경서를 다루는 곳이오. 따라서 사대부라 해서 서사를 만들지 못하라는 법은 없지요. 오히려 양반들이 만드는 것이 더 옳을 수도 있어요!"

중종은 편전에 들기 전부터 이 말을 하고 싶었는지 모른다. 어차피 그들은 반대할 것이 뻔했고 그들의 반대 구실을 이용하여 밀어붙이려 했던 것이다.

"네! 알겠사옵니다. 전하의 뜻이 이리 강경하시니 이번에는 신들이 따르겠습니다. 홍문관에 맡겨 처리하도록 하겠사옵니다."

심준은 잠시의 머뭇거림도 없이 중종의 말에 응답하였다. 그 짧은 사이에 자신들의 뜻대로 되지 않을 것임을 직감하였고 그 차선책으로 홍문관을 생각했던 것이다. 물론 홍성주의 아들 홍명한이 있기 때문이었다.

"아, 좌의정 대감! 이번은 한성부에 맡겨 보도록 합시다. 나라에서 하는 것도 아닌데 굳이 홍문관이 끼어들 일이 있겠소. 한성부 판윤은 들으시오!"

"예, 전하. 분부하시옵소서!"

"이레(7일) 후에 이 일에 대해 검토해서 내게 직접 말해 주시오! 또한 그때까지 서사가 설치될 수 있는 두 곳을 알아보도록 하오. 또한, 이후로도 서사를 설치되면 한성부에서 성심을 다 해 도와주도록 하시오!"

"예, 알겠사옵니다. 전하!"

이번엔 심준과 홍성주가 중종에 완패했다. 잘 짜인 각본처럼 마무리된 것이다. 중종은 편전에 들어오기 전부터 그들의 대답을 예상하고 있었다. 왕이 된 이후로 오늘처럼 흡족한 날은 없었던 것 같다. 편전을 가득 채운 늙은 여우들 틈에서 자신의 존재감을 여실히 드러낸 것이다. 마음 같아서는 당장 어기남, 아니 마키아벨리까지 불러 술이라도 한잔하고 싶은 심정이었다.

내일이면 중종을 찾아가 서사가 들어설 두 곳을 말해야만 했다. 이만희 한성부 판윤은 좀처럼 안정을 찾을 수 없었다. 며칠 전 함께한 심준과 홍성주의 술자리가 계속 마음에 걸렸기 때문이다. 이만희는 보기 드물게 어느 정파에도 속해 있지 않은 인물이었다. 멀게는 종친에 더 가까운 쪽이라 할 수도 있지만 6대조인 태종까지 거슬러가야 하기 때문에 촌수를 헤아리는 것조차 무의미할 정도였다. 하지만 아무리 잊어졌다 해도 왕손의 씨앗이라는 것 자체는 굉장한 무기였다. 이만희가 어느 정파에도 속하지 않으면서 한성부 판윤까지 올라간 것도 어떻게 보면 허울 같은 가문의 뒤 배경이 있어 가능한 것이었고 앞으로도 특별한 과오가 없는 한 지금처럼 평탄하게 지낼 수 있을 것 같았다.

그런 그에겐 심준과의 자리는 일종의 화근이 될 수도 있다. 괜히 특정 당파에 휩쓸리게 되면 자리의 보존은 물론 목숨마저 위태로울 수 있기 때문이다. 맹탕에 가까운 종친이기는 하지만 엄연한 전주 이 씨이지 않았던가. 자칫하면 권력 놀음의 희생양으로 실컷 이용당한 후 버려질 수도 있을 것이다.

심준과 홍성주는 서사 설치에 관해 불가하다는 뜻을 중종에게 건의해 달라 이만희에게 부탁했다. 종친이 사라진 조정안에서 이만희는 중종에게 큰 버팀목과도 같은 존재다. 내색하지 않았지만 결정 내리기 어려운 일과 누군가에게 부탁과도 같은 어명은 곧잘 이만희에게 떨어지곤 했다. 물론 심준과 홍성주는 이러한 사실을 이미 눈치채고 있었고, 때문에 이만희를 만났던 것이다.

"판윤 대감, 너무 오랜만에 모셨습니다. 나랏일에 바쁘신 것 같아 섣불리 자리를 만들지 못했습니다."

"아닙니다! 좌의정 대감. 죄송하다니요, 별말씀을 다 하십니다."

심준과 홍성주가 이만희에게 술잔을 건네며 인사치레를 했다.

"제가 두 분을 먼저 모셨어야 했는데 이리 불러주셔서 감사합니다."

몇 번의 잔이 오간 후 홍성주가 오늘 자리의 목적을 드러냈다.

"대감, 나흘 후에 전하를 뵙기로 했지요?"

"네, 서사에 대한 일로 뵙기로 했지요. 왜요? 무슨 문제라도 있습니까?"

"문제는요……. 대감은 어떻게 생각하실지 모르시겠지만 괜찮으시다면 전하께 한 번 더 주청을 드려보시는 것이 어떠할까 해서요?"

"주청이라니요? 어떤 주청을 말씀하시는지요?"

이만희의 물음에 잠시 듣기만 하던 심준이 입을 열었다.

"대감! 지금 이 조선이라는 나라는 누구에 의해서 움직이고 있습니까?"

"그야…… 전하의 뜻이지요……."

"그렇습니다, 전하의 뜻과 그를 받드는 저희 같은 신하들로 인해 움직이고 있습니다. 어릴 적부터 익혀 온 경서의 지식을 바탕으로 무지한 백성들을 이끌고 있지요! 대부분의 신료들은 수십 년간 글을 읽으며 나라의 미래를 걱정했습니다. 아니 그러합니까?"

"당연한 말씀이시죠! 여기 홍성주 대감이나 심준 대감께서도 이 나라의 내로라하는 학자들 아니십니까?"

"하지만, 적당히 익힌 사람들이 무서운 법이지요?"

"적당히 익히다니요……."

"경험 없이 글로만 세상의 이치를 따지려 하는 사람들을 말합니다. 어느 정도 글을 익혔다고 세상 무서울 것 없이 덤벼드는 이들이지요. 훗훗…….”

“조광조와 같은 역적이 여기에 듭니다!”

심준을 이은 홍성주의 말에 이만희는 지금 이 자리가 심상치 않음을 직감했다. 심준이 다시 말을 이었다.

“서사를 확대하고자 하는 전하의 명은 바로 조광조와 같은 간악한 무리를 더 만들고자 하는 것과 다름없소이다. 무지렁이들이 글을 읽으면 나라는 더 소란해질 것이 뻔하며 여기저기 지들 입맛에 맞는 상소를 올려 전하의 심기만을 불편하게 만들 뿐입니다!”

“대감, 서사 두 군데 정도를 설치한다고 해서 그렇게까지 될까요? 너무 앞서 나가는 것 아니신지요?”

“그렇지 않습니다. 대감! 지금은 두 군데만 설치한다 하셨지만 후일 평양, 충주, 전주, 상주, 대구 등 지방에도 만들어질 것입니다. 뿐만 아니라 개인이 자유롭게 운영하도록 하셨으니 불미스러운 책들이 나돌지 않으리란 보장도 할 수 없지요.”

“판윤 대감! 서책은 다스리는 자에게만 있으면 됩니다! 통치를 받는 자들은 지시한 대로만 움직이면 그만입니다, 생각이 많으면 나라가 시끄러워집니다. 부디 숙고해 보시고 현명한 판단 부탁드립니다!”

심준과 홍성주는 쉴 새 없이 서사의 부당함을 피력했다.

술자리가 끝나고 집에 돌아온 이만희는 좀처럼 잠을 청할 수 없어 앞마당을 걸으며 깊은 생각에 잠겼다. 과연 그러할까?

'서책이 다스리는 자에게만 독점되는 것이 진정 나라의 안정에 도움이 될까?'

"아버님! 달이 너무 밝아요!"

"어…… 지아야!"

얼마 만에 보는 딸 지아의 웃는 모습이었던가. 이만희는 자신에게 먼저 말을 걸어준 지아의 모습에 기쁨보다는 놀라움이 앞섰다. 마치 유년 시절 그 맑고 밝던 딸을 보는 듯했다.

"지아야…… 오늘 무슨 좋은 일이도 있었느냐? 표정이 무척 밝구나!"

"그렇죠, 아버님! 놀라셨나요?"

"아…… 아니다. 너의 이런 모습을 보는 게 너무 오랜만이구나……."

"맞아요, 아버님. 소녀는 늘 아버님이나 오라버니께 짐이 된 것 같아 편치 않았었는데 이젠 그런 생각하지 않기로 했어요!"

"짐이라니, 그 뭐 당치도 않은 말이냐! 우린 가족이 아니더냐! 그런 생각은 절대 하지 말아야 한다. 그런데, 정녕 아무 일 없었느냐? 이런 밝은 모습을 보니 이 아비마저 모든 시름이 사라지는구나! 어떻게 다시 평온을 되찾은 게냐?"

"사실은 사흘 전 오라버니가 가져다준 서책 때문이에요. 제 울증에 도움이 될까 해서 받아 오신 거라는데, 읽고 나니 공감되는 부분이 많아선지 마음도 좀 편해졌어요."

"그래? 그거 참 잘됐구나. 어디 그 책 나도 한번 읽어봐야겠구나?"

"에이, 아버님한테는 그리 필요 없을 것 같은데요, 호호. 이젠 더 열심히 의원에 다니며 치료에 힘쓰겠습니다."

"그거 듣던 중 반가운 말이구나! 우리 이쁜 지아……. 근데 그 서책 제목이 무엇이더냐?"

"《죽고 싶지만 병자는 먹고 싶어》예요!"

"《죽고 싶지만 병자는 먹고 싶어》 거, 서책 이름 하나 재밌구나!"

"전하, 신 이만희입니다."

"오, 그래 판윤 대감, 어서 들어오시오."

"신, 어명을 받자와 찾아뵈었습니다."

"그래, 잘 헤아려 보았는가? 어찌하면 좋겠는가?"

"신, 이레간 전하의 명에 따라 여러 곳을 찾아보았습니다. 운종가가 좋을 듯하옵니다. 종루(보신각)에서 광통교(광교)로 이어지는 길목에 지전(종이 파는 곳)도 밀집되어 있어 서사가 있기 제격일 것 같사옵니다."

"오, 그래, 그게 좋겠구나. 내 도승지에 일러둘 테니 판윤 대감은 이 일에 각별히 신경 써 주시기 바라오!"

"네, 전하. 그리고, 한 가지 주청 드릴 것이 있사옵니다."

"주청? 그래. 무엇이오?"

이만희는 심준 등과 만나기 전에도 서사에 관해 생각해 본 적이 있었다. 사실 이만희도 서사에 대해선 부정적인 생각을 가지고 있었다. 그날 술자리 이후로 더욱 생각이 굳어져 중종을 만나 서사에 대한 불가 입장을 피력하려고 했었다. 그들의 힘이 두려워서가 아니라 근래 저잣거리에 떠돌기 시작한 규방 소설에 대한 잡음이 끊이질 않았고 이에 유교를 근간으로 하는 조선에 삼강의 도를 해친다는 우려가 있었기 때문이다.

하지만, 그가 생각이 바뀐 건 어제저녁 딸 지아를 보고 나서였다. 지아의 마음이 안정되도록 도와준 것이 제목도 생소한 서책이었다는 것을 알고 또 다른 고민에 빠진 것이다. 심준과 홍성주의 말도 어느 정도 인정했던 이만희였기에 그의 마음은 더욱 복잡했다.

"전하, 서사를 설치하는 일에 홍문관도 참여할 수 있도록 윤허하여 주시옵소서. 사상(私商)에만 맡기게 되면 자칫 이문을 노린 이들이 있어 그 기능을 제대로 수행할 수 없을지도 모르는 일이 옵니다. 나라에서 같이 병행하여 시행하게 되면 그 폐단을 미리 막을 수 있을 것으로 사료되옵니다."

"하지만, 신료들이 가만히 있겠소? 판윤 대감도 보지 않았소."

"전하가 시행하시는 일에 신하된 자로서 따르는 것은 당연한 일입니다. 제가 삼정승과 대감들을 만나 보겠습니다!"

"그리만 된다면 더없이 좋겠소이다. 난 판윤 대감만 믿겠소!"

"성은이 망극하옵니다, 전하!"

이만희는 중종을 만나 후 곧장 심준과 홍성주를 찾아 나섰다.

"선우 선생님, 방 안에 계십니까?"

"아, 네 있습니다. 들어오시지요."

"아니요, 잠시 갈 곳이 있으니 연희 낭자와 함께 채비 좀 해 주시지 않겠습니까?"

저녁은 이미 2시간 전에 먹었는데 급히 연희와 함께 어디로 가자고 하는 것은 필히 중요한 이야기가 있기 때문일 거라 선우는 짐작했다. 그 일에 자신과 연희가 필요하다는 것을 알아차렸고 그 직감이 맞는다면 분명 이전에 말한 서사에 관한 일일 것이라 생각했다.

잠시 후 선우와 연희는 기남을 따라 나섰고 그가 인도해 준 곳으로 안내되었다.

'와, 이게 TV 드라마에서만 보던 기방이구나.'

선우와 연희는 눈과 입이 쩍 벌어졌다. 웬만한 부잣집 대문과는 비교도 안 될 정도의 화려함을 과시하고 있었다. 양각으로 새겨진 '초선당'이라는 간판을 넘어서니 연못을 중심으로 양편으로 십여 개의 방으로 연결된 행랑채가 보였다. 여기저기 가야

금과 기생들의 웃음소리가 넘쳐나고 있었다. 선우 일행은 연못 건너편에 족히 100여 년은 되었을 소나무들이 인도하는 돌계단을 올라 팔작지붕의 별채로 들어섰다.

그곳엔 이미 유신과 재민이 와 있었다.

"또 뵙겠습니다. 선우 선생님, 연희 낭자."

유신과 재민이 동시에 일어나 인사를 건네 왔다.

"아, 네. 오늘은 좀 늦은 시간에 보게 되네요!"

"저도 아버님이 퇴청하신 후 급히 들은 얘기라 이리 늦게 모시게 되었습니다. 죄송합니다."

"아닙니다. 저나 점장님이나 방 안에만 틀어박혀 있던 것이 얼마나 지루했는데요? 안 그래요 점장님?"

"응…… 그렇지……."

"그러시다면 그 지루함을 잊게 할 만한 일을 찾았는데요. 들어보시겠습니까?"

유신이 신이 난 듯 선우와 연희를 번갈아 쳐다보며 말했다.

"지루함을 잊게 할 수 있는 일이요?"

"혹시? 서사 설치에 관한 일인가요?"

연희의 궁금함을 마치 선우가 대답해 주는 것 같았다.

"예. 맞습니다. 아버님의 말씀대로라면 홍문관과 민간인이 각각 1개소씩 설치하기로 했답니다. 홍문관에서는 홍성주의 아들 홍명한이 그 책임자라 합니다."

유신의 아버지 이만희는 서사 설치를 반대하지 않는 대신 홍문관에서 직접 참여하면 좋을 것 같다는 의견을 심준에게 제안했다. 이에 심준과 홍성주가 상의 끝에 홍명한이 전면에 나서는 서사 설치의 책임자가 된 것이다.

"그렇다면, 나머지 상인 측에서 지원자가 누군가요?"

연희가 물었다.

"이제 찾아봐야죠. 간간이 서책을 배달해 주는 책쾌(책 중개인)가 있긴 하지만 이들은 서사를 설치할 만한 재력도 경험도 전무한지라……."

재민이 말을 이었다.

"제가 해볼까 합니다. 다만, 반드시 선우 선생님과 연희 낭자의 도움이 필요합니다. 저는 서책에 대해 아무것도 모릅니다. 두 분이 도와주시지 못한다면 저도 생각을 접을 수밖에 없습니다."

"어떠십니까? 선우 선생님!"

옆에 있던 기남이 흔들리는 눈으로 선우에게 물어왔다. 이런 결과를 만들기 위해 기남은 얼마나 많은 고민과 기다림을 가졌던가? 서사를 통해 백성들과 지식을 공유하는 꿈을 얼마나 고대해 왔던가? 그 꿈이 머지않아 이루어질 수 있다는 기대에 부풀었다. 하지만, 이 일의 성공은 온전히 선우와 연희에게 달려 있음을 그 또한 알고 있었다. 순간 선종 스님이 생각났다. 그는 지금의 이런 상황까지 모두 알고 있었을까?

"글쎄요? 그건…… 좀 힘들 것 같은데요. 제가 겪었던 서점 일과는 여러 가지로 차이가 있어 감당해 낼 자신이 없습니다."

그러나 선우의 대답은 의외였다. 그의 자신 없는 말투가 그대로 함께한 이들에게 전해졌다. 선우에게 있어 서점의 개점과 폐업은 일상과도 같은 일이었지만 그 모두가 2022년 대한민국에서나 가능한 일이었다. 서가의 제작과 서점 내 인테리어 구성도 문제였지만 무엇보다 그 안에 채워 넣을 도서의 구비와 분류가 불가능할 거라 판단했기 때문이었다.

"네! 어렵다고요?"

기남, 유신, 재민 모두 놀라 함께 외치듯 말했다.

"점장님! 왜 못하시겠다는 거예요?"

연희 또한 선우의 거절에 대해 의외라며 물어왔다.

"우선, 제가 했던 책방 일과 지금 조선의 서사 일은 너무 많은 차이가 있습니다. 가장 중요한 점은 책의 구성부터 다릅니다. 사서삼경이나 유학 관련 도서의 진열이 주를 이룰 서사의 책들과는 달리 저는 실질적으로 삶에 도움을 줄 수 있는 책들 위주로 공부해왔습니다. 불행히도 그런 책들을 구할 수 있는 곳이 지금의 조선에는 없을 것 같습니다."

선우는 책의 구성에서부터 서점 내의 인테리어와 서가의 제작까지 모든 것이 불가능하다며 거절의 뜻을 분명히 했다.

"너무 안타까운데요. 선우 선생님만 도와주신다면 멋진 서사를 만들어 볼까 했는데, 이리 말씀하시니……."

재민이 아쉬운 듯 잔에 술을 채웠다.

"선우 선생님! 저는 선우 선생님이 말씀하신 책들이 꼭 이 시대의 백성들에게 읽히면 좋겠습니다. 그 외 서가와 내부 공간의 구성은 머리를 맞대어 힘을 모으면 될 것 같은데요."

기남이 의외로 활짝 웃으며 말했다.

"선생님! 지난번 저에게 빌려 주셨던 《군주론》이란 책 기억나십니까?"

"물론이죠, 그걸 요즘 한글로 번역하느라 얼마나 힘들었는데요. 그런데, 그 책은 지금 어디에 있나요? 요즘 읽고 계신 것 같지도 않던데요?"

"전하께서 읽고 계시죠! 그것도 신하들 몰래…… 하하."

"중종께서요!"

선우와 기남의 대화에 모두들 깜짝 놀랐다.

"선우 선생님! 저는 그런 서책들이 서사에 진열되기를 원합니다. 사서삼경의 《경서》나 《명심보감》, 《내훈》 이런 서책도 중요하지만 현실을 사는 백성들에게 도움이 되는 그런 서책이 널리 알려지면 좋을 것 같습니다."

"맞습니다. 지난번 연희 낭자가 제게 전해준《죽고 싶지만 병자는 먹고 싶어》라는 서책을 읽고 동생 지아가 기운을 냈습니다. 감사 드립니다. 연희 낭자!"

"정말이에요! 그거 참 다행이네요! 그런데 그런 또 다른 책들을 어디서 구하죠? 그게 점장님이 할 수 없다는 이유죠?"

잠시 유신과 연희의 말을 들은 기남이 잘됐다 싶었는지 다시 말을 이었다.

"바로 그겁니다. 선우 선생님! 선생님이 지난번 철원 대성산에서 오실 때 수십 권의 서책도 함께 가지고 오셨죠?"

"네, 그랬었죠."

"그 서책들을 모두 다시 쓰도록 하지요. 다행히 저도 글 쓰는 법을 배웠으니 전력을 다해 도와드리겠습니다. 선우 선생님, 부탁드립니다."

순간 선우의 머리는 핑 돌았다.

'21세기의 베스트셀러를 16세기 조선에서 판다.'

생각만 해도 짜릿한 느낌이 들었다. 비록 미래의 지식을 훔쳐오는 일이긴 하지만 이 얼마나 흥분된 일인가! 저작권 등의 법률문제도 지금으로서는 신경 쓸 겨를이 없었다. 원저작자들에겐 너무 죄송한 일이지만, 그들 중 대다수는 아직 태어나지도 않았으니……. 이런 생각이 미치자 선우는 잠시 고민에 빠졌다. 모두가 숨죽인 채 몇 번의 잔이 오가고 얼마간의 시간이 흐른 후 선우가 입을 열었다.

"원래 책을 쓰신 분들에게는 너무나 미안한 일이지만 기남 선비님이 이리 말씀하신다면 한번 도전해 보도록 하겠습니다."

"정말이죠! 힘닿는 데까지 도와드리겠습니다."

"와! 근사해요. 이곳에서 서점을 만들다니! 재민님, 유신 선비님도 많이 도와주실 거죠!"

"그야 당연하죠. 연희 낭자. 내 머슴이라도 된 듯 앞장서서 도와드리겠습니다. 유신, 자네도 그럴 거지?"

"여부가 있나? 우리 모두의 뜻이 함께한 일인데!"

"그런데, 서점은 어디에 설치될 예정입니까?"

"네, 광통교(광교)에 있는 전옥서(교도소)의 맞은편입니다."

"아, 거기 지전들이 모여 있는 곳이군!"

선우는 유신과 재민의 말에 왠지 당연한 걸 물었다는 느낌이 들었다. 우리나라 최초의 근대 서점인 '회동서관'도 1897년 광교 인근에 세워졌으며 1960대 이후로는 청계천을 따라 헌책방들이 그곳에 모여들었다. 또한 지금의 대형 서점들도 광교와 종로를 중심으로 출발하지 않았던가?

"자, 그럼 당장 광통교부터 가봐야겠군요! 오늘 밤은 너무 흥분돼 좀처럼 잠들기 어려울 것 같습니다!"

이곳에 서점을 만든다는 결심이 선 선우는 원샷으로 몇 잔 들이켰지만 좀처럼 술기운이 올라오진 않았다. 조선시대로 넘어온 후 오늘처럼 들뜬 날이 없었던 것 같다. 예전에도 그랬지만 서점을 만들어야 할 일정이 잡히면 어디서인지 모를 힘이 솟아나곤 했다. 1~2개월을 그런 흥분된 상태로 보냈던 것이다. 지금은 그때보다 몇 배는 더 기운이 나는 듯했다. 어쩌면 조선 최초의 서점이 그의 손에서 탄생할지도 모를 일이기 때문이다.

세계 최초의 금속활자를 만들어 놓고도 중국과 일본에 현저히 뒤떨어진 출판과 유통으로 인하여 조선의 근대화는 그들에게 뒤처질 수밖에 없었다. 이미 다양한 분야의 책으로 사고의 틀을 넓혔던 명나라와 18세기 에도 막부시대부터 적극적인 개항을 통해 난학(蘭學, 네덜란드를 중심으로 서양의 사상과 문물을 연구하는 학문)을 연구한 일본에 비해 조선은 소수의 권력층만 1권에 현대의 가치로 30~40만 원 정도 하던 책을 독점하였던 것이다. 그것 또한 성리학이라는 특정 분야에 한정된 것들뿐이었다.

기록되지 못한 사유는 한낱 상상에 불과한 것이며 소리는 문자로 남겨져야 그 공허함을 메울 수 있는 법이다. 또한 폐쇄된 사고의 폭만큼 출판의 종류도 한정되기 마련이다. 그런 면에서 조선은 분명 닫힌 나라임에 틀림없었다.

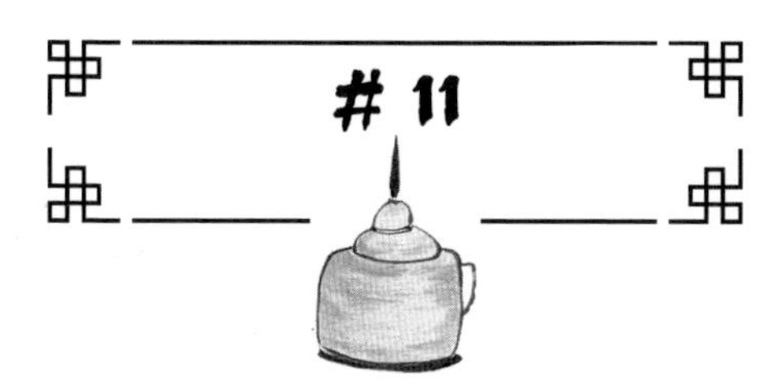

다음 날 선우와 연희, 세 명의 선비들은 다시 초희당에 모였다. 서사를 만들기 위해 각자의 일을 분담하기 위함이었다. 한성부에서 정해 준 날짜 내에 문을 열기 위해서는 선우와 연희에게만 모든 일을 맡길 수 없었다. 최대한 각자가 할 수 있는 분야를 나누기로 했다. 선우와 연희는 책의 구성과 진열, 판매 방법을 기남은 그들을 도와 21세기의 책을 조선 중기의 글로 옮기는 작업을 돕기로 했다. 재민은 서사 설립에 필요한 재원과 인력 관리를 유신에게는 각종 행정 업무가 주어졌다.

"종로에 나가 서점이 들어설 자리부터 봐야겠습니다. 현재 건

물 상태가 어떤지 크기는 얼마나 되는지부터 알아야겠습니다."

"그러셔야죠. 그 일은 저와 함께 가시죠. 아마 모르긴 몰라도 상태가 좋지는 않을 겁니다. 홍문관에서 주도하는 곳은 몰라도 저희가 맡은 곳은……."

"분명 그럴 거야! 저 쪽은 좌의정 대감을 등에 업고 있으니 아무래도……."

재민과 유신의 말이었다.

"그 정도야 이미 예상하고 있었던 것 아닌가! 그보다 더 큰 방해가 없으면 다행이련만……. 그들은 아직도 서사의 설치를 찬성하고 있지는 않은 것 같네. 마지못해 어명으로 시행은 하나 결국은 모든 걸 무산시키려 하는 것이 최종 목적일 걸세!"

기남의 말은 사실일 것이다. 판윤 대감을 설득하고자 했으나 그 뜻의 반만 성공한 그들은 어떻게든 서사의 성공을 막으려 할 것임에 틀림없을 것이다. 그 일의 첫 번째는 홍성주의 아들 홍명한을 통해 민간 주도의 서사가 얼마나 무모하고 위험한 일인가를 증명해 내는 일일 것이다. 때문에 홍문관에서 준비 중인 서사에 모든 지원을 쏟아부을 것이다.

"제가 여러분께 한 가지 제안을 드리고 싶은 것이 있는데요!"

"응? 김 대리! 제안? 무슨……."

"예전부터 선비님들은 서사라 하고 저나 박 점장님은 서점이라 말하잖아요?"

"그러게 말입니다, 저도 사실 서사와 서점, 양쪽 모두 비슷한 뜻이긴 하나 뭔가 좀 어색하긴 했어요!"

연희의 말에 재민이 맞장구를 쳐 주었다.

"그래서 말인데요, 일단 용어부터 통일했으면 해서요. 이참에 서점 이름도 정하고요!"

연희에 제안에 모두 동의하듯 고개를 끄덕였다.

"좋은 생각 같소만……. 뾰족한 이름이라도 생각한 것이 있나요? 연희 낭자!"

잠시 고민 끝에 기남이 연희에게 물어보니 기다렸다는 듯 연희가 답했다.

"네. 사실 저 혼자 며칠 곰곰이 생각해 봤는데요, '조선책방'이 어떨까 해요!"

"책방! 조선!"

모두 서로를 얼굴을 쳐다보았다.

"서점이나 서사나 책을 판매하는 곳이니 책방이라는 말이 어색하지만은 않을 것 같군요, 지금이 조선 시대니 그 또한 옳은 것 같은데요. 책방이라는 어감도 더 친근하게 들리고요! 난 찬성입니다."

항상 진지했던 유신이 먼저 말을 꺼내자 나머지 세 명 또한 연희의 제안에 모두 고개를 끄덕였다. 그렇게 한반도 최초의 민간 서점의 이름은 의외로 쉽게 조선책방으로 결정되었다.

중국에서는 송나라 시절 이미 민간 출판사가 운영되었고 일본의 경우도 에도 시대부터 출판과 서점 사업이 장려되었지만 유독 조선만은 그러지 못했었다. 가까스로 명나라로부터 서적을 수입하였으며 이마저도 너무 비싸서 소수의 양반들만이 독점하였다. 국가에서 운영하던 '교서관'이라는 서적 제작소가 있었지만 왕명이나 또는 특별한 일이 있지 않는 한 일반인을 위한 도서 보급은 엄두를 내지 못했던 실정이었다. 하지만 지금은 21세기에서 온 선우와 연희로부터 조선의 최초 민간 서점의 탄생이 예고되는 순간이었다.

"자! 이제 서사…… 아니 책방의 이름도 정했으니 모두 축하의 잔을 드시지요!"

"네, 꼭 성공해서 이 나라에 제2, 제3의 조선책방이 탄생할 수 있도록 최선을 다합시다!"

"좋습니다!"

재민과 기남의 말에 모두 한 뜻이 되어 잔을 들어 올렸다.

선우와 연희는 아침을 먹고 바로 재민을 만났다. 의금부와 전옥서가 바로 옆이라 그런지 무관 차림의 사람이 잦았다. 연희는 이런 곳에 책방을 만들면 일반 백성들이 자주 찾아올 수 있나라고 걱정했지만 이 나라 최대의 번화가인 운종가가 바로 옆이니 큰 문제는 없을 거라 재민이 말하였다. 오히려 포졸들이 자주 돌아다녀 안전면에서는 더 유리하다고까지 했다. 선우는 서사 설치를 신청했던 재민에게 부여된 건물을 둘러보았다.

크기는 3무보(90평, 1무보=약 30평)가 조금 넘는다고 재민이 말했다. 현대의 대형 서점에 비해서는 작은 규모지만 인근 타업종의 점포에 비하면 꽤 큰 규모의 판옥집이었다. 홍문관에서 진행하는 또 다른 서사는 10평 정도의 지전을 사이에 두고 바로 옆에 자리 잡게 되었다. 예상대로 번듯한 판옥이었다. 아니 판옥이 아니라 기와집이라 해도 될 것 같았다. 외견상으로는 별 수리 없이 책만 갖다 놓으면 바로 운영할 수 있을 정도로 깨끗했다. 그에 비해 재민이 받은 판옥은 말 그대로 낡은 판잣집 그 자체였다. 오랫동안 형틀과 무기를 보관한 창고로 쓰였는데 이번 어명으로 서사로 탈바꿈하게 되었다고 재민이 일러주었다. 창고로만 사용되어서 그런지 비가 샌 흔적이 그대로 남아 있었고 곳곳에 먼지와 거미줄, 심지어는 쥐들까지 제집인 듯 들락거리며 일행을 환영해 주었다.

책의 최대 약점은 습기와 쥐들이었다. 습한 환경은 책을 눅눅하게 하거나 곰팡이를 만들어 상하게 한다. 또한 쥐들 또한 종이류를 매우 좋아하기에 멀쩡한 책들을 아낌없이 갉아먹고 만다. 외부 공사부터 시작하는 것이 먼저일 것 같았다. 비와 쥐들로부터 내부 공간을 보호하는 공사를 진행하고 다른 한쪽으로는 진열을 위한 서가 제작 업체를 알아보기로 했다.

선우와 연희는 국밥으로 점심을 때우며 서가의 제작에 대해 재민과 이야기를 나누었다.

"서책을 놓아 둘 서가는 걱정하지 않으셔도 됩니다. 기술이 좋은 목수를 잘 알고 있으니 그들에게 맡기면 안심하셔도 될 것 같습니다"

"술 한잔 시켜도 될까요?"

"저야 괜찮지만. 낮부터 괜찮겠습니까? 선우 선생님!"

"점장님 낮술 무척 좋아하셔요, 호호."

연희는 이야기가 길어질 것 같다는 느낌이 들었는지 살짝 미소를 지었다.

"서가는 어떻게 만들려고 하십니까? 재민님."

"뭐…… 많이 보시지 않으셨나요? 제가 특별히 단단한 소나무로 준비해 두라고 신신당부했지요."

"소나무요! 그 비싼 소나무를 쓰신다고요! 와, 원목 그대로라 근사하겠는 데요!"

"그럴 겁니다! 연희 낭자. 거기에 일반적인 옻칠이 아닌 조개

껍질로 꾸민 나전(螺鈿), 색깔을 입히는 시회(蒔繪), 옻으로 그린 칠화(漆畫), 조각이 있는 조칠(彫漆)까지 군데군데 넣으라 했으니 참으로 아름다울 겁니다. 하하."

"와! 서가가 아닌 예술품이겠어요. 상상만 해도 너무 예쁠 것 같아요! 안 그래요, 점장님?"

"무척 신경 쓰시는군요! 아직 보지는 못했지만 정말 맘에 들 것 같습니다."

"그럼요! 제가 돈 생각하지 말고 조선 최고의 가구를 만들라 했죠!"

"감사합니다. 그런데 어떤 모양과 크기로 하실 건가요?"

"네? 모양과 크기요? 그거야…… 여느 것과 마찬가지로 만들면 되지 않나요?"

선우는 주모가 가져다준 탁주를 사발에 따라 마셨다. 서가의 제작 모양부터 설명해 주어야만 할 것 같았다. 서로 다른 책들을 눕혀, 겹쳐 쌓아 두는 지금의 진열 방식이 마음에 들지 않았던 것이다. 당연히 맨 위에 올라와 있는 책만 눈에 보일 뿐 그 아래의 책은 손으로 직접 한 권 한 권 뒤집어 보지 않는 한 확인할 길이 없었기 때문이다. 현대와는 분명 제본의 방식과 종이의 성질이 달랐기 때문에 세워서 진열하는 것이 어려워서였을 것이다. 하지만, 선우는 어떻게든 이 점을 개선하고 싶었다.

"재민님, 저는 지금처럼 서책을 눕히지 않고 세워서 진열하고 싶습니다만…… 모든 책의 제목을 바로 알아볼 수 있도록 말입니다."

"서책을 세워서 진열한다고요? 그래도 제목을 볼 수 없는 것은 마찬가지일 것 같습니다. 서책이 금방 쓰러질 테니까요."

"그 점은 저와 연희 씨가 어떻게든 해결해 보도록 하겠습니다."

"그래요? 정 그러시다면 선우 선생님의 의견을 따르도록 하겠습니다! 그럼, 제가 어떤 모양으로 만들면 좋겠습니까?"

선우는 현대 서점에서 사용하는 서가를 떠올리며 그것과 비슷하게 제작하고자 했다. 그래야만 좀 더 많은 이들에게 다양한 책들을 보여줄 수 있다고 생각했기 때문이다. 탁주가 바닥날 때까지 서가 제작에 대한 의견을 재민에게 말해주었다.

"보통 큰 책방의 벽면서가는 너비를 3자(900mm) × 2개로 해서 한 조(組)를 만듭니다. 따라서 6자(1,800mm)가 한 서가의 너비가 되는 경우가 일반적이지요. 이를 기준으로 평상 모양의 평대 크기도 4자(1,200mm) ×4자(1,200mm), 5자 3치(1,600mm) ×4자(1,200mm),6자(1,800mm) ×4자(1,200mm)로 만드는 경우가 많은데, 평대의 이동을 수월하게 하기 위해서 3자 3치(1,000mm) × 3자 3치(1,000mm) 또는 그 이하로 작게 만드는 경우도 있습니다. 또한 서가의 깊이는 제가 있던 곳에서 보통 6치(180mm) 내외로 했습니다. 책의 종류마다 그 크기가 다르기에 모두 같은 치수로 만들 수는 없지만 깊이를 너무 여유 있게 만들면 책을 꽂은 후 끝부분이 들쑥날쑥하게 되어 그 모양새가 보기 좋지 않을 수도 있기 때문이죠. 지금 조선의 책들 규격은 평균 7치(210mm) ×1자(300mm) 정도이기 때문에 서가의 깊이는 1자 1치(330mm)로 하면 적당할 것 같습니다."

선우가 설명하는 동안 재민은 열심히 서가의 크기를 적었다.

"그것 말고 또 다른 것은 없습니까?"

"아, 한 가지 더요. 책의 받침대, 그러니까 서가의 칸을 구분 짓는 선반을 만들고 싶습니다."

"선반이라 함은? 서가 양 끝에 걸쇠를 만들어 선반을 걸친 후 그 위에 책을 올려놓는다는 말씀이신가요?"

"네, 그렇습니다. 그 선반의 가로 측면엔 화려하지는 않지만 조금 더 탁한 옻칠을 해서 특징을 주었으면 합니다. 모두 같은 재질로 만들어진 서가보다 나무와 쇠가 적절히 조화를 이루면 심미적으로 더욱 세련된 느낌을 줄 수 있습니다만, 현실적으로 쇠를 구하기는 어려울 것 같으니 짙은 옻칠로 보완하도록 하지요."

"이거, 선우 선생님과 얘기하지 않았으면 큰일날 뻔했습니다.

저는 오늘 바로 서가 제작을 지시하려 했었거든요."

"참 다행입니다. 잘 부탁드립니다."

"네, 그럼요. 당연한 일인 걸요."

"재민님! 점장님이 서가에 대해 대략적으로 설명했으니 제가 책 진열 방법도 잠깐 설명해 드려도 괜찮을까요? 아시면 좀 더 도움이 될 수 있을 것 같기도 한데요?"

"암요, 좋고말고요! 제가 오늘 공부 많이 하고 갑니다."

선우에 이어 연희가 도서 진열 방법을 간략히 설명해주기 시작했다.

"평대, 그러니깐 사람 허리 정도 높이의 평상 모양의 서가를 말합니다. 이 평대 위에는 주로 같은 책 수권을 쌓아 진열하는 경우가 많습니다. 이런 방법을 평적이라 하죠. 평적은 당연히 다량의 동일한 책의 제목과 표지가 보여 손님들 눈에 쉽게 띌 수 있는 장점이 있으나 그만큼 재고의 수가 늘어난다는 단점도 있어요. 때문에 잘 팔리지 않는 책이라면 진열 자체가 부담스러운 방법입니다. 입서가(도서관에서 흔히 볼 수 있는 책장 형태의 서가)에 책등이 보이도록 하는 방법은 등꽂이 진열이라 합니다. 이는 다품종 소량의 도서들을 관리하는 데 이점이 있습니다. 제가 있던 책방에서는 등꽂이 진열 중간 중간에 강조하고 싶은 책이 있으면 넓게 표지 진열로 전환하여 손님들의 시선을 끌도록 유도 했지요."

연희가 선우를 향해 눈웃음을 보내고 다시 말을 이어갔다.

"책의 진열 순서는 저자 이름순과 출판사순, 출판사란 교서관 같은 서책 제작소를 말합니다. 또는 도서명 순서로 정리하지요. 저자 이름은 주로 소설류를 진열할 때 자주 쓰이는 방식인데요. 손님들이 제목보다 소설가의 이름만을 알고 물어보는 일이 많기 때문이에요. 반대로 산문, 학술…… 경서라 해야 하나요. 이런 책은 제목순으로 배치하는 방법을 권하고 있습니다. 저자의 이름보다는 책 제목을 알고 찾아오시기 때문이죠. 예술이나 잡기에 관련된 도서는 출판사 순으로 하는 것이 좋습니다. 이 분야는 각각의 출판사마다 특징이 있기 때문에 하나의 출판사만 찾으면 관련 분야의 책도 찾기 쉬워집니다. 안됐지만, 지금의 조선은 지금 제가 설명한 것이 필요할 만큼 다양하지는 않아 당장은 필요없겠지만 알아두시면 좋을 것 같아요."

"명나라의 책방은 참으로 부럽군요. 그렇게 많은 서책들이 나오고 누구나 자유롭게 그 책을 볼 수 있다는 것이……. 조선은 언제쯤 그런 날이 가능할까요."

"너무 낙심하지 마세요. 그런 날을 빨리 앞당기기 위해 이렇게 함께하는 것 아니겠어요! 제 잔 받으세요, 재민님!"

"고맙습니다, 연희 낭자."

"그리고 재민님, 더 한 가지 부탁도 드리고 싶은데요?"

"그럼요, 말씀만 하십시오. 내 연희 낭자의 부탁이라면 뭔들 마다하겠습니까!"

"대나무 따위의 얇고 강한 나무를 이용해서 'ㄴ' 모양의 받침대를 만들어 주셨으면 해서요?"

"연희 씨! 굿 아이디어!"

선우가 무릎을 치며 기뻐했다. 연희가 재민에게 부탁한 것은 책들이 쓰러지지 않게 끝부분에 끼우는 북엔드였다. 쓰러지기 쉬운 책들을 세워주는 역할을 하는 것이다. 이로써 서가 제작에 대한 고민은 한시름 덜게 되었지만 무엇보다 가장 중요한 서가를 채울 도서의 준비였다.

집으로 돌아온 선우와 연희는 방 안 가득 책을 펼쳐 놓았다. 선우가 대성산 스타렉스 안에서 꺼내 온 책들이었다.

《그리스인 조르바》, 《나는 나로 살기로 했다》, 《데미안》, 《모비딕》, 《무례한 사람에게 웃으며 대처하는 법》, 《무진기행》, 《비행운》, 《사랑의 기술》, 《살인자의 기억법》, 《신곡》, 《애도일기》, 《오래된 연장통》, 《이기적 유전자》, 《젊은 베르테르의 슬픔》, 《정의란 무엇인가》, 《침묵의 봄》, 《코스모스》, 《특이점이 온다》, 《하늘과 바람과 별과 시》, 《한여름의 방정식》, 《황금가지》…….

등 모두 40여 종의 책들이 펼쳐졌다. 무엇부터 옮겨 적을지 연희와 이야기한 끝에 우선은 분량이 적은 것부터 작업하기로 했다. 소설 중에는《살인자의 기억법》, 에세이는《애도일기》, 시는《입 속의 검은 잎》이 그리고 과학책으로《침묵의 봄》을 택했다.

"나는 소설하고 시집을 할게. 연희 씨는 뭐 할래?"

"저는 레이첼 카슨의《침묵의 봄》을 해볼게요!"

"그럼《애도일기》는 기남 선비님께 드려야겠군. 내가 전해주고 올게!"

멀리서 보니 연노랑의 빛이 기남의 방에서 새어 나오고 있었다. 혼자 있음을 확인한 후 선우는 그의 방으로 향했다.

"선비님 계십니까?"

"네, 들어오시지요."

"늦은 시간에 죄송합니다. 책방 일이 급한지라 선비님께 드릴 일거리를 좀 가지고 왔습니다."

"아…… 그렇죠. 제가 해야 할 일이 있지요! 먼저 말씀드렸어야 했는데, 죄송합니다. 그래 어떤 책을 옮기면 되겠습니까?"

"저희에게 지금 40여 권 정도의 책이 있습니다. 모두 작업하면 좋겠지만 시간이 부족해서 일단은 분량이 적은 것부터 시작하기로 했습니다."

"그래야겠지요……. 겨우 달포 정도밖에 여유가 없으니."

"자, 여기 《애도일기》라는 책입니다."

"《애도일기》? 누군가를 추모하는 글 같군요."

"네, 맞습니다. 불란서의 롤랑 바르트라는 학자가 쓴 글입니다. 지금부터 400년 후쯤의 일일 겁니다. 하하"

"400년이요! 그럼 제가 400년 후에 불란서의 학자가 쓴 책을 먼저 발표하는 거군요……. 참 재밌기도 하고 미안하기도 궁금하기도 합니다."

《애도일기》는 롤랑 바르트가 그의 어머니 앙리에트 벵제가 사망한 후 바로 그다음 날부터 일기 형태로 쓴 책이다. 군인이었던 아버지가 일찍 돌아가시고 줄곧 어머니와 단 둘이 산 롤랑 바르트는 어머니의 죽음을 잊지 못하고 매일 그녀를 추모하는 메모를 남겼다. 사후 유품을 정리하던 중 발견된 그의 메모는 삼십 년이 지난 후 책으로 출간되어 대중에게 알려진다. 절대적 신처럼, 때론 연인처럼 묘사된 그녀를 향한 롤랑 바르트의 사모곡이 깊이 있는 울림으로 다가오는 책이다.

"어머니에 대한 그리움이라…… 제게도 참 잘 어울리는 책입니다. 어릴 적 제 어머니 모습을 상상하며 바로 시작해 보지요. 어떤 내용이 적혀 있을지 무척 기대되는군요."

선우는 의도한 바가 아니었지만 어머니를 일찍 여읜 기남에게는 또 다른 의미가 있는 책일 것 같다는 생각을 했다. 10여 전 알 수 없는 전염병으로 제대로 된 약 한번 써보지 못한 채 죽은 어머니를 기남은 마음 한 편에 분명 담아두고 있었을 테니 말이다.

"그럼, 마치시는 대로 알려 주십시오. 여러 권 남아 있어 며칠은 같이 고생 좀 하셔야 할 것 같습니다."

"고생이라뇨? 당치도 않습니다. 너무 즐거운 일이 될 것 같습니다. 미래의 책들에는 어떤 내용이 담겨 있을지 정말 흥분됩니다!"

"이리 즐거워하시니 다행이군요. 내일 궁에 나가 졸지 않으시려면 적당히 하셔야 합니다, 하하하."

"네, 명심하겠습니다. 선우 선생님, 하하하."

#12

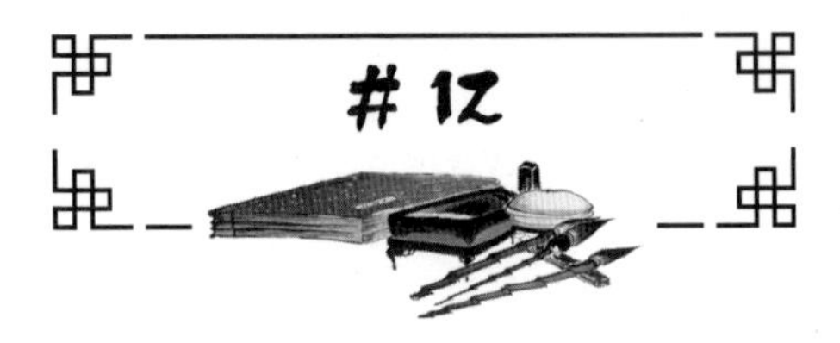

겨울을 재촉하듯 제법 찬 기운을 품은 잔잔한 빗물이 문틀을 적시고 있었다. 선우와 연희가 며칠 동안 방 안에서 꿈쩍 않고 일한 덕에 제법 많은 종수의 책이 작업을 마쳐가고 있었다. 그동안 완성된 책들 먼저 조심스럽게 면포로 몇 겹이나 동여맸다. 필사본에 대해 의논하러 기남을 찾아가려던 참이었다. 비교적 구하기 쉬운 《논어》나 《역경》 같은 경서는 재민에게 맡겨둔 상태라 한동안은 이 일에 집중할 수 있었고 생각보다 빠르게 진행되었다. 물론 거기에는 기남의 도움도 컸다. 이제 필사 작업만 의뢰하면 본격적으로 조선책방의 오픈 마케팅을 준비할 수 있을 것 같았다.

선우와 연희가 즐거운 마음으로 기남을 부르려는 순간 그의 방 안에서 한 여인의 목소리가 들려왔다. 여태껏 기남이 여성을 만난다고는 전혀 생각하지 못했던 두 사람은 잠시 머뭇거리다 되돌아가자는 눈짓을 조심스럽게 교환했다. 다시 마루를 내려와 신을 신으려는 순간 기남의 방문이 열리며 목소리의 주인공이었을 여성과 기남이 나왔다. 여인은 첫눈에 봐도 꽤 기품 있는 모습이었다. 홍색의 제비부리댕기(처녀의 땋은 머리에 드리는 댕기)로 봐선 미혼임에 틀림없었다.

"아이쿠, 이거 죄송합니다. 기남 선비님 혼자 계신 줄 알고……. 이만 실례하겠습니다."

"아닙니다. 소녀는, 이제 돌아갑니다, 도련님, 갑작스럽게 찾아와 죄송했습니다. 무례를 용서해 주십시오."

선우와 연희는 돌아서는 그녀의 눈가가 촉촉해 있음을 금방 알아차릴 수 있었다. 또한 더 이상 대꾸하지 않는 기남의 반응도 의아하다고 생각했다. 실례했다는 말을 남긴 그녀는 조용하고 빠르게 기남의 집을 벗어났다.

"음…… 필사를 맡기려고요……."

멀쑥한 분위기를 깨려는 듯 연희가 먼저 입을 떼었다.

"아…… 네. 어서 들어오시지요."

기남의 방 안에 들어선 그들은 각 50부씩 필사본을 준비하기로 했다. 모두 40종이니 총 2천 부의 책이 확보된 샘이다. 거기에 재민이 준비하는 책들까지 합치면 족히 3천 부 이상은 될 것이다. 조선시대 최고의 책쾌 조신선이라는 사람이 한 번에 100권 정도의 책을 들고 다녔다고 하니 이만하면 아마 조선 최대의 책방이 될 것이다.

"이 정도면 충분하지 않을까 합니다. 모두 선우 선생님과 연희 낭자 덕분입니다."

"별말씀을요. 기남 선비님도 많은 수고를 해 주셨잖아요. 점장님 하고 둘이서만 했다면 짧은 시간에 이렇게 많은 책을 준비하지 못했을 겁니다."

"그럼요. 연희 씨 말대로 그동안 선비님도 고생 많으셨습니다."

"하지만 저쪽에서 준비하는 책들도 만만치 않다고 들었습니다. 명나라에서조차 구하기 힘든 서책들을 준비한다고 합니다. 아마 한성에 있는 글 좀 아는 선비들을 죄다 끌어들일 모양입니다……."

"그래요? 이거 재밌는 싸움이 되겠는걸요! 책도 거의 준비됐으니 며칠간 연희 씨와 함께 개점 행사를 준비해야겠습니다!"

"개점 행사요?"

"아…… 그게. 저희가 사는 곳에서는 장사를 시작하고 일정 기간 큰 행사를 하지요. 뭐 선물도 주고 가격도 좀 저렴하게 하고 그렇습니다."

"음…… 그런 게 있군요."

"인터넷도 없고 SNS도 안 되니 좀 답답하기는 하지만 머리를 짜 봐야죠."

"연희 낭자, 인터넷? SNS? 그게 무엇입니까?"

"그게 좀 설명하기 힘든데요……. 믿기지 않으시겠지만 보이지 않는 선이 있어 모든 사람들과 정보가 공유되고 연락을 취할 수 있는 시스템……. 그러니까 일종의 공개 정보망이라고나 할까요?"

"'보이지 않는 선'? 당최 무슨 말인지 모르겠군요."

"수백 년 후엔, 어느 시점에 이르러 급격하게 과학이 발전하기 시작합니다. 100년 사이에 전혀 다른 세상이 되지요. 그때 그 지식을 일찍 받아들인 일본, 즉 지금의 왜는 꽤 강한 나라가 됩니다. 하지만 그런 흐름을 무시한 조선과 중국은 강한 나라로부터 침탈을 당하고 맙니다."

"잠깐만 선우 선생님. 왜가? 강대국이 된다고요?"

"네, 그렇습니다. 조선과 중국은 물론이고 세계를 상대로 전쟁을 벌일 만큼 성장하지요. 제 생각에는 그 모든 것의 시작은 책에 있었다고 봅니다. 적극적으로 서양의 기술을 습득하고 그중에 상당수는 책으로 만들어져 지식인들에게 보급됐어요. 요시다 쇼인, 후쿠자와 유키치, 사카모토 료마 같은 인물이 당시

대표적 사상가이자 계몽가들 입니다. 후쿠자와 유키치는 근대 일본의 국부로 칭해지는 인물로 일본 대중들에게 계몽사상을 설파하였죠. 1858년 그가 세운 학교는 이후 게이오라는 대학, 지금으로 치면 성균관 정도가 되겠네요. 그 대학은 일본 최고의 사립대학으로 발전합니다. 1866년 그가 저술한 《서양사정(西洋事情)》이라는 책은 초판본이 25만 부나 팔리며 굉장한 성공을 거두었어요. 또한 요시다 쇼인이라는 사람의 제자들은 정계쪽으로 많이 진출하였는데 이들이 훗날 조선을 강제로 병합하고 말죠! 후쿠자와 유키치, 요시다 쇼인 등 이들의 '탈아(脫亞) 사상'과 '정한(征韓)론'이 근대 일본 정치인들에게 큰 영향을 미친 겁니다."

"아…… 그렇군요! 그러면, 우리 조선에는 그런 인물이 없었나요?"

"물론 있었죠. 하지만 그들은 너무 소수였고 힘은 미약했습니다. 그들을 지지해 줄 세력이 약했지요. 출판과 지식 공유에 너무 무딘 조선은 격변하는 외세를 짐작조차 하기 힘들었죠."

"맞아요. 점장님 말씀대로…… 마치 인터넷이 없는 나라와 있는 나라의 차이점이라 할 수 있을까요?"

"그거 재밌는 표현인데. 정보와 지식을 함께 공유했느냐 못했느냐의 결과! 맞는 것 같아. 21세기에 들어서면서 우리나라가 일본에 비해 앞서가기 시작한 이유도 바로 거기에 있으니까!"

"다시 왜를 앞서간다니 다행입니다! 정보와 지식의 공유…… 꽤 파격적인 표현입니다. 지금의 조선은 몇몇의 권력자만이 이를 독점하고 있지요."

기남은 선우와 연희의 말을 듣고 씁쓸한 표정을 지었다. 유학의 틀 안에서 보면 감히 상상해서는 안 될 일이었다. 신분의 귀천이 있고 남녀의 구별이 있으며 배움에도 차별이 있는 사회에선 악(惡)과 같은 생각이었다. 그러나 기남은 그러한 편견에서 조금은 선을 넘어 있었고 선우와 연희로 인해 점점 그 선한 악 속으로 더 깊이 빠져들고 있었다.

"그런데, 선비님. 물어보는 것이 실례가 될지 모르겠지만, 방금 전 그 아가씨는 누구예요? 처음 보는 얼굴이던데요?"

아까부터 선우도 궁금해하던 것을 마침 연희가 물어봐 주었다.

"민주 아가씨 말이군요. 심민주, 심준 대감의 외동딸이지요!"

"심준 대감의 딸이요?"

연희와 선우는 그제야 기남이 왜 그리 차가운 표정을 지었는지 이해할 수 있을 것 같았다. 비록 민주의 잘못은 아니었으나 심준의 딸인 이상 곱게 보일 수는 없었을 것이다. 하지만, 심준의 딸이 왜 기남의 집에 왔을까? 선우의 궁금증은 계속되었다.

"그녀가 왜 선비님을 보러 왔나요? 용서라도 구하고 싶다고 하던가요?"

"민주 아가씨는 형님이 왜 죽임을 당했는지 아무것도 모릅니다. 형님과는 서로 연모하는 사이였습니다. 아직도 저의 형님을 잊지 못하고 있더군요."

"네? 연인이었다고요!"

하마터면 높아진 연희의 목소리가 방 밖으로 새어 나갈 뻔했다.

"형님이 그렇게 된 후 민주 아가씨는 몇 개월째 병석에 누워 있었다고 합니다. 최근에서야 간신히 기운을 차리고 오늘 저희 집을 찾아온 것입니다. 아버님을 뵈러 왔지만 지금 진주에 내려가셨다고 하니 저리 눈물을 보이며……. 참 암담합니다. 이 일을 어떻게 풀어야 할지……."

잠시 침묵이 이어졌다. 서로에게 어떤 말을 한들 이렇게 꼬인 상황은 쉽게 정리될 수 없을 거라는 걸 너무 잘 알고 있었기 때문이다. 그저 시간이 흐르기만을 기다려야 하는 걸까? 민주를 생각하면 기남의 분노는 흐려질 수도 있었다. 그래서 기남은 민주를 똑바로 바라볼 수 없었다. 아니 오히려 분노를 놓지 않으려 더욱 매서운 눈으로 그녀 너머 허공을 바라보았다. 하지만, 그녀가 사라질 때쯤 그의 시선엔 애잔함이 묻어 나왔다. 민주에 대한 안쓰러움, 죽은 기선에 대한 미안함, 형을 위해서라도 민주의 슬픔만은 덜어 주고 싶었으나 이내 그러지 못했던 것이다.

"너무 불쌍합니다. 저 착한 민주 아가씨를 어찌 대하면 좋을지…… 저는 자신이 없습니다."

"선비님!"

잠시의 침묵을 깨고 선우가 입을 열었다.

"죽은 형님은 어떻게 하기를 원하실 것 같습니까? 아마 민주 아가씨의 슬픔과 외로움이 오래가는 것을 결코 원치 않을 겁니다. 민주 아가씨를 보면 심준 대감이 떠오르시죠? 어렵겠지만 앞으론 민주 아가씨를 보고 형님을 생각해 보세요. 민주 아가씨를 볼 때마다 형님의 모습을 보듯. 그러면 자연스럽게 선비님의 마음도 편해질 거라 생각합니다."

"그리만 된다면 얼마나 좋겠습니까? 하지만, 아직은……."

"급하실 필요는 없습니다. 선비님의 마음이 정리되는 대로 민주 아가씨를 한 번 더 만나 보세요. 그 마음 또한 어떻겠습니까? 오늘 선비님의 차가운 모습에 더 상처받았을지도 모르는 일입니다."

"그래요. 선비님. 점장님 말씀대로 하세요. 민주 아가씨는 아무것도 모르는 상황에서 사랑하는 사람을 잃었잖아요? 그 마음도 헤아려 주세요!"

"두 분의 말씀, 새겨 두고 숙고해 보도록 하겠습니다!"

"아, 그리고 선비님. 언젠가는 형님의 죽음에 대해 민주 아가씨에게도 꼭 말해 주세요. 저는 그게 옳다고 봅니다. 분명 어느 날 엔가는 밝혀질 겁니다!"

"지금의 말씀도 고민해 보겠습니다."

"저희는 그만 돌아가 보겠습니다. 혼자 생각하실 것도 많으실 것 같아서."

"아…… 네. 죄송합니다."

"그럼 편히 쉬십시오!"

선우와 기남이 인사를 나누고 방문을 나서려는 찰나 연희가 급히 기남에게 필사하려 맡겨둔 책 꾸러미를 살피고는 말했다.

"선비님! 이 책, 필사하고 민주 아가씨에게 한 권 드리세요. 그 책 81쪽은 꼭 읽어 보라 하십시오!"

방문이 닫힌 뒤 연희가 권해준 책 제목을 보았다.

《입 속의 검은 잎》 81쪽을 펼쳤다.

'빈집'

사랑을 잃고 나는 쓰네……

재민의 말을 빌리자면 방대한 양의 서책들이 백록동(白鹿洞) 안으로 들어가고 있다고 했다. 백록동은 당나라 시대 '이발'이라는 학자가 은둔하며 학문을 닦았던 곳인데, 그가 키우던 하얀 사슴이 어찌나 똑똑하던지 이발에게 필요한 책과 문방사우를 마을에 내려가서 가져왔다 한다. 이를 본 사람들이 이발을 백록 선생이라 불렀고 그가 거주하던 곳을 백록동이라 칭하기 시작했다.

이후 남송시대 주자가 백록동을 재건하고 그곳에서 성리학을 정리하며 많은 학자들을 초청하기도 했었다. 여기서 이름을 따온 것이 홍문관에서 만드는 서사의 이름이다. 역시 중국 없이는 아무것도 못하는 족속들이었다. 그들이 생각하는 모든 것들의 중심에는 중국이 있었다.

"기남 선비님, 백록동에 한번 들어가 보고 싶은데…… 좀 도와주실 수 있을까요?"

"저도 좀 궁금했는데…… 마침 잘됐습니다. 그럼 오늘 밤 어떨까요?"

"좋습니다. 오늘 술시(저녁 9시)에 만나기로 하시죠!"

선우는 저녁 식사를 끝내고 연희에게 몇 가지 POP(책 홍보를 위한 안내문)를 부탁한 후 기남과 둘이서 백록동으로 향했다. 낮에 슬쩍 외관만 몇 번 보았을 뿐 실제로 내부를 보게 되는 것은 이번이 처음인 샘이다. 조선책방과 지전이 연결된 뒷골목 쪽으로 백록동의 후문도 있을 거라 짐작했다. 뒤편은 아직 정리가 덜 되어 어수선하였다. 여기저기 뒹구는 목재와 깨진 화병에서부터 조각난 가구들의 파편까지 급히 옮긴 흔적을 쉽게 찾아볼 수 있었다. 다행히 포졸 같기도 한 두 명의 파수꾼은 잡담에 여념이 없었고 그 틈을 타 조심스럽게 안으로 들어갈 수 있었다. 화려한 매병들이 선반 곳곳을 채우고 있었고 짧은 다리와 화려한 문양이 들어간 가구 위로 많은 책들이 쌓여 있었다.

백록동에서 준비한 책들은 역시 경학 위주의 것들이었다. 사서삼경은 물론이고 최근에 발간된 《동몽선습》도 가득 채워져 있었다. 특히 몽골의 결혼, 출산, 전쟁 등 그들만의 풍습을 다룬 《북로풍속(北虜風俗)》를 비롯해 명나라 사신을 맞이한 원접사(중국 사신을 맞는 임시 관직)가 기록한 《천사일로일기(天使一路日記)》라는 귀한 책도 눈에 띄었다.

"《천사일로일기》? 이게 무슨 내용입니까?"

선우가 작은 목소리로 물었다.

"중국 사신을 맞이한 조선 관료의 일기입니다."

"그런데 '천사'라는 말은…… 혹 중국 사신을 천사에 비유한 건가요?"

"하늘이 보내 준 사람이죠……."

"아무리 중국에 많은 것을 의지한다 해도 사신을 천사로까지 비유한 건 너무한 거 아닌가요?"

"꼭 그렇지만도 않아요. 지금의 조선에게 명나라는 절대적 존재입니다. 그들의 말 한마디로 임금조차 바뀔 수 있으니까요! 그래서 명의 황제를 대신해서 온 사람의 위신은 대단하답니다. 그의 행동 하나하나에 조정 모든 대신들이 머리를 조아릴 수밖에 없지요. 안타깝지만, 이게 지금 조선의 현실입니다!"

"현실이 그렇다면 어쩔 수 없지만…… 좀 답답하네요."

서사의 앞부분을 살펴보니 역시나 과거시험에 필요한 책들로 꽉 차여 있었다. 예나 지금이나 입시 관련 책들이 책방의 주수입

원인건 매한가지인 모양이다. 어쩌면 한성이나 인근의 공부 좀 한다는 선비들은 백록동이 개점하는 날을 손꼽아 기다리고 있을지도 모르는 일이다. 나라의 관청인 홍문관에서 직접 운영하는 책방엔 뭔가 특별한 것이 있지 않나 하는 기대심이 있을 테니 말이다. 마치 현대의 고3 수험생들이 EBS 강의로 열공하듯이……. 물론 지금의 백록동은 특권층만이 이용할 수 있었고 EBS 강의는 누구든 시청 가능하다는 근본적인 차이점은 있지만.

감정이라는 것은 상대적이기 때문에 동시대에 그 비교가 이루어져야만 한다. 가지지 못한 이들이 가진 이들에게 상처받지 않고 그들만큼 당당히 살아갈 수 있는 나라를 만드는 것이 소위 위정자들의 일이어야 할 것이다. 그런 면에서 본다면 조선이나 지금의 대한민국이나 큰 차이는 없는 것 같다. 윗물이 맑아야 아랫물이 맑다 했지만 역사는 줄곧 아랫물에서 이루어져 윗물로 향하곤 했으니 말이다. 때문에 역사의 진보는 많은 이들의 희생이 담보되어야만 했다. 또한 그 희생의 고마움은 얼마 못 가 잊히고 말았으며 여지없이 자만에 빠지는 시대에 접어들어 역사는 또다시 퇴보하고 만다. 2보 전진에 1보 퇴보. 결국 이를 반복하며 긴 시간을 걸쳐 시나브로 우리의 일상은 개선되어 왔던 것이다.

다음날 이른 아침, 선우와 연희는 필사본을 확인하기 위해 책방으로 향했다. 책방에 도착하니 재민이 연희의 양손에 들린 종이를 거들어 주었다.

"어서 오세요 연희 낭자. 이게 다 뭡니까?"

"POP라고 해요!"

"POP요? 처음 듣는 말인데요?"

"영국이라는 나라의 말입니다, 재민님!"

"아, 어서 오십시오. 선우 선생님."

바로 뒤이어 들어온 선우가 대답했다.

"영국이요? 말로만 듣던 구라파에 있다는 나라 말인가요?"

"네, 그렇습니다. 그 나라 말로 '포인트 오브 퍼체이스(point of purchase)'랍니다. 우리나라 말로 하면 '구매시점 광고'라 할 수 있을까요?"

"이렇게 쓴 종이의 위단을 조금 접어서 책에 끼워두는 거예요. 그러면 일반 손님들이 그냥 지나쳐 갈 것도 한 번 더 눈길을 주게 되죠? 어때요? 재민님은 큰 상인이시니, 어째 느낌이 옵니까?"

연희가 직접 적어온 POP를 《데미안》에 끼워 늘어트렸다.

"피오피라…… 이거 좋은 생각인데요! 제가 하는 다른 곳에서 이용해도 될까요?"

"그럼요! 얼마든지요! 재민님 좋을 대로 하세요."

"고맙습니다, 연희 낭자. 이렇게 좋은걸 알려줘서."

선우와 연희가 가져온 POP에는 다양한 글귀들이 적혀 있었다. 오늘 들어올 필사본 앞에 붙여둘 광고 문안들이었다.

한 번만이라도 당신이 주인공이었던 적은 있었는가?

하나의 세계를 깨트리지 않으면 안 된다.

나는 늘 또 다른 나를 소망해 왔다.

세상에 중심에 나를 세워라!

알에서 깨어나라!

"어때요? 좀 괜찮은가요?"

"어어…… 좋아요! 이렇게 이 책을 알려주는 거군요?"

연희가 펼친 POP를 훑어보던 재민의 뒤로 유신이 다가왔다.

"뭘 그리 유심히 보나, 친구?"

"응, 왔는가. 연희 낭자가 책을 홍보하기 위해 쓴 글귀를 읽고 있었네. 책의 내용이 궁금하지 않은가?"

"그래, 뭐가 쓰였기에 그런가?"

유신도 연희가 써온 《데미안》의 POP를 유심히 읽어 내렸다. 그의 미간이 약간 떨렸다.

"좋긴 한데…… 좀 과격한 느낌이 드는군. 마치 지금의 너는 잘못 살아왔으니 다른 세상을 만들라고 선동하는 것 같아!"

"에이, 뭐 그렇게까지 생각하는가! 그저 서책에 불과한데……."

"어쩌면, 유신 선비님 말씀이 맞을지도 모릅니다."

한 발치 머물러 있던 선우가 끼어들었다.

"이 책은 헤르만 헤세라는 독일의 유명 작가가 쓴 소설입니다. 국적은 스위스라는 바로 옆 나라이지만요. 《데미안》은 싱클레어라는 소년의 성장 소설입니다. 방황과 괴로움을 이겨내며 자신의 자아를 찾아가는 소설이지요. 누구나 한 번쯤 겪었을 삶에 대한 회의를 통해 자신이 살아가야 할 이유를 고민하게 만드는 책입니다. 유신 선비님 말씀대로 지금 조선이라는 나라의 상황에서는 프로파간다의 요소가 있을 수 있다고 봅니다."

"프로파간다요?"

유신이 물어왔다.

"아, 프로파간다는 백성들을 선동하는 일이나 활동을 말합니다. 주로 사상적 선전 활동에 많이 쓰이는 용어지요."

"그럼, 좀 위험하지 않을까요? 사헌부에서 나오기라도 하면 큰일이 날 텐데……."

"걱정 마십시오, 재민 선비님. 그래서 한 가지 더 준비했지요!"

명나라에서 절찬리 판매 중

초대박 신간 소설

"다행입니다. 명나라에서 유행하는 소설이라면 사헌부도 별 시비가 없을 겁니다."

"정말, 명나라에서도 그리 유명합니까?"

재민의 안도 섞인 말에 이어 의심 많은 유신이 물어왔다.

"아니요? 명나라에선 구경도 못할 겁니다. 아직 출간되지 않았으니까요."

"그리 거짓으로 백성을 속이면 안 되지 않나요, 선우 선생?"

다소 실망스러운 표정의 유신이었다.

"결코! 거짓은 아닙니다. 지금은 뭐라 드릴 말씀이 없지만……."

선우의 말이 거짓이 아닌 건 사실이다. 21세기를 살아가는 현대인 치고 소설《데미안》을 모르는 이는 그리 많지 않을 것이니.

연희의 옆으로 돌아선 선우는 필사된 책들을 정리해 보았다. 일주일 후로 다가온 조선책방의 준비도 책만 꽂아 넣으면 거의 마무리된다. 선우의 의견을 듣고 제작한 서가는 재민의 말대로 매우 고급스럽고 예뻤다. 책방 안에 은은한 솔향이 가득했으며 천정에서부터 띄엄띄엄 내려진 등잔불이 따뜻한 분위기의 빛을 발산하고 있었다.

"점장님, 책들은 어떻게 꽂으면 좋을까요? 특별히 생각하신 거라도 있어요?"

"글쎄, 사실 나도 확신이 잘 안 서서……. 21세기의 서점이라면 입구에 잡지, 그 옆에 취미와 레저 도서, 맞은편으로 소설과 에세이를 진열했겠지. 요즘은 경제와 부동산에 관심이 많으니 그쪽 분야를 최대한 출입구 가까이 놓을 수도 있겠고……."

"그렇죠, 특정된 고객이 주로 찾는 전문 도서는 제일 안 쪽에 비치하고 문구류는 어린이 도서와 어울리게 준비하고요!"

"여기는 반대로 해야겠어! 먼저 유학 관련 도서를 맨 앞에 진열하고 우리가 가져온 책들은 뒤로 뺍시다."

"아니, 안쪽에 두면 어떡해요. 얼마나 노력해서 만든 건데요. 우리 책방의 주력 분야도 그거잖아요!"

"그렇긴 한데, 잘 생각해 보라고. 전문 도서의 구매 고객을 제외하면 일반적으로 서점의 70% 이상이 여성고객들이었잖아! 하지만 현재 이곳은 그와 반대로 대부분이 과거 시험이나 유학을 공부하는 남성들일 거야. 또한 이 시대의 여성들은 책방 앞에 있는 걸 좀 부담스러워하지는 않을까?"

"아! 밖에서 잘 안 보이게 안쪽에 여성들이 모이게 하자는 생각이시군요?"

"그렇지. 조선 시대인 만큼 여성이 독서하는 모습을 좋아하는 사람은 그리 많지 않을 것 같아서."

"무슨 말씀인지 알겠어요. 조선 시대의 책방답게 겉은 성리학 관련 책으로, 속은 21세기의 책을 진열하자는 말씀이시죠?"

"너무 잘 통하는군! 내가 이래서 김 대리를 조선까지 데려온 거지? 하하……."

"……. 점장님, 우리 돌아갈 수 있을까요? 다시 우리가 살던 시대로요!"

"……."

선우도 알 수 없는 일이었다. 그동안 책방을 준비하느라 21세기의 삶에 대해선 잠시 잊고 있었지만 지금 연희의 말에는 머뭇거릴 수밖에 없었다.

"김 대리, 우선 이 일부터 마무리하고 생각해 봅시다. 온 길이 있으면 갈 수 있는 길도 분명 찾을 수 있을 거야! 마무리하는 대로 철원 선종 스님을 한 번 더 찾아가 보자고."

14

가을의 햇볕이 책방 안을 파고들었다. 노랗게 바랜 잎새가 하나 둘 바람을 타고 때 이른 책방 구경을 나서고 있을 때, 다소곳한 모습의 아가씨가 찾아왔다.

"실례하겠습니다. 혹시 여기 어기남 주서님이 계신가요?"

"기남 주서요! 저는 벗 되는 김재민이라 합니다만. 잠시 승정원에 다녀온다 했습니다. 비번이지만 급히 처리할 일이 있다며……. 이제 올 시간이 되긴 했습니다……. 누추하지만, 잠시 기다리시겠습니까?"

"네, 괜찮으시다면 잠시 실례하겠습니다."

그녀의 손에는《잎 속의 검은 입》이 들려 있었다. 민주였다.

분명 그날 밤 이후 기남이 그녀를 다시 찾아 그 책을 전해 준 것 같았다. 책을 돌려줄 겸 찾아온 것이리다.

"죄송합니다. 마땅히 앉아 계실 곳이 없어서……."

"개의치 마십시오. 저는 괜찮습니다."

선우가 다가가 말을 걸었지만 그녀는 알아보지 못하는 것 같았다. 하기야 그날은 제대로 얼굴 한번 들지 못하고 눈물만 흘렸으니 선우를 알아보기에는 무리가 있을 것이다. 어둠과 눈물이 걷힌 그녀의 미모는 상당했다. 곧은 허리선과 버드나무 가지 같은 양팔, 다소곳 움직이는 걸음걸이, 만일 현대에 태어났으면 걸그룹을 해도 손색이 없을 정도로 아름다웠다. 안쪽에 진열된 책을 이리저리 구경하느라 선우와 재민이 훔쳐보는 것을 그녀는 알아차리지 못하는 것 같았다. 보다 못해 연희가 다가와 핀잔을 주듯 툭툭 치며 두 남성을 흘겨볼 정도로 넋을 잃고 바라보았다.

"나 왔네. 다들 점심은 드셨는가? 내 급히 오느라 끼니도 못했네그려!"

"우린 다 먹었는데…… 어쩌나!"

재민이 능청스럽게 대답했다.

"에잇, 의리 없는 사람들 같으니……."

"소녀와 함께하시지요!"

"앗, 민주 아가씨! 오셨습니까? 아니요. 괜찮습니다. 밥 한 끼 안 먹는다고…… 아가씨는 드셨는지요?"

"…… 도련님께 드리려고 왔습니다. 이 서책……."

"좀 마음의 안정은 찾으셨습니까?"

"더 간절히 형님 생각이 났습니다."

옅은 미소를 지으며 말하는 민주의 말에 괜한 책을 전해 주었나 싶어 기남이 다소 기가 죽은 표정이 되었다.

"그리 자책하지 마세요, 도련님! 형님이 더 그리워졌지만 행복했습니다. 이 시문을 읽는 내내 형님과 함께하는 기분이 들어 정말 좋았습니다. 암울한 느낌도 들긴 했지만 시구 하나하나가 마음에 박혀 그 분과 함께 읽는 것 같았습니다."

"그러셨다니 정말 다행입니다."

"이렇게 좋은 시집을 어떻게 구하셨는지요. 그리고 기다리는 동안 잠시 안쪽을 보았는데 생전 보지 못한 서책들로 가득했습니다."

"저희 책방…… 그러니까 서사 대신 책방이라는 말을 쓰기로 했습니다. 명나라에서 서점을 해본 분들이 계셔서 이리 준비하게 되었습니다."

"그렇군요. 참 잘되었습니다. 아버님도 홍성주 대감과 가끔 서사에 대해 말씀 나누시는 것 같더군요. 임금님께서 큰 관심을 갖고 계시다고 들었습니다."

"민주 아가씨!"

"네, 도련님! 말씀하시지요."

"……."

기남은 잠시 민주를 쳐다보기만 할 뿐 아무 말도 하지 않았다. 뭔가 할 말이 있다는 것을 느낀 민주는 괜찮다는 듯 기남을 재촉하듯 다시 말했다.

"무슨 하시기 어려운 말씀이라도 있으신 겁니까?"

"저 그게……."

"소녀는 괜찮습니다! 혹시 형님에 관한 일인가요? 그러면 어떤 말이라도 들을 준비가 돼 있습니다!"

"……잠시 저 안쪽으로 오시겠습니까!"

기남과 민주는 임시로 갖다 놓은 탁자로 향했다.

투명에 가까운 눈물이 그녀의 손등에 떨어지고 말았다. 언젠가는 그녀도 모든 것을 알아야 한다는 선우의 말을 듣고 기남이 지금까지의 일들을 민주에게 알려준 것이다. 심준과 홍성주가 모의하여 형 기선을 왜 죽였는가에서부터 자신이 서시 설치에 이리 노력하고 있는 이유, 또 홍문관은 이 서사 설치에 왜 뛰어들었는가를 아는 대로 모두 설명해 주었다.

민주는 한동안 일어서지 못했다. 자신이 그토록 사랑한 사람을 죽인 이가 자신이 또 다른 사랑을 하고 있는 바로 아버지였다는 사실, 또 그 아버지가 이 나라를 얼마나 병들게 하고 있는가를 듣는 순간 그녀는 절망에 휩싸일 수밖에 없었다. 그 여린 뺨에 긴 시간 마르지 않는 눈물이 흘렀고 억누른 분노와 안타까움에 숨결마저 흔들렸다. 얼마가 지났을까? 마른 눈물과 충혈된 눈빛으로 그녀는 책방을 나섰다.

"기남 선비님! 괜찮겠습니까? 저리 간다면 혹시……."

"아닙니다. 그럴 리 없습니다! 선우 선생님. 저와 약조한 것이 있습니다. 저리 약해 뵈도 민주 아가씨는 아주 강한 여성입니다."

"그렇다면 다행이지만…… 그래도……."

"제 형수님이 될 수도 있었던 분입니다. 저는 잘 압니다. 얼마나 강건한 분인지……."

사실 기남도 어릴 적 민주를 좋아한 때가 있었다. 아버님끼리 동문수학한 사이라 자연스레 집안끼리의 교류도 있었고 그때마다 동갑내기인 그녀를 훔쳐보곤 하였던 것이다. 아마 민주 정도의 여성이라면 웬만한 남자들치곤 어느 누구도 관심을 안 가질 수 없었을 것이다. 마음 씀씀이 하며 예의 바른 말솜씨와 올곧은 자태, 모든 것이 훌륭했다. 그런 그녀가 자신의 형을 좋아하고 있다는 사실을 알게 된 날부터 며칠 동안 형 기선의 얼굴을 보지 않았다. 질투로 가득한 마음은 아무리 형이라 해도 미워하지 않을 수 없었던 것이다. 그런 기남의 마음을 미리 알고 풀어준 이 또한 민주였다. 현명한 민주는 기남의 마음을 위로해 주듯 말했었다.

'누군가를 연모하게 되는 것은 마음의 선택이라 믿습니다. 누가 더 잘났고 못났느냐는 이성이 판단하지만 그러한 사랑은 오래 가지 못하는 법이지요. 이성은 조건에 따라 변하겠지만 마음과 감정이 흐르는 것은 자연의 이치와 같아서 늘 한결같다고 생각합니다. 제 마음이 형님에게 향하는 것은 기남 도련님의 탓이 아닌 순전히 저의 본능일 뿐입니다.'

그녀의 진심과 심성을 알게 된 기남은 진심으로 형과 민주의 편이 되어 응원하기로 했다. 그렇게 당당하고 현명한 그녀였기에 절대 나쁜 생각을 하지 않을 거라 기남은 확신했다. 진정으로 형 기선을 사랑했다면 말이다.

"오늘 밤은 두 선비님께 고백할 말이 있습니다."

민주가 책방으로 찾아온 날 저녁, 기남의 집에 모인 다섯 명은 술잔을 입에 대기도 전에 선우의 말에 긴장했다.

"고백이요? 무슨 말씀이십니까! 이거 긴장되는데요."

유신이 물어왔다.

"유신 선비님! 재민 선비님! 저와 연희 씨는 미래에서 왔습니다."

"네…… 지금 뭐라 하셨습니까?"

재민이 반쯤 털어 넣은 술잔을 내뱉으며 깜짝 놀랐다. 아니, 이 무슨 허무맹랑한 소리라는 듯 헛기침마저 했다.

"믿기지 않으시겠지만…… 사실입니다. 저와 점장님은 지금으로부터 500년 후의 이 땅 조선에서 살고 있는 사람입니다."

"기남! 자네가 말해보게! 내가 지금 뭔가 잘못 들은 거지?"

"사실이네, 재민! 이 분들은 미래에서 오셨다네. 처음엔 나도 무슨 말도 안 되는 소린가 했는데 모든 게 사실인 것 같네!"

"저희도 어떻게 된 일인지 알 수 없으나 철원에서 우연히 기남 선비님을 만나고 여기까지 오게 되었습니다."

"그럼, 명나라에서 서점을 하셨다는 것도 다 지어낸 말씀입니까?"

"반은 맞고 반은 아닙니다."

"그건 또 무슨 말씀이신가요?"

재민이 연거푸 물어왔다.

"연희 씨나 저나 서점 일을 하는 것은 사실이고, 명나라에서 일했다는 것은 사실이 아닙니다. 본의 아니게 두 분을 속이게 됐습니다."

"그럼, 지금 책방에 명나라의 것이라 준비한 서책은 무엇이란 말입니까?"

유신도 믿기지 않는 듯 선우에게 말했다.

"네, 그것 모두 제가 사는 시대에 만들어진 것들입니다. 모두 유명한 책이지요."

"사실, 선비님들도 황당하겠지만 저나 점장님은 더 합니다. 우리가 사는 시대와는 너무 많은 차이가 있어요. 여태 버텨온 것도 기적 같아요!"

"연희 낭자의 말은 사실이라네. 내 잠시 선우 선생님께 미래 사회에 대해 들었네만 내가 만일 그곳으로 가게 된다면 단 한시도 버티지 못하고 말 걸세."

"참으로 믿기 어렵군! 이거 믿어야 돼, 말아야 돼? 안 그런가, 유신!"

"지금까지 두 분의 모습으로 보아 농으로 하는 말은 아닌 듯하기도 하고……. 그래서 필사된 책들의 내용이 좀 이상했던 건가? 아니 그러던가, 재민!"

"듣고 보니 그런 것 같기도 하군. 모두 읽어 보진 못했지만 확실히 다르긴 달랐어. 전혀 듣지 못한 나라들과 사람들의 이름이며 아무리 명나라의 것이라 해도 너무 낯설었지! 정말 사실인가요? 두 분의 말씀이……."

재민과 유신이 믿기까지는 그리 오랜 시간이 필요하지 않았다. 그간의 행적을 퍼즐 맞추듯 끼워보니 모든 것이 완벽했다. 말투, 외국에 대한 지식, 책방의 서가 만드는 방법, 처음 들어보는 낯선 용어들 특히 이 시대의 여인답지 않은 연희의 행동들까지 선우의 말대로라면 모두 아귀가 맞았다.

우연이란 늘 필연이라는 가면 뒤에서 가려져 있다. 선우와 연희가 500년 전의 사람들을 만나 책방을 만드는 것 또한 우연을 가장한 필연일지도 모르는 일이다. 우연은 기다리는 사람에게 절대 다가오는 법이 없다. 누군가가 간절히 갈망할 때 잠시 모르는 척 그의 곁을 스쳐가는 것이 우연인 것이다. 선우가 갈망했는지 기남이 갈망했는지 아니면 둘 모두 그랬는지 알 수는 없으나 보이지 않는 무언가에 엮이어 그들이 여기에 모인 것이다.

사람은 기대하는 것을 마주하는 찰나 가장 큰 희열을 느끼게 된다. 그 기대가 벗어나면 허무와 좌절을 경험하기도 한다. 하지만 산통을 망각하는 어미와 같이 쓰라린 기대에 대한 기억도 또 다른 열망으로 삭제되곤 한다. 선우와 연희, 기남은 우연히 만났지만 지금은 같은 기대를 가지고 조선책방의 성공을 열망하고 있다. 어쩌면 우연과 기대와 열망, 이 세 가지는 하나의 의미를 관통하는 단어일지 모른다.

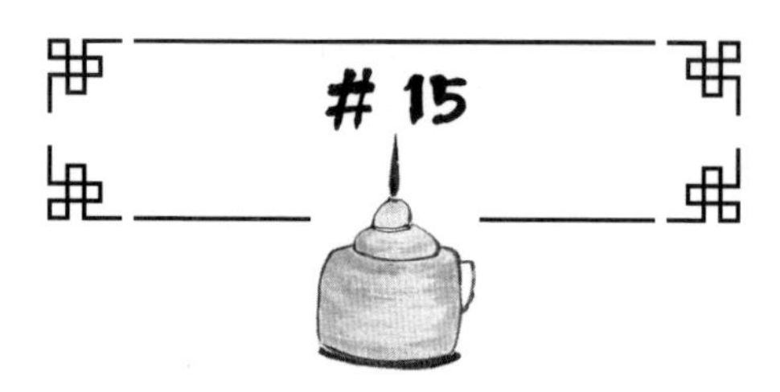

내일이면 조선 최초의 서점인 조선책방이 탄생하게 된다. 선우는 다섯 개의 대형서점을 오픈한 경험이 있었지만 지금처럼 긴장된 적이 없었다. 사실 대형서점들은 잘 갖춰져 있는 조직 덕분에 점장의 역할이 제한되는 경우가 많다. 2010년대 초반까지만 해도 가까운 일본에서부터 먼 영국, 독일까지 출장을 가서 그들의 서점 기술을 습득해 왔지만 유명 서점끼리 점포 확장에 경쟁이 붙으며 자연스럽게 자신들만의 노하우를 축적해 나갔다. 서가 제작법, 인테리어, 조명, ERP까지. 지금은 오히려 우리나라로 서점 견학을 오는 나라조차 있다. 대형서점들은 수년간 한 달에 하나 이상은 오픈하였으니 상당한 경험치를 얻었던 것이다. 회사마다 점포개발팀을 별개로 운영하며 그곳에서 총괄하는 시스템이다. 그러다 보니 개점 업무의 대부분은 그곳에서 처리하고 점장은 오픈에 따른 마케팅 계획과 직원 교육에만 주력하는 경우가 많다.

선우는 다행인지 아닌지 모르겠지만, 점포개발팀의 지원이 전혀 없었던 상태에서 오픈한 경험이 두 번 정도 있었고, 점포개발팀 팀장으로도 일한 적이 있어 서가의 제작과 인테리어, 조명에 대해 어느 정도 이해를 하고 있었다. 선우 자신 또한 개인적으로 일본이나 영국의 유명 서점을 훑다시피 다니며 공부하기도 했다. 조선책방의 하드웨어가 무리 없이 진행된 것은 이러한 경험이 있었기 때문이었을 것이다.

"재민 선비님! 저 안쪽으로 다과용 책상과 의자를 놓으면 좋을 것 같습니다."

"네? 의자를요?"

"네, 그곳에 앉아서 책을 읽을 수 있도록 하고 싶습니다."

"음…… 그렇게 되면 책만 읽고 가는 사람도 있지 않을까요?"

"물론 있겠지요! 하지만, 분명 실보다 득이 더 많을 겁니다. 옆 백록동하고도 차별화할 수 있고요."

"그쪽과는 뭔가 다르다는 것을 보여주고 싶으신 거로군요!

좋습니다. 바로 준비하도록 하지요."

"저희 시대에는 이를 '서비스'라 부릅니다."

"서……비스, 서비스요?"

서점에 고객용 테이블과 의자를 두어 휴게 공간을 늘리는 방법은 2011년 일본 도쿄에 츠타야 다이칸야마점이 오픈하면서 국내 서점에서도 불붙기 시작했다. 츠타야 다이칸야마점은 백화점에 버금가는 고급스런 인테리어와 충분한 휴게 공간으로 단번에 도쿄 젊은이들을 끌어들이는 데 성공하게 된다. 이른바 편집 숍의 개념도 끌어들이면서 라이프스타일에 맞춘 도서와 일반 공산품들을 동시에 진열하기도 했다. 소비 감성을 극대화하려는 전략이었을 것이다. 이를 주의 깊게 지켜 본 한국의 대형 서점들도 그들과 거의 흡사한 분위기를 연출하였고 일단은 고객을 불러들이는 데는 효과를 보았다. 하지만 도서와 일반 상품을 연계하기엔 여러 어려운 점이 있었고 지나친 휴게 공간의 설치는 '서점다움'을 스스로 버리는 위기를 자초하고 말았다.

대형 오프라인 서점의 장점인 장서량(도서 보유량)은 휴게 공간에 밀려 급격히 감소하였고 심지어 신간 도서마저 진열 공간을 잃고 말았다. 의자에 앉은 고객들에게 읽혀진 대다수의 책들은 구입과 이어지지 못한 채 오롯이 출판사로 반품되어 폐기 처

분 되고 만다. 서점에 진열된 대부분의 책들이 견본 취급을 받게 된 것이다. 장서량이 줄어든 오프라인 서점 대신 싸고 빠른 온라인 서점을 이용하는 고객들이 급격히 늘어났으며 판매보다 반품이 많은 대형 오프라인 서점과의 거래를 꺼리는 소형 출판사도 많아지기 시작했다.

점차 매출이 줄어든 대형 서점은 도서 진열에 광고비라는 명목으로 자릿세를 받기 시작했고 거액의 광고비를 지불한 몇몇의 메이저 출판사의 책들만이 도배되듯 서점에 깔리기 시작했다. 이는 고객의 선택을 조장하게 만드는 것이긴 하나 값비싼 임대료 부담과 인건비를 감당하기 위한 대형서점의 어쩔 수 없는 선택이기도 했다. 이마저 없다면 대형서점의 많은 지점들은 바로 폐점해야 할지도 모른다. 휴게 공간의 확장과 생존을 위한 광고성 도서 진열로 책의 다양성은 온라인 서점에 비해 확연히 밀리게 되었고, 오프라인 대형서점의 존재 가치는 책을 파는 곳이 아닌 만남의 장소나 홍보의 장소로 변질되어 갔다. 아마도 획기적인 변화가 없는 한 대형 오프라인 서점의 위기는 계속될 것이다.

선우는 이런 면에서 서점들이 과도하게 휴게 공간을 설치하는 것에 반감을 가지고 있었다. 차라리 그 자리에 한 권의 책이라도 더 진열하고자 하는 사람이다. 연희도 이 점을 잘 알고 있었다.

"점장님! 의자 두는 거 싫어하시지 않아요?"

"음, 그리 좋게 안 보지……."

"근데 웬일로 먼저 의자를 두자고 하세요?"

"김 대리, 무조건 반대하는 건 아니야! 도에 지나칠 정도로 많아서 그렇지, 뭐."

"사실 저도 좀 그랬어요. 서점이 아니라 카페가 돼 가는 느낌이랄까……."

"독립서점이나 동네책방들은 커피나 음료를 팔아야 유지되니 당연한 건데, 대도시의 유명 서점들까지 그렇게 적극적으로 나서는 건 좀 아닌 것 같아……."

"그럼 여기는 동네책방이라 괜찮은 건가요?"

"좀 여유가 있잖아. 그래! 따뜻한 차도 함께 준비하는 게 어떻겠어? 여긴 카페라는 것도 없으니."

"좋네요! 말 그대로 북카페네요! 아, 커피 마시고 싶다!"

"나도…… 커피 마셔본 게 언제냐?"

"커피요? 그게 무엇입니까?"

"앗! 민주 낭자!"

엊그제 그리 슬퍼 보였던 민주는 전혀 다른 모습의 사람이 되어 나타났다. 가느다란 허리를 명주 천으로 졸라맨 채 양소매의 끝단은 팔꿈치까지 접혀 있었다. 이 나라 최고 권력자의 딸이라고는 믿을 수 없는 차림이었다.

"아…… 네. 아무것도 아닙니다. 그런데, 지금 이 모습은……."

선우가 흠칫 놀라며 허겁지겁 민주의 차림새로 말을 돌렸다.

"저도 책방 일을 돕고 싶어서요! 방해가 되지 않도록 할 테니 허락해 주실 수 있는지요?"

"방해라니요……. 그럴 일은 없겠지만. 그래도 아가씨의 아버님이 이 일을 아신다면 좀 곤란하지 않을 까요?"

"그 일은 걱정 마세요. 제가 염려 끼치지 않도록 하겠습니다. 그리고 기남 도련님은 계신가요? 여러분과 함께 드릴 말씀도 좀 있는 데요!"

"아, 그래요. 저 안쪽에 계실 것 같은데요. 같이 들어가시죠."

기남의 말대로 민주는 강한 여성이었다. 무슨 일이 있었냐는 듯 아무렇지도 않은 모습으로 그들 앞에 나타난 것이다. 그것도 홍문관의 백록동이 아닌 조선책방의 개점을 도와주겠다고 스스로 찾아온 것이다. 이틀 사이 민주는 많은 생각을 했고 그 끝에 내린 결정이었을 것이다.

"기남 선비님! 민주 낭자께서 오셨습니다!"

"아! 아가씨. 여긴 어인 일로…… 또 그 차림새는……."

"그 얘기는 나중에 하시고 우선 급한 일이 생겼으니 제 말씀부터 들어 보시죠!"

선우가 기남에게 안내하자마자 민주는 유신, 재민 등을 모두 불러 모아 달라고 부탁했다. 이들이 모이자 어젯밤 들은 아버지인 심준과 홍성주의 말을 전해 주었다.

민주의 말에 따르면 새로 설치되는 서사에서는 한글로 된 책의 판매는 금한다는 내용이었다. 아마도 조선책방에는 한문으로만 쓰인 유학 관련 경서보다는 한글로 된 서책이 많다는 말을 전해 듣고 나름의 계책을 세운 것 같았다.

"내가 지금 바로 아버님을 찾아뵙고 여쭤봐야겠습니다. 개점을 불과 이틀 남기고 서책의 판매를 제한하겠다는 것은 분명 불순한 의도가 있는 것이니 이를 막아 달라 청하겠습니다."

"판윤 대감님도 아직 모르실 겁니다. 내일 어전회의 시간에 이조판서께서 직접 주청하기로 했으니까요."

"만일 전하께서 이판의 주청을 받아들으시게 된다면 우리에겐 큰일이지 않습니까? 한글로 된 책을 제외한다면 장서량과 질적인 면에서 저쪽에 턱 없이 부족할 텐데……. 그렇지 않나요, 선우 선생님?"

"맞습니다. 재민 선비님. 조선책방의 목적은 일반 백성들도 쉽게 책을 접하고 마음의 위안을 얻는다는 것인데 한글 노서를 보여줄 수 없다면 모든 게 물거품이 되겠지요!"

"아니, 제 나라에서 제 나라 글로 쓰인 책을 못 팔게 한다는 게, 이게 말이 되는 겁니까? 그리 한자가 좋으시면 중국에 가서 살던지! 이러니 조선이란 나라가 매번 중국에 치이고 일본에 치이고…… 그 모든 피해는 애꿎은 백성들만 입게 되지!"

연희가 답답했는지 볼멘소리를 높였다. 그러다 민주의 얼굴을 보고 멋쩍은 듯 소리를 낮추었다.

"미안합니다. 민주 아가씨. 좀 흥분했나 봅니다."

"아닙니다. 아무리 제 아버님이라 해도…… 제가 대신 사과드립니다!"

기가 죽어 고개 숙인 민주를 보며 기남이 말을 이었다.

"아버님의 일로 민주 낭자가 사과할 필요는 없습니다. 우린 민주 낭자를 원망할 생각은 전혀 없으니까요. 그보다 제게 한 가지 묘책이 있으니 좀 더 지켜보시지요."

"묘책? 그게 무엇인가, 기남! 어서 말해보게!"

"안 될지도 모르니 일이니 미리 말하기 좀 그러네. 일단 내일 미시(오후 1시)까지 기다려 주시게나."

기남의 말에 유신이 재촉하듯 물었지만 끝내 대답해 주지는 않았다.

"판윤 대감! 내일이라 했던가요? 광통교 인근에 서사가 열리는 날이?"

"그러하옵니다. 전하."

"어떤 모습을 갖췄을지 무척 궁금하군요. 지금쯤이면 준비가 거의 다 되었겠소이다?"

"그러하옵니다. 전하! 홍문관에서 준비 중인 백록동과 김태성의 아들 재민이 만드는 조선책방이라는 두 서사가 개점 일만 손꼽아 기다리고 있습니다."

"그러한가요! 김태성이라면 한성 제일가는 상인 그 김태성을 말하는 거요?"

"그렇사옵니다. 전하. 그의 아들 김재민이 이번 서사에 일에 참여하였사옵니다."

"음…… 백록동이야 주자께서 제자를 가르치던 곳이었고, 조선책방은…… 참 재밌는 이름이군. 아무튼 별 탈 없이 준비하느라 고생하였소, 판윤 대감!"

"성은이 망극하옵니다, 전하!"

"전하! 신 이조판서 홍성주이옵니다."

"그래, 이판. 말씀해 보세요."

"이번에 새롭게 설치되는 서사에 문제점이 있어 주청드릴 것이 있사옵니다!"

"문제? 그게 무엇이오? 이판!"

"사실은 서사가 백성들에게 열리기 전 사헌부를 통해 두 곳의 서책들을 미리 살펴보았습니다."

"미리 서책들을 살펴봐?"

"그러하옵니다. 만에 하나 불충한 사상이나 삼강의 도를 해치는 것이 없나 확인하기 위함이었습니다."

"그래요? 그래 어떻던가요?"

"'백록동'의 서책은 대부분 경학 위주의 것들로써 학문에 힘쓰고자 하는 이들에겐 더할 나위 없이 좋은 서책들 위주였으나, 조선책방은 몇 가지 문제점이 있었습니다."

"조선책방에! 그래 그 몇 가지 문제가 무엇이오?"

조선책방에 문제가 있다는 이조판서 홍성주의 말을 들은 중종의 미간이 점점 일그러지고 있었다.

"조선책방에 있는 서책의 절반 정도는 소설 등 잡문 따위로 쓰인 책이었사옵니다. 이는 자칫 미둔한 백성들에게 허황된 상상을 심어줄 수 있으며 이 나라의 근간이 되는 주자의 가르침을 거스르게 되지 않을까 염려되옵니다."

"소설과 잡문이라…… 소설과 잡문 때문에 유학의 근간이 흔들리게 된다 하셨소? 이판이 너무 앞서 나가는 것 아니오? 어찌 사서를 읽고 삼경을 연구한 이들이 소설이나 산문집 등에 자신들의 이상을 잃는단 말이오? 그건 개인적인 것으로 탓해야 하지 않겠소? 그럼 명나라에서 들어오고 있는 그와 비슷한 많은 책들도 금지해야 될 것 같은데요, 이판!"

"그게……!"

"전하, 신 좌의정 심준입니다!"

"네, 좌의정. 말씀하세요."

"실은 그보다는 '언문'으로 쓰인 책들의 판매를 금지시켜 주시옵서소!"

"언문으로 쓰인 책을 금지하라?"

"그러하옵니다. 전하! 대명국(大明國)의 위대한 문자를 두고서 언문으로 쓰인 책을 읽게 하신다면 부국(父國)에 대한 예의도 아니올 뿐만 아니라 한낱 종놈도 일깨울 수 있는 글들을 경서와 함께 서사에 비치한다면 이 또한 사대부에 대한 모욕이라 생각되옵니다. 전하, 부디 통촉하여 주시옵소서!"

"통촉하여 주시옵소서!"

한글로 된 책들의 판매를 막아야 한다는 심준의 주청이 이어지자 어전의 모든 대신이 약속이나 한 듯 중종을 압박하고 나섰다.

"그런가요? 좌의정 대감! 그럼 한 가지 묻겠소. 《고열녀전(古列女傳)》은 어떻게 생각하시오?"

중종이 《고열녀전》에 대해 묻자 심준과 훈구 대신들은 당황한 기색이 역력했다.

"그것은…… 중국의 서책을 번역한 것에 그치는 것이지 그 이상의 의미도……."

"이판! 뭐라 했소. 그저 번역한 것이라 했소? 내 그대들의 요청을 받아들여 이 나라 최고의 문장가와 명필 유이손, 화가 이상좌를 불러 어명으로 제작한 책이 아니오! 백성들에게 귀감이 될 만한 여성들의 이야기를 한글로 적어 만든 것이지 않습니까? 더구나 여러 대신들께서 백성들에게 널리 읽히게 한다 하여 그러지 않았소! 안 그렇소, 좌상?"

"그러하옵니다, 전하! 하지만……."

"좌상! 이판! 한글이 명나라 한자에 비해 배우기 쉽다 하여 그 자체를 낮게 평가하시면 안 됩니다. 오히려 글은 배우기 쉽고 쓰기 편해야 되지 않겠습니까? 문자의 목적이 소통과 기록에 있거늘 익히기 쉽다 하여 업신여기면 안 될 것이오! 더구나 한글은 세종대왕께서 백성을 어여삐 여겨 친히 만드신 문자 아니오. 자꾸 대감들이 그리 말씀하신다면 세종대왕을 능멸하는 것으로 생각해도 좋겠습니까?"

"망극하옵니다, 전하! 저희는 다만 불온한 사상이 백성들에게 쉬이 심어질까 염려되어 드린 말씀이옵니다……."

"압니다. 이판께서 걱정이 많다는 걸요. 괜찮을 것이니 이 얘긴 그만하시지요!"

사실 어전회의가 있기 바로 전날 밤, 기남은 급히 궁으로 들어갔다. 승정원 주서였으니 그의 궁 출입은 다른 관료에 비해 꽤나 자유로운 편이었다.

"전하! 신, 주서 어기남입니다!"

"들라!"

"전하! 늦은 밤 찾아뵈어 송구하옵니다. 급히 드릴 말씀이 있사옵니다."

"그래, 어 주서. 무슨 말인데 퇴청도 못하고 이리 찾아왔는가?"

"서사에 관한 일이옵니다."

"서사! 그래 가까이 와서 말해 보거라!"

기남은 민주의 말을 듣고 그 길로 바로 《고열녀전》을 손에 쥐고 중종을 찾아갔던 것이다.

"그래! 한글로 쓰인 책을 금지시켜 달라는 주청이 올라올 것이라고?"

"그러하옵니다, 전하! 신 어기남, 충심을 다해 만든 서사인지라 너무 안타까워 급히 전하를 찾아뵈었습니다."

"그래, 그들의 계략을 막을 방도는 찾아보았느냐?"

"네, 전하. 이 책이옵니다!"

"그래! 이거로구나! 내 너의 의미를 알겠다."

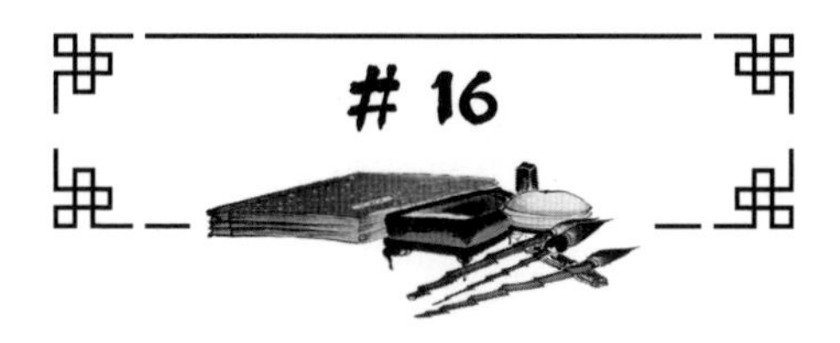

기남이 중종에게 준《고열녀전》은 원래 중국의 책이다. 여기서 열녀는 '烈女'가 아닌 '列女'를 말한다. 즉, 여러 여성들의 이야기를 모은 책이다. 중종이 어명으로 가장 뛰어난 번역가와 명필가, 화가들을 불러 모아 만든 책이다. 조선 전기의 출판 수준을 가늠하는 책과 같다. 중국의 것을 조선 사회에 맞도록 다듬어 재편집하였다, 또한 당대 최고의 화원들이 그린 그림을 판화로 찍어 넣는 등 책의 심미성도 고려하였다.

"참으로 다행이옵니다. 수고 하셨습니다, 도련님!"

"아니오. 다 민주 아가씨 덕분입니다. 아가씨가 미리 알려 주지 않았다면 정말 큰일날 뻔했습니다."

"그러게 말이야. 민주 낭자가 아니었으면 문도 못 열고 다 재가 될 수도 있었소이다. 기남 자네도 그 순간《고열녀전》을 생각해 낸 것도 참 훌륭했네!"

재민이 진열된 책들을 쓰다듬으며 연신 민주에게 감사의 인사를 하고 있을 때 유신이 헐레벌떡 들어왔다.

"무슨 급한 일이라도 있는가? 어휴 땀 봐. 감기 걸리겠네. 어휴 땀부터 닦으시게나!"

재민은 서가의 먼지를 닦던 광목천을 유신에게 건네주며 피식 웃었다.

"방금 아버님께 들었는데 내일 백록동에 십여 명의 대감들이 온다고 하네."

"그야 이조판서 홍성주 아들의 작품이니 많은 사람들이 눈도장 찍으러 오는 거 아니겠는가?"

"그게 아닐세. 이 사람 재민!"

"아니라면 뭐, 다른 의도라도 있다는 말인가?"

"홍문관의 대제학 대감은 물론이고 이조판서, 예조판서, 사헌부 대사헌 대감, 성균관의 대사성 등 이 나라의 내로라하는 학자들은 모두 오신다 하네!"

"이거 꽤 시끄럽겠군. 그래서 밖이 저리 요란했던 거군! 책에 먼지 쌓이지 않게 열심히 청소나 더 합시다그려."

"내 말 좀 더 들어보게. 문제는 백록동에 온 그들이 돌아갈 때에 문장 하나씩 써 주기로 약조했다고 하더군."

"그냥 글만 쓰고 가면 될 일이지 무슨 약조까지 하면서……."

말을 잇던 재민이 갑자기 멈추며 심각한 표정을 지었다.

"자네도 그 생각을 하는 게지?"

"뭔데요? 두 분만 아는 척 마시고 말씀해 보세요!"

"'책문(策問)'을 말하는 겁니다. 낭자!"

"'책문'이요?"

연희의 궁금증을 기남이 대신 대답해 주었지만, 책문의 뜻을 모를 수밖에 없는 연희는 다시 물었다.

"무슨 말씀을 하시는지 도통 모르겠네요!"

"저도 그렇습니다만……."

"제가 대신 말씀드리지요, 선우 선생님, 연희 아가씨."

심각한 표정으로 유신이 대답해 주었다.

"책문은 과거시험 문제를 말합니다!"

"과거시험 문제요! 그런 일급비밀을 백록동에 적어놓고 간다고요?"

"누가 과거시험의 출제자로 뽑힐지도 아직 정해지지 않지 않았습니까?"

연희와 선우가 다시 연거푸 물었다.

"그렇죠. 아직 정해지지 않았죠! 그래서 출제가가 될 만한 예비 후보들이 모두 찾아온다는 겁니다. 그들이 돌아갈 때는 각자 한 문장씩 적어놓고 갑니다. 예를 들어 '술의 폐해는 오래되었다. 이를 해결하려면 어떻게 해야 하는가?', '해와 달은 하늘에 걸려서, 한 번은 낮이 되고 한 번은 밤이 되는데, 누가 그렇게 한 것인가?', '어릴 적에는 새해가 오면 기뻐하였는데 나이를 먹으면 서글픈 마음이 먼저 드는 것은 왜 그러한가?' 등 이와 비슷한 것들입니다."

"아…… 무슨 철학 논술 문제 같네요. 그럼 그 사람들이 백록동에 과거시험 예상문제집을 만들어 놓고 간다는 말이네요, 점장님!"

"그러네. 그런 소문이 퍼지면 전국의 모든 유생들은 백록동을 찾겠지!"

"이런 거 불법 아니에요? 나라의 제일 윗자리에 있는 사람들이 본이 되지는 못할망정…… 쯧쯧."

"안타깝게도, 이런 일은 상류 사대부끼리는 암암리에 퍼져 있답니다. 누가 책문의 출제자가 될지 모르니 서로의 집을 방문하고 돌아갈 때는 글을 남기곤 하죠. 내가 출제가가 되면 이런 문제를 낼 거요, 하는 의미입니다."

"그런 글들을 모아 대책(對策, 과거시험 책문에 관한 답 글)을 준비해서 과거시험에 응시한답니다."

유신과 기남이 차례로 대답해 주었다.

"이거 완전 입시비리네. 그죠, 점장님. 우린 어떡하죠?"

"김 대리 아까 준비하던 거 있지! 그것부터 먼저 보여 드려."

"아차, 까먹고 있었네. 자, 여기요."

임금님 강추 도서

《고열녀전》

여자의 삶이란 무엇인가?

"강추! 이게 무슨 뜻인가요? 연희 아가씨."

"'강력 추천'의 줄임말입니다. 중종 임금께서 강력하게 권하는 책이다, 이런 뜻이죠!"

"와! 재밌네요. 임금님께서 권한 책이라고 하면 더 많은 백성이 읽을 것 같고요!"

"감사합니다! 민주 아가씨!"

"웬만한 책에 연희 낭자가 했던 것처럼 책의 특징을 적어두면 좋을 것 같습니다. 쉽게 눈에 띄기도 하고 미리 책의 내용도 알 수 있을 것 같기도 하고, 그런데 연희 낭자께선 모든 책을 이미 읽었나요?"

"잠깐만요, 재민님. 지금 이미 읽었냐고 물어 보셨죠?"

무엇인가를 깨달은 듯 선우가 박수를 치며 재민의 물음을 되짚었다.

"네! 혹, 제가 뭐 실수라도……."

"아…… 그게 아니고요! 기남 선비님, 유신 선비님, 혹시 지난 과거시험의 답안지를 구할 수 있을까요?"

"답안지라면…… 시권(試券)을 말씀하시는 거 같은데, 그건 모두 시험장에 제출하고 나오기 때문에 구하기 어려울 것 같은데요. 갑자기 시권은 왜 찾으시는지요?"

기남의 대답에 재민이 바로 끼어들었다.

"시권이요? 잘하면 구할 수 있지요! 시권뿐이겠습니까? 돈만 더 주면 압권(壓券)도 구할 수 있지요!"

"압권…… 압권은 뭐지요?"

"시권 중에 으뜸인 것을 말하지요. 즉 장원 급제자의 답안지입니다."

"재민님은 그걸 어떻게 구하실 수 있습니까?"

"내가 잘 아는 거벽이 있어 그치에게 물으면 어렵지 않게 구할 수 있을 겁니다. 이미 필사본도 여럿 있는 걸로 알고 있습니다."

"잘됐습니다. 정말 잘됐습니다. 모두 사오시죠, 재민님!"

"백록동이 예상문제집을 판다면 조선책방은 기출문제집을 판다! 이거죠, 점장님!"

"그렇지!"

선우와 연희의 말을 이해했는지 모두 밝은 표정이 되어 재민 쪽을 바라보았다.

재민은 급히 구한 시권의 필사본을 제작하고 선우와 연희, 유신, 기남은 조선책방에 남아 늦은 밤까지 마무리 정리를 하고 있었다. 책방 맨 앞 중앙에는 《고열녀전》을 수십 권 쌓아 진열하고 통로 양옆으로 유학 경서를, 경서 뒤 창가 쪽으로는 《소학(小學)》, 《동몽선습(童蒙先習)》, 《천자문(千字文)》 등의 어린이용 경서를 진열했다. 경서의 끝부분부터는 《사기(史記)》, 《한서(漢書)》, 《후한서(後漢書)》 등의 역사서를 비치하였고 맨 안쪽의 탁자와 의자 너머로 21세기의 책들이 진열되었다.

"연희 낭자가 고안한 북엔드라는 것 덕분에 책이 깔끔하게 정리되는 것 같습니다. 그동안 책을 겹쳐 쌓아두는 바람에 아래에 깔린 것은 찾기 어려웠는데 책등에 이름을 써놓고 이렇게 세워서 보관하니 한눈에 찾을 수 있고 정말 편하네요."

유신이 북엔드를 만지작거리며 중얼거리는 순간이었다.

"뉘신지요? 책방은 내일 사시(오전 10시)부터 오픈…… 아니 여는데요?"

"네! 알고 있습니다. 지나가다 궁금해서 들어와 봤는데 미리 구경 좀 해도 되겠습니까?"

연희는 낯선 인기척에 살짝 놀라기는 했어도 고급스런 도포 차림에 태사혜(양반들이 신던 가죽 신발)를 신은 것으로 보아 분명 높은 신분임에 틀림없는 것 같아 다시 조심스럽게 다가가 말을 건넸다.

"나리! 죄송합니다만, 아직은 준비가 덜 되어 주변이 어수선합니다. 저희도 이만 정리하고 들어가야 하니 내일 다시 오시면 좋을 것 같습니다."

"감히, 이 분이 뉘신지 알고 함부로 오라 말라 하느냐! 이 분은! …… 아주 귀중한 시간을 내어 오신 분이오……."

옆에 서 있던 또 다른 도포 차림의 남성이 난감하듯 호통 반 부탁 반의 목소리로 연희에게 말했다. 이에 낯선 선비는 바로 제지하고 나서며 말했다.

"아이고, 이거 죄송합니다. 낭자. 내 급한 마음에 들어왔소만 잠시, 아주 잠시만 머물다 가면 안 되겠습니까?"

"……정 그러시겠다면, 조금 소란하더라도 이해해 주십시오. 경서를 찾으신다면 저 앞에 많이 있습니다."

"고맙소이다. 난 경서보다는 좀 다른 책들을 보고 싶은데, 뭔가 다른 종류의 서책은 없소이까?"

"괜찮으시다면…… 여기 안쪽으로 들어오시지요!"

연희는 낯선 이들을 책방 안쪽으로 안내했다.

"오! 여기, 탁자도 있군요!"

"네. 몸이 불편하거나 긴 시간 책을 읽는 분들을 위해 준비했습니다."

"참 좋은 생각인 것 같소. 내 여기 앉아 잠시 이 서책을 읽고 싶소만!"

"그러십시오. 앗! 차도 한잔 드릴까요? 원하시면요……."

"차도 주십니까? 이렇게 고마울 데가! 주시면 감사히 마시겠습니다."

"네, 잠시 기다려 주세요."

조선책방의 첫손님은 이렇게 예상치 않게 찾아왔다. 낯선 손님의 손에는 《무례한 사람에게 웃으며 대처하는 법》이라는 책이 들려 있었다.

《무례한 사람에게 웃으며 대처하는 법》이라는 책은 '내 감정'을 지키는 요령을 알려주는 책이다. 일 때문에 또는 나의 잘못된 판단 때문에 스트레스를 받는 경우도 있지만, 지속적으로 상처를 주는 것은 타인이 사생활의 영역까지 침범해 오거나 평가하려 할 때이다. '욱' 하는 마음을 있는 그대로 드러낼 수 없을 때, 억눌린 감정의 해결책을 찾고자 할 때 읽으면 좋은 책이다. 사실 '어찌어찌 하라!' 등의 특정된 방법을 알려 주진 않지만 저자와 읽는 독자 사이에 공감의 그늘이 형성되어 말의 여유, 행동의 여유를 생각하게 만든다.

"선우 선생님! 연희 낭자! 어디 계십니까?"

"네! 여기요. 안쪽에 있어요!"

"아…… 여기 계셨군요. 시간이 늦었습니다. 그만, 들어가시…… 아이쿠, 손님이 계셨……!"

잠시 재민의 일을 살피러 간 기남은 선우와 연희를 부르며 책방 안으로 들어오던 중, 탁자에 앉은 손님을 보고 황급히 달려가 예를 갖추었다. 기남은 낯선 이의 뒷모습만 보고도 금세 중종임을 알아봤다.

"전하! 이리 누추한 곳까지 찾아오시다니요! 망극하옵니다!"

"그래, 어 주서! 어디 다녀오는 겐가?"

"망극하옵니다. 전하! 자리가 불편하지는 않으신지요?"

"아니네! 자네가 없는 사이 막무가내로 찾아왔는데 여기 이 낭자에게 극진한 대접을 받았네. 이리 따뜻한 차도 대접해 주니,

참 고맙소, 낭자!"

연희는 물론이고 못 본 척 자신의 일만 하고 있던 선우도 그 낯선 이가 중종 임금이란 사실을 알고 옷맵시를 정리하며 다소곳이 다가갔다.

"아닙니다. 너무 뜨겁지는 않았는지요?"

"응! 좋았어요. 마침 날도 차가워졌는데 몸이 쫙 풀렸습니다."

때마침 재민도 재주 좋게 시권들의 필사본을 잔뜩 들고 들어왔다.

"선우 선생님, 연희 낭자! 제가 뭘 갖고 왔는지 구경하십시오! 이게 그 유명한 시……."

유신이 급히 달려가 재민의 입을 틀어막았다. 당연지사 과거시험의 답안지가 저잣거리에 돌고 있는 풍경을 중종이 보게 되면 책방이고 뭐고 당장 모두 경을 칠 것이니 말이다.

"재민! 수고했네. 이 책은 나중에 보도록 하고 먼저 인사부터 올리시게. 전하께서 오셨다네!"

"네! 누구라고요! 임금님?"

"그렇다네. 얼른 인사드리게!"

재민은 가져온 책을 보이지 않도록 한쪽 구석으로 밀어내고 중종 앞으로 뛰어가 바짝 엎드렸다.

"전하! 김태성의 아들 김재민이라 하옵니다. 이리 찾아주시니 황공하옵니다, 전하!"

"그래? 자네가 김재민인가? 이렇게 좋은 서사를 만들어 주어 정말 고맙네! 그동안 수고가 많았네그려."

"아닙니다, 전하! 전하의 성은에 망극할 따름입니다. 그리고, 이 서사는 저보다 이쪽에 있는 박선우와 김연희라는 이들이 만든 것이나 다름없사옵니다. 저는 그저 필요한 만큼의 재물만 내주었을 뿐입니다."

"그래도 그게 어딘가! 자신의 재물을 아끼지 않고 이리 선뜻 좋은 일에 쓰니……. 박선우, 김연희라 했던가요?"

"네, 그러하옵니다. 전하! 명나라에서 여러 번 서점을 만든 적이 있어 이번에 큰 도움을 받았습니다."

당황해하는 선우와 연희를 대신해서 기남이 재빠르게 대답해 주었다.

"박선우, 김연희……."

"네, 그러합니다. 전하!"

선우가 조금은 떨리는 목소리로 대답하였다.

"혹시, 《군주론》이란 책을 가져와 어 주서에게 전해준 이도 그대들입니까?"

"그렇습니다!"

선우와 연희가 함께 대답하자 중종은 함박웃음을 지어보이며 일어섰다.

“조선책방이 꼭 성공하기를 빌겠습니다. 이런 서사가 한성만이 아닌 평양, 동래, 충주, 전주 등 조선 팔도에 세워지면 좋겠습니다. 상선, 그만 갑시다. 앗, 잊을 뻔했구려! 어 주사, 빌려간《군주론》은 돌려주겠네. 여기에서 한 권 사서 가져가면 되니 말이야.”

“네, 전하!”

중종이 이 책을 콕 집어 고른 이유는 어쩜 당연한지도 모르겠다. 조선은 소위 군주제 국가이지만 반정에 의해 왕에 올려진 중종은 그를 왕으로 만든 이들로부터 자유롭지 못했으며 언제나 눈치를 봐야 했다. 떨어진 권위를 되돌리고자 노력도 했지만 이미 자신들만의 세력을 굳건히 한 그들의 벽은 철옹성과 같았다. 어전회의 때마다 자신을 향한 대신들의 말에 좌절했으며 왕으로서의 자존감은 이미 사라진 지 오래되었다. 신권(臣權)에 의해 움직이는 것이 지금의 조선이었던 것이다. 대놓고 드러내지는 않았지만 그들의 무례함에 중종은 이미 많은 상처를 받았을 터였다.

생각지도 않은 중종의 방문에 모두 당황하기는 했으나 웃는 모습으로 책 한 권을 구입한 후 떠나자 다들 한껏 고무된 표정으로 서로의 얼굴을 쳐다보았다. 이렇게 조선책방의 첫 구매 고객은 중종이 되었다.

예상대로 백록동은 도성 안의 이름난 양반들과 그의 자제들로 가득했다. 그도 그럴 것이 웬만한 사대부집은커녕 나라에서 운영하는 서사에서도 볼 수 없는 진귀한 서책과 고관들의 '책문'이 있다는 소문이 퍼져 너 나 할 것 없이 앞다투어 찾아온 것이다. 오전 10시에 문을 연 백록동은 오후 3시가 넘도록 발길이 끊이지 않았다. 그에 반해 선우의 조선책방은 백록동이 너무 붐벼 잠시 쉬고자 하는 사람만이 뜨문뜨문 찾아오곤 했다.

홍명한이 만면에 웃음을 띠며 바로 옆 지전을 지나다 조선책방 앞에서 기남과 마주쳤다.

"안녕하셨습니까? 주서 나으리!"

"네. 홍 수찬님!"

명한이 책방 안을 힐끗 엿보더니 말을 이었다.

"이거 미안하게 됐습니다. 괜히 우리 백록동 옆에 서사를 만든 모양입니다. 청계천 너머 남촌이나 수표교 인근에 있었으면 이리 초라해 보이진 않았을 텐데요, 허허……."

"아니요, 별말씀을요. 단 두 개밖에 없는 서사인데 멀리 떨어트려 놓으면 서책을 찾는 이들만 불편하겠지요."

"그런가요? 내 지금 건너편 의금부에 가는 중입니다. 워낙 많은 백성이 몰려와서 포졸들의 도움을 좀 청할까 해서요. 이리 서책에 관심이 많을 줄 미처 몰랐습니다그려."

"다행입니다. 한 곳이라도 백성들이 찾아와 서책을 즐겨 볼 수만 있다면 그것으로도 저는 만족합니다."

"정녕 진심이십니까? 어 주서는 마음 하나 넓으십니다. 앗! 민주 아가씨? 여긴 어인 일로……."

기남에게 자랑삼아 백록동의 인기를 떠벌리던 명한은 민주의 모습을 보고 화들짝 놀랐다. 그의 미간이 구겨졌다. 내심 아버지들끼리의 친분을 핑계 삼아 민주와의 인연을 만들려 기회만 엿보던 명한이었기에 조선책방에서 민주가 등장하자 자못 자존심이 상하고 말았다.

"미처 소개해 드리지 못했지요! 민주 낭자께서 저희 조선책방 일을 돕고 계십니다."

"민주 아가씨가 조선책방에서 일을요? 사실입니까? 아가씨!"

"그간 안녕하셨습니까? 나리! 네, 맞습니다."

"지체 높으신 아가씨께서 왜 이런 곳에서 허드렛일을 하고 계십니까? 좌의정 대감께서라도 아시는 날에는 어떻게 하시려고 그럽니까?"

"상관없습니다. 적은 힘이나마 백성에게 도움이 되고자 함인데 아버님이 뭐라고 하시겠습니까?"

"그래도 그렇지……. 참 나……, 아가씨의 뜻이 그렇다면 차라리 저희 백록동으로 가시죠! 그 편이 사람도 많고 보기에도 좋지 않겠습니까?"

"저는 여기가 편합니다. 걱정해 주셔서 감사합니다, 수찬 나리! 그럼 이만."

몇 마디 대화 끝에 민주는 다시 책방 안으로 들어갔다. 명한은 서가 그림자 속으로 사라지는 민주의 모습을 보며 씁쓸한 한숨을 토해냈다. 여태껏 모든 것을 자기 뜻대로 하며 살아온 그였지만 여인만은 그렇지 못했다. 명한 또한 알고 있었다. 민주가 오랫동안 기남의 형인 기선을 연모해왔다는 사실을. 명한은 그가 죽었을 때, 한 유능한 젊은 관료의 죽음보다도, 아버지의 약점을 알고 있는 정적의 죽음보다도, 민주의 연인이 사라졌다는 것에 그는 더 안도의 숨을 내쉬었을지도 모른다. 언젠가는 민주를 꼭 자신의 여인으로 만들리라 다짐했었다. 그 첫 번째의 일은 아버지 홍성주로 하여금 민주와의 혼담을 성사시키는 것이었다. 어차피 심준과 같은 배를 탄 이상 집안끼리의 혼사는 그리 어렵지 않게 진행될 것이라 생각했다.

"자! 오늘은 그만 마무리하고 약주라도 한잔하실까요?"

"그러시죠! 기분도 좀 그렇고……."

"민주 아가씨도 같이 가실 수 있겠어요? 여자는 늘 혼자라 좀 그랬었는데……."

"저도요? ……그러시죠!"

유신과 재민의 제안에 연희와 민주도 함께하기로 했다. 오후 6시에 책방 문을 닫고 모두 기남의 집으로 향했다. 기남의 집은 어느새 이들의 아지트로 바뀌고 말았다. 여성들도 있으니 기방을 출입하기에 무리가 있었고 기남, 선우, 연희, 하인 셋 이렇게 여섯이 살기에도 너무 큰 기남의 집은 모두 모이기에 안성맞춤이었다.

"선우 선생님! 무슨 방도가 없겠습니까?"

"그러게 말입니다. 물론 오늘이 첫날이라 섣불리 말하기엔 그렇지만, 기분이 영 좋지는 않습니다!"

"선비님들만 그러시겠습니까! 여기 계신 모든 분은 똑같은 심정이겠지요!"

재민과 유신의 투덜거림에 위로하듯 말했지만 선우 또한 예상외의 백록동의 인기에 위기감을 느꼈던 것은 사실이다.

"조선책방만의 특징을 알려야 할 것 같습니다. 훨씬 다양한 서책을 가지고 있지만 그 사실을 알고 있는 사람은 여기 있는 우리 말고 없을 듯합니다."

"민주 아가씨의 말이 맞습니다. 그렇지만 마땅히 알릴 수 있는 방법이 없어서……. 기남 선비님! 만일을 대비해서 점장님과 제가 몇 가지 준비를 하긴 했는데…… 괜찮을지 모르겠네요."

"방도가 있다고요! 뭡니까? 궁금합니다. 어서 말씀해 보세요!"

'준비'라는 말에 기남을 비롯해 모두의 눈이 연희를 바라보았다. 하지만, 확신이 서지 않는 연희는 무엇부터 말해야 할지 망설였다.

"여러분들의 도움이 필요합니다!"

"우리의 도움이 필요하다고요. 물론 그래야지요!"

유신이 기남과 재민을 번갈아 보며 당연하다 듯 확인하였다.

"첫째로, 《동몽선습》의 지은이인 박세무 선생님을 찾아뵈어야 할 것 같습니다."

"아니 그 분은 왜요?"

재민이 물었다.

“아시겠지만 나온 지 얼마 안 된《동몽선습》이 양반집 어린 자제들에게 큰 인기를 끌고 있습니다. 지은이의 덕담을 책에 담아 오십시오!”

연희가 말한 것은 지금으로 치면 저자 친필 사인본을 뜻하는 것이었다. 중종 때 출간된《동몽선습》은 유학자 박세무가 만든 것인데 그를 찾아가 덕담을 책에 직접 적어오라는 것이다.

“두 번째는 ‘여성을 위한 책방’이라는 입간판을 만들면 합니다.”

“박세무 나리를 찾아 덕담을 적어 오는 것은 괜찮소만, 그건 좀 무리가 있는 것 같소. 여성들이 무슨 서책을 읽는다고 그렇게 까지 알릴 필요가 있을까요? 그리고 입간판은 또 무엇입니까?”

유신이 연희의 말에 볼멘소리를 했다.

“입간판은 우리가 백성들에게 널리 알리고자 하는 뜻을 간략히 적어 문 앞에 세워두는 것을 말 합니다.”

“저는 생각이 다릅니다. 유신 선비님. 저는 연희 아가씨에 말에 찬성합니다. 우리 조선은 유학을 공부를 위한 경서만을 서책으로 생각하지요. 저도 그러했고요. 하지만 요 며칠 사이 조선책방을 정리하다 보니 서책이라는 것이 이리 다양한 읽을거리가 있구나 하고 감탄하게 되었습니다. 비록 아녀자라 해서 집 안에서 수만 놓으며 세월을 보냈지만 앞으로도 꼭 그래야만 한다는 법은 없지요. 조선책방을 보십시오! 아녀자들이 읽을 만한 책들이 넘쳐납니다. 이러한 장점은 꼭 살려야 한다고 생각합니다!"

"나도 그러하네. 아직은 낯설지 모르겠으나 서책이 남자들의 전유물만은 아니지 않는가?"

기남마저 찬성의 뜻을 내비치자 유신은 받아는 들이겠지만 별 내키지 않는다는 표정으로 연희에게 말했다.

"또, 다른 것도 있습니까?"

"다음 제가 말씀드리죠. 기남 선비님의 도움이 두 가지 필요합니다!"

"제 도움이요?"

이어 선우가 말했다.

유신에게 도움이 필요하다고 말한 이유는 '조보(朝報)'를 활용하기 위함이었다. '조보'는 매일 하급 관청에 전달되는 일종의 관보 내지 신문을 의미한다. 1660년 독일에서 발행된 〈라이프치거 차이퉁(Leipziger Zeitung)〉이 세계 최초의 신문으로 알려져 있지만, 실은 그보다 100여 년 전 중종 때 신문의 한 종류인 〈조보〉가 이미 발행되었었다(《라이프치거 차이퉁》보다 83년 앞선 조보를 2017년에 발견). 선우는 이 조보를 활용하고자 했던 것이다. 〈조보〉 또는 〈기별지(奇別紙)〉는 승정원에서 그 정보를 취합하여 기별청(奇別廳, 또는 조보소)에 넘기면 '기별서리'라는 자가 필사하여 각 관청과 일부 사대부들에게 배포하였다. "간에 기별도 안 간다"라는 말의 기별은 여기서 유래하였다. 선우는 승정원에 있는 기남에게 '백록동'과 조선책방의 일을 그 기별지에 실어달라는 부탁이었다.

"그야 어렵지는 않을 것 같습니다. 〈조보〉의 건은 매일 전하께서도 관심 있게 보시는데 서사의 일을 올리겠다면 하면 무척 기뻐하실 것 같습니다. 하지만 어떤 내용을 써야 할까요?"

一. 주상전하의 친필 수결(사인) 《고열녀전》 50부 선착순 판매

二. 박세무의 덕담이 적힌 《동몽선습》 100부 선착순 판매

三. 개점 후 100일 동안 서책 구입 금액의 1할(10%) 상당 쿠폰(救票, 구표) 발행

四. 각종 다과류 및 휴게 의자 구비

五. 지인에게 서책을 선물하세요! 조선책방에서 '화살배달' 해 드립니다!

"주상전하의 수결, 100일 동안 1할 구표 발행, '화살배달' 이게 다 뭡니까?"

재민이 눈이 휘둥그레져서 선우에게 재차 물어왔다.

"말 그대로입니다. 기남 선비님! 주상전하의 수결도 받아 주세요! 또, 앞으로 100일간 구입하는 모든 분들에게 구매액 1할만큼의 책방 지전(紙錢), 이를 마땅히 부를 만한 말이 없으니 일단은 구표라 하도록 하지요. 이 구표를 드리는 겁니다. 그리고 책을 구입하시고 원하시는 분들에게는 집까지 배달해 주는 일도 시행하면 좋겠습니다. 다만 배달 지역은 사대문 안으로 한정해야 하지만요."

"……."

모두 침묵을 지켰다. 선우와 연희만이 이들의 반응을 기다리고 있을 뿐이었다.

"하! 하 !하!"

기남이 크게 웃으며 침묵을 깼다.

"멋있습니다. 모두 처음 들어보는 방법들이지만 아주 재미있을 것 같습니다. 안 그런가? 재민?"

"그러게……. 한 번도 써 본적이 없는 것들이라 어떤 효과가 있을 런지……."

"좋아! 한번 해보자고! 아무것도 하지 않는 것보다 뭐라도 해야 할 거 아닌가!"

늘 신중하던 유신이 웬일로 빠른 결정을 내렸다.

"저는 1할만큼 돌려준다는 것이 제일 마음에 듭니다. 경서는 그렇다 치고 한글로 쓰인 서책도 족히 면포 한 필(약 4~5만 원)은 줘야 하니 그의 1할을 되돌려 준다면 무척 좋아할 겁니다."

"그럼, 쿠폰에 관한 일은 민주 아가씨께서 맡아 주실 수 있을까요?"

사실 현대 서점들의 마일리지는 타업종에 비해 상당히 큰 편이다. 일반적으로 1% 미만이 대부분인 쇼핑몰의 것과 비교해도 최소 3~7%까지 이르는 서점 업계의 마일리지는 독자들에게 큰 도움이 된다. 책 열대여섯 권만 사면 또 다른 책 한 권을 더 살 수 있는 마일리지가 적립되는 셈이다. 사실 서점업계가 유독 마일리지 혜택이 큰 건 도서정가제에서 그 이유를 찾을 수도 있다. 책을 정가로만 살 수 있는 이러한 제도는 미국, 영국, 호주 등 몇 나라만 제외하고 세계 대부분의 나라가 엄격히 시행하고 있는 제도이다. 유럽의 대부분과 일본에서는 완전도서정가제를 실시하고 있기 때문에 온라인도 할인 혜택을 전혀 받을 수 없다. 그렇다고 그들의 도서가격이 우리나라보다 싼 것도 아니다.

보다 저렴한 가격에 많은 독자가 책을 접할 수 있다면 정말 좋은 일일 것이다. 그런 면에서 무조건 고급스런 표지와 고가의 종이를 사용하여 가격을 높이려는 출판사도 문제지만, 그런 책만을 선호하는 독자들이 많다는 점도 간과해서는 안 될 것이다.

읽을거리가 아닌 장식품으로 변질되고 있는 현상 때문에 책은 당연히 예뻐야 하고 폼이 나야 했기 때문이다. 재생지의 푸석푸석한 누런 종이로 저렴하게 만든 책이 너무나 잘 팔리는 미국과 일본 등을 볼 때 우리의 현실이 좀 안타깝기도 하다. 한때 우리나라도 재생지를 이용하여 값싼 도서를 만들기도 했지만 소비자의 외면으로 대부분 실패했다.

10%의 할인과 5%의 적립으로 독자를 대하는 온라인 서점과, 정가 판매와 3~7%의 마일리지를 주는 오프라인 서점. 이 둘의 게임은 온라인의 승리로 귀결되는 것 같다. 단언컨대 오프라인이 사라지면 온라인 서점 또한 정체될 것이다. 직접 책을 볼 수도 만질 수도 없는 독자들은 점점 서점과 멀어질 것임에 분명하고, 독서 인구는 감소할 것이다.

대형 오프라인 서점들은 출판사 광고비나 식음료 등의 테넌트 매장으로 근근이 꾸려가고 있는 실정이다. 떨어지는 매출을 막을 비책조차 없는 상황이다. 차라리 온 · 오프라인이 똑같이 10% 할인과 5% 마일리지 혜택을 주든지, 이마저 어렵다면 일괄적으로 10%의 마일리지를 주어 독자들의 재방문을 유도하든지 하는 큰 결단이 필요한 시기이다. 모두 공멸하기 전에!

"맡겨 주신다면 잘 해보겠습니다."

"1할 상당의 조선책방의 구표를 만든 다음 우리에게도 똑같이 장부에 기록하여 언제, 누구에게 얼마를 주었는지 적으셔야 합니다."

선우가 민주에게 쿠폰에 관한 일을 전담해 달라는 부탁의 말을 듣고 재민이 기남을 향해 걱정스런 눈빛으로 물었다.

"기남! 자네는 가능하겠는가? 감히 전하께 수결을 받아오는 것이 가능한가 말이네?"

"글쎄? 일단 부딪혀 봐야 알겠지."

"자! 그럼. 주상전하의 수결은 기남 선비님, 박세무 나리는 유신 선비님, 화살배달은 재민님, 쿠폰은 민주 아가씨! 이렇게 정할까 하는데, 모두 찬성하시나요?"

"네!"

연희의 말에 모두 힘차게 대답했다.

18

"이게 다 무엇이오, 어 주서?"

"전하! 황공하옵게도 소신 전하께 간청이 있사옵니다."

"간청? 그래 무엇인가?"

기남은 책방에서 가져온 쉰 권의 《고열녀전》을 중종 앞에 꺼내었다.

"나의 수결을 받고 싶다고?"

"그러하옵니다. 전하! 전하의 수결이 적힌 서책이라고 하면 보다 많은 백성들이 관심을 가질 것이고, 책 또한 더욱 널리 익힐 것입니다."

"…… 그래! 그거 재미있군! 어압(御押, 임금의 수결을 새긴 도장)을 대신 사용해도 될 것 아닌가?"

"물론 그러하옵니다. 전하! 하지만 전하가 친히 수결한 책이라고 한다면 모든 백성들이 앞다투어 보고자 할 것이니, 부디 성은을 베풀어 주시옵소서. 전하!"

"상선! 정녕 그럴 것 같은가?"

중종은 조용히 얘기만 듣던 내시부사(종 2품 관직으로 내시부의 수장)에게 물어보았다. 과묵한 내시부사 김말손은 잔잔하게 웃으며 중종의 물음에 대답했다.

"어 주서의 말이 틀리지는 않을 것 같사옵니다, 전하!"

"한 가지 더 윤허받았으면 하는 것이 있사옵니다, 전하!"

"그래, 또 무엇이냐?"

기남은 어제 연희와 선우가 시행하고자 하는 판촉계획을 중종에게 건네었다. 조보에 오르내리는 모든 글은 승정원에서 매일 중종에게 보고하여 허락을 받아야만 했는데 조선책방의 판촉계획 또한 〈조보〉에 올리고자 한다면 중종의 윤허를 받아야 했다.

"모두 처음 보는 상술이로군. 재밌네, 허허! 이 또한 박선우와 김연희라는 이들이 세운 것이오?"

"그러합니다, 전하!"

"어기남 주서는 들으시오!"

"네, 전하!"

"지금까지 조선책방을 만든 과정과 이후 벌어지는 모든 일들에 관하여 매일 상세히 기록하도록 하시오. 그리하여 앞으로 세워질 서사에도 긴히 사용될 수 있도록 잘 보관하도록 하시오!"

"네, 전하! 성은이 망극하옵니다."

"오늘은 어땠는가?"

궁에서 돌아온 기남이 유신을 보자마자 책방의 상황을 물었다.

"글쎄? 나도 박세무 나리를 만나고 오느라 책방에는 얼마 있지 못했다네! 자네는 어떻게 됐는가?"

"자, 보시게나!"

기남이 중종의 수결이 쓰인 《고열녀전》을 자랑스럽게 펼쳐보였다.

"이것뿐만이 아니네. 〈조보〉에 싣는 것도 윤허해 주셨다네!"

"정말 수고했네. 정말 잘됐어! 저쪽을 보게나!"

유신이 중앙 통로에 큼직하게 쌓아둔 책 더미를 가리켰다.

"처음엔 얼마나 완고하시던지 하마터면 어려울 뻔했다네. 아마 민주 낭자가 아니면 힘들었을 걸세!"

"민주 아가씨도 같이 가셨습니까?"

기남이 의외라는 듯 민주를 바라보며 말했다.

“네. 오늘도 손님이 그리 많지 않아 책도 같이 들어드릴 겸 동행했습니다.”

“그 나리, 민주 낭자와 한참을 얘기하시더니 표정이 달라지더군……. 역시 모든 간계 중에 미인계가 최고더군! 하하…….”

기남은 민주를 바라봤다. 그녀의 눈이 붉어지고 있었다. 사실 박세무는 기남의 형인 기선과 절친한 관계였다. 물론, 박세무 또한 기선과 민주를 관계를 잘 알고 있었다. 가끔은 셋이 모여 다과도 즐기며 즐거운 한때도 보냈으니 말이다.

기선과 박세무는 1516년(중종 11년)에 나란히 급제한 후 각각 홍문관과 예문관에 배속되었다. 예문관 봉교(정 7품)였던 박세무는 사관으로서 임금의 일거수일투족을 기록하며 자신의 책무에 최선을 다했고, 기선은 홍문관 수찬으로 임금을 보좌했다. 둘 모두 촉망받는 젊은 관료로서 미래의 조선을 이끌어 갈 인재들이었다, 하지만, 벗 기선의 죽음을 수상이 여긴 박세무는 어득강을 통해 그 이유를 어렴풋이 알게 되었고 상소로써 진실을 밝히고자 했으나 어득강의 강력한 만류로 제지당하게 되었다. 아들의 친구마저 잃고 싶지 않았던 어득강의 진심이었을 것이다. 하지만 박세무는 이후 관직을 버리고 집 안에 칩거하며 학문에만 열중했다.

민주는 박세무가 두려웠다. 유신이 같이 가자고 할 때 민주는 선뜻 따라나설 수가 없었다. 형제와 같았던 벗을 죽인 자의 딸을 절대 용서하지 않을 거란 생각 때문이었다. 예상대로 민주는 문 밖에서부터 거절당했다.

"나리! 나리! 소녀 심민주이옵니다. 제 말씀 한 번만 들어주십시오! 박세무 나리, 한 번만이라도 소녀의 말을 들어주십시오!"

유신의 사정이 넉넉지 않음을 눈치 챈 민주는 멀리서 박세무를 불렀다. 애타는 그녀의 목소리가 그의 마음을 움직였는지 조금 지나지 않아 박세무와 마주한 민주는 그간의 사정을 모두 말했다. 기선이 죽은 후 몇 개월간 자신 또한 슬픔을 이기지 못해 어떠한 일도 할 수 없었으며 왜, 어떻게 기선이 죽었는지, 그 이유를 알게 된 것 또한 얼마 전 기남을 통해서였다고. 그리고 지금은 조선책방의 일을 도와주며 기선과 그의 아버지 어득강의 뜻을 따르고 있다는 것까지.

"그러하옵니까, 낭자? 그간 마음고생이 많으셨겠습니다."

"아닙니다. 저의 아버지로 인해 많은 분들에게 씻지 못할 상처를 입혔습니다. 그에 비하면 소녀는 백 번이고 천 번이고 사죄해도 모자를 것입니다."

"한때는 낭자를 원망했소이다. 그래도 정인(情人)이었을 텐데 어찌 그의 죽음을 용인했을까 하고……. 낭자도 알고 있지 못했다니, 오해한 내가 부끄럽게 됐습니다."

"아닙니다. 나리! 소녀는 평생을 죄인으로 살 것이며 기선 도련님의 기억을 결코 잊지 않을 것입니다! 제 생명보다 더 소중하게 그 분의 모습과 목소리, 손 길 하나하나를 담아 둘 것입니다! 잊지 못하지만 잊은 듯 살아갈 것입니다! 비록 그 외로움이 온전히 저의 몫으로 되더라도……."

"민주 낭자!"

민주의 떨린 목소리엔 그리움이 안개처럼 묻어 있었다. 흐르는 눈물 안엔 기선의 모습도 녹아있는 것만 같았다. 즐거움은 쉽게 잊어지고 고통은 오래갈 것이다. 육체가 늙어가듯 감정 또한 흐려질 수 있으면 좋을 것이다. 기쁨 · 슬픔 · 외로움 · 분노들도 시간에 따라 불투명에 가까워지면 좋겠다. 사랑과 이별도 그와 같이 어느 정도까지만 추억으로 혹은 안타까움으로 전전하다 가끔씩 생각나는 연민으로만 남겨지면 좋겠다. 하지만 민주는 기선의 모든 것을 놓을 수 없었다. 사랑한 깊이만큼 상처는 오래갈 것이다.

"자, 다 됐습니다. 15만 명의 한성 인구를 모두 뒤져서 가장 발 빠른 자들로 열 명을 대기시켜 놓았습니다. 내일 〈조보〉를 보고 얼마나 많은 양반이 찾아올지 벌써부터 두근두근 합니다."

재민이 너스레를 피우며 모처럼 밝은 목소리로 떠들어 댔다.

"책도 잘 정리됐고……, 쿠폰도 준비됐겠죠, 민주 아가씨?"

"네, 장부까지 모두 마련해 두었습니다, 박 점장님!"

"박 점장! 오랜만에 들어보는 말인데요……."

"에이, 제가 매일 불러줬잖아요."

"그거야, 연희씨가 부른 거고, 여기까지 와서 점장 소릴 들을 줄 몰랐는데! 왠지 기분 좋은데!"

"그리 좋으십니까? 그럼 우리 앞으로 선우 선생님을 부를 때 박 점장님으로 부르도록 할까요? 어때요, 괜찮습니까?"

민주로부터 시작된 선우의 호칭은 이 날 저녁부터 점장으로 통일됐다. 최초의 서점, 조선책방의 점장이 이렇게 탄생했다.

"점장님! 점장된 기념으로 한번 쏴야 되지 않아요?"

"뭘? 쏜다는 거죠?"

연희의 장난기 어린 농담에 재민이 궁금해하며 물었다.

"에이! 재민님. 오랜만에 제자리를 찾은 점장님이 한턱 내야 하지 않느냐는 뜻이에요."

"아……그래요? 난 또, 앞날에는 쏜다는 의미가 그렇게 변하나요?"

"앞날이요? 앞날이라니 무슨 말이에요?"

"아, 그게, 점장님과 연희 낭자는 가끔 두 분만의 약조한 말을 사용하는 것 같아서요……."

민주가 재민의 말에 의아한 눈빛으로 묻자 당황한 재민이 얼버무리며 말했다. 다행이 민주는 더 이상 묻지는 않았지만 분명 무언가가 이상하다는 듯한 표정을 지었다.

그 날 저녁, 내일을 위한 결전을 마친 모두는 개점 이후의 업무를 다시 의논하였다. 책의 진열은 선우와 유신이, 판매와 쿠폰에 관한 건은 연희와 민주가, 책의 공급과 배달은 재민이 맡는 걸로 말을 모았다. 서로 각자의 일을 확인한 후 책방을 나섰다. 순간 그들의 발걸음을 막는 어두운 그림자가 문 앞에 다가왔다.

"앗, 좌의정 대감께서 어이 이곳까지……."

유신이 한눈에 심준을 알아보고 머리를 조아렸다.

"자네도 여기 있었는가? 요즘 좀 한가한 모양이군, 쯧쯧!"

"아버님! 여긴 어떻게 오셨습니까? 그만 가시지요!"

"민주야! 어찌 네가 여기서 일하고 있었단 말이냐?"

"아버님! 소녀는 이곳이 참 좋습니다. 마음껏 서책도 볼 수 있고 글을 좋아하는 이들도 자주 만날 수 있으니 이보다 즐거운 일이 어디 있겠습니까?"

"서책이야 필요하면 아비가 사 줄 수도 있는 일이다. 이런 일은 장사치나 아랫것들이 하는 일인데, 더 이상 이곳의 출입을 삼가면 좋겠다! 너는 가만히……."

"아버님! 소녀, 그동안 아버님의 뜻을 거스른 적이 단 한 번도 없사옵니다. 하지만, 서책을 다루는 이를 폄훼하는 말씀은 거두어 주십시오. 그리고 서책을 널리 알려주는 것은 사람으로서의 도리를 전해주는 것과 같습니다. 비록 지금 제가 하는 이 일이 소소해 보일지 모르시나 누군가에게는 삶을 바꿀 수도 있는 귀중한 일이라 생각합니다."

"민주야!"

한 번도 듣지 못했던 민주의 당당한 말에 심준은 당황했다. 늘 다정했고 살갑게 굴던 외동딸 민주는 더 이상 보이지 않았다. 그녀의 말 한 마디 한 마디엔 가시와 같은 날카로움이 박혀 있었고 눈빛에는 서늘함마저 비쳐졌다. 금방이라도 원망의 눈물을 쏟아낼 것만 같았다.

"어이 그러하냐? 아비에게 뭔가 서운 것이 있었더냐? 아니면 집에만 있어 무료했던 것이더냐?"

"아버님! 아버님은 정녕 모르십니까? 이 딸이 왜 아버님에게 이리……."

민주는 끝내 말을 잇지 못하고 밖으로 뛰어나갔다. 바로 뒤를 이어 기남이 민주를 부르며 따라갔다.

"민주 아가씨! 민주 아가씨!"

머쓱해진 심준은 잠시 안쪽을 둘러보더니 유신에게 한 마디 건네고 책방 문을 나섰다.

"다 소용없는 일일 것이다. 장담하건대 달포 안에 문을 닫게 될 것이다! 자네 아버님을 생각해서 말해주는 것이니 그전에 이 일을 그만두도록 하게!"

문을 다 나간 듯하던 심준이 잠시 뒤를 돌아보며 선우에게 말을 걸었다.

"당신이 박선우요?"

"그렇습니다만……."

"왜, 쓸데없이 분란을 일으키는 거요! 당장 명나라로 돌아가시오! 제명대로 살고 싶거든!"

심준의 말은 섬뜩했다. 고작 책방 하나 열었다고 목숨을 어떻게 하겠다고 하니. 달리 생각하면 사람의 목숨과 책방을 바꿀 만큼 그들에겐 절실한 무언가가 있기 때문일 것이리라. 선우는 더 이상 대구하지 않고 심준의 뒷모습을 물끄러미 바라보았다. 쓸쓸하고 외로워 보였다. 그의 주위를 둘러싼 이들은 많았지만 결코 그를 지켜주지는 못할 것이다. 그가 가진 권력만을 의지하고 따를 뿐, 권력이 사라지면 그 주변의 사람 또한 모두 사라질 것이다.

권력의 크기는 죄의 크기와 맞먹을 수 있다. 얼마나 많은 사람을 속이고 미워하고 업신여기며 그 자리에 올랐을까? 그러는 사이 그의 영혼은 어둠에 무던해졌을 것이다. 밝음에 발악할 정도로 어둠에 친숙해졌을 것이다. 죄와 거짓말은 빚과 같다. 빚은 바퀴벌레이다. 죽여도 죽여도 그 수는 줄지 않는다. 오히려 수많은 새끼를 낳고 그것은 자라 또 다른 큰 빚을 만들곤 한다. 죄와 거짓말도 시간이 지날수록 늘어나게 된다. 작은 죄는 큰 거짓을 낳게 하고 큰 거짓은 또 다른 큰 죄를 만들고 만다. 그리하여 모든 권력의 최후는 알지 못하는 선량한 사람을 헤치고 마는 것으로 귀결되고 만다.

결국 이를 그치기 위해선 욕심을 덜어내야 하지만, 욕심은 쾌락과도 같아서 걷잡을 수 없는 강한 자극에 익숙해져 버린다. 멈춰야 하는 시기를 놓치면 더는 되돌릴 수 없는 법이다. 그 시기를 넘게 되면 욕심이 탐욕으로 변질되곤 한다. 강성한 권력자들의 대부분의 말로가 불행했던 이유는 멈출 수 없는 탐욕 속으로 자신을 내던졌기 때문이다.

어둠 속으로 걸어가는 심준의 모습 속엔 그의 영혼도 함께 어둠으로 빨려들어 가고 있는 것만 같았다.

문을 열기도 전에 족히 100미터는 더 되는 줄이 들어섰다. 조보의 영향은 역시 대단했다. 관청뿐만 아니라 한성부 내에 웬만한 양반집에선 〈조보〉를 보고 중종과 박세무의 수결된 책을 사러 일찍부터 줄을 선 것이다. 이대로라면 줄 선 사람들에게 번호표라도 주어 예약이라도 해야만 판이었다.

“점장님! 일단 수결된 권수만큼 번호표를 만들지요!”

“그래야겠어, 김 대리!”

“그건 제가 만들게요! 두 분은 우선 문 열 준비부터 하세요!”

“어…… 민주 아가씨!”

어제 일로 나오지 못할 줄 알았지만 민주는 아무 일 없다는 듯 어느새 책방 안으로 들어오고 있었다.

"이거 잠이 확 깨는데? 이 상태면 배달꾼 열 명으로도 모자라지 않을까? 더 알아봐야 하나?"

"재민 선비님! 애먼 소리 마시고 찻물 좀 끓여 주실래요!"

"앗, 네! 연희 낭자. 자, 주전자가 어디 있더라……."

조선책방의 화려한 시작을 알리는 아침이었다. 백록동이 고관대작들의 얼굴 찍기 놀이에 그쳤다면 조선책방은 그야말로 호기심과 서책 구입을 위한 일반인들의 발걸음으로 채워진 상황이었다. 예상대로《고열녀전》과《동몽선습》은 오전 11시도 안 돼 50권과 100권 모두 완판되었다. 재민이 어렵게 구해온《시권집》또한 암암리에 잘 나갔다. 대놓고 판매할 수 없어 경서 진열대 중 가장 안쪽 서가에 놓았지만, 어찌 알아 차렸는지 금세 동나고 말았다.

연희와 민주도 정신없기 매한가지였다. 연희는 줄곧 책값을 계산하느라 화장실도 거른 채 몇 시간째 움직일 수 없었고, 민주 또한 구입액에 맞춰 구표를 나눠주면서 선우의 지시대로 별도의 장부를 만드느라 눈코 뜰 새 없었다.

"연희 아가씨! 한 가지 물어볼게 있는데요?"

"네, 아가씨!"

"점장님이 왜 굳이 장부를 만들라고 하시는 거죠? 너무 바빠서 시간도 없고 좀 그런데…….”

“아, 그거요! 아마도 회원 관리를 하실 것 같은데요!”

“회원 관리요!”

“시간이 지나면 알게 되시겠지만, 분명 필요한 시점이 있을 거예요!”

민주는 알 수 없는 연희의 말을 깊게 생각할 겨를도 없이 다시 손님맞이에 들어갔다. 그 시간 재민도 주문받은 도서의 배달과 품절된 책들을 다시 구하기 위해 바삐 움직이고 있었다. 그러던 재민이 선우를 급히 찾아왔다.

“박 점장님! 《고열녀전》과 《동몽선습》의 책을 더 구할까 하는데 문제가 생겼습니다.”

“어떤 문제요?”

“교서관에는 더 이상 재고가 없고, 그나마 필사본을 판매하는 곳이 있는데 종전에 우리가 구입한 것보다 2할(20%)을 높여 가져가라 합니다. 자기들도 급히 사람을 구해 제작하려면 급전이 필요하다는 겁니다.”

“그래요?”

잠시 고민하던 선우가 말했다.

“재민님, 여기 있는 책 모두 판매가 안 될 경우에는 어떻게 처리하죠?”

"그야, 원래 받았던 곳으로 되돌려주죠. 교서관의 것은 교서관으로 필사본 업자들의 책은 본래의 임자들한테……."

"그럼, 우리는 이 책들을 팔아서 책값의 얼마를 그들에게 줍니까?"

"조금씩은 다르지만 대략 7할(70%) 정도를 주지요. 저희가 3할(30%)을 차지하고요."

재민의 말을 들은 선우는 판매가 되지 않더라도 반품하지 않는 조건으로 책 가격의 6할(60%)로 사면 어떻겠냐고 제안했다.

"그쪽에서는 2할을 더 줄 것을 요구했지만, 이는 반품이 가능한 조건이니 만일 판매가 안 되면 큰 의미가 없는 거래가 되겠죠. 하지만 우리가 반품을 하지 않는 조건으로 미리 현금을 주고 구입하겠다고 하면 그쪽에서도 손해를 볼 이유가 없을 것 같습니다만."

"그거 좋겠습니다. 달포 후에나 받을 돈을 미리 받을 수 있고 또 반품도 안 한다고 했으니 그쪽 입장에서는 우리가 요구한 만큼 필사본을 만들어도 위험 부담이 없을 것이고요!"

"그렇습니다!"

선우는 이때가 기회라 여겼는지 유신도 함께 불러 21세기의 서점 거래 방식을 설명해 주었다.

"대부분의 대형 서점들은 출판사의 도서를 위탁(한 달 동안 진열하고 판매된 것만 다음 달 출판사에 지불) 조건으로 받은 후 판매 추이를 보고 일시급(또는 매절. 매입한 만큼 바로 지불)으로 주문하곤 합니다. 설명드리긴 어렵지만 가상공간에서 판매하는 온라인 서점이라는 책방도 있는데, 이 책방은 특별한 화제가 없는 한 아예 도서를 받지 않는 경우도 많습니다. 도서 정보만 등록한 후 독자들의 주문이 들어오면 그 수량만큼 출판사로 주문하는 거죠. 물론 판매가 좋을 것으로 예측하는 도서는 미리 다량으로 매입하기도 합니다. 일반 서점의 위탁 판매 제도를 혹자들이 비판하기도 하지만 만일 이러한 제도가 사라지게 되면 서점들의 장서량은 급격하게 줄어들 것이라고 생각합니다. 모두 현금을 주고 사야 한다면 그 비용을 감당하기 힘들기 때문이죠."

"나중에 그 가상공간의 온라인 서점인가에 대해서도 알려주실 거죠?"

선우는 재민의 질문에 살며시 웃으며 말을 이었다.

"지점만 40여 개 넘는 대형 서점들의 연간 이윤은 평균 1~2푼(1~2%)에 그치는 경우가 많습니다. 1년 동안 100냥의 매출을 달성해도 1~2냥의 이윤을 내는 것이 고작이죠. 대부분의 지점들은 임대료와 인건비, 기타 관리비를 빼면 손해를 피하기 어렵답니다. 다행히도 그중 소수의 목 좋은 지점에서 나는 이익으로 다수의 적자 지점을 먹여 살리는 구조입니다."

"미래의 책방들도 그리 쉬운 것만은 아니군요!"

"그럼요! 점장님과 제가 여기 오기 전 춘천에 있던 서점도 성공한 사업가가 손해를 감당하고서 만든 책방이에요. 책을 워낙 좋아하셔서……, 책방으론 좀처럼 돈 벌기 어렵죠! 그렇지 않나요, 점장님!"

"음…… 나는 생각이 다른데! 어떻게 운영하는가가 중요하지! 책방도 돈을 벌수 있어, 김 대리! 비록 큰 돈은 아니지만……."

"치! 언제는 직원들 줄이자고 말씀해 놓고선……."

그들이 서점 얘길 주고받고 있을 때 젊은 남성 두 명이 찾아와 말을 건넸다.

"저, 말씀 좀 여쭙겠습니다."

"아, 네. 죄송합니다. 말씀하십시오."

연희가 대답했다.

"이 서책에 대해 물어보고 싶은 것이 있어서 그러합니다만……."

그들의 손에는 '칼 세이건'의 《코스모스》가 들려 있었다.

"아, '칼 세이건'의 《코스모스》를 고르셨군요!"

"네, 저희는 그저 과학에 관련된 서책을 찾고 있습니다만, 맞게 고른 건지 궁금해서요."

"잘 고르신 것 같은데요. 칼 세이건 박사는 저 멀리 미국의 천문학자입니다. 《코스모스》라는 책은 하늘과 별에 관한 이야기지요."

"미국이요? 어디에 있는 나라죠? 하늘과 별의 이야기라고요?"

'맞아, 지금은 미국이란 나라가 없지!'

연희는 아차 싶었는지 얼버무렸다.

"아, 그게 미국은……저기 서쪽에 있는 나라고요. 그보다는 책의 내용이 중요하겠죠?"

연희는 두 남성에게 《코스모스》라는 책에 대해 짧게 설명해 주었다. 천문학에 대해 전혀 모르는 일반인이라도 쉽게 접근할 수 있도록 평이하게 잘 풀어쓴 책이며, 특히 우리가 살고 있는 지구 외에도 또 다른 별에 생명체가 살고 있는지에 대한 고민도 함께해 볼 수 있는 책이라는 것과 출판된 지 30여 년이 넘었지만 명나라에선 과학 관련 도서 중에서 가장 많이 찾는 책 중에 하나라는 것도 덧붙여 주었다.

조선책방을 준비하는 동안 선우와 연희는 턱없이 부족한 책 때문에 많은 고민을 했지만 그나마 단 몇 종류의 과학 관련 교양서라도 있어 참 다행이라 생각했다. 현재의 조선의 상황을 미루어 보건데 '백록동'의 책들은 성리학이나 중국의 역사서가 대부분일 것이라 짐작했기 때문이다. 실용적 학문을 등한시하고 오로지 주자의 가르침만을 섬겨온 이들이기에 천문학은커녕 제대로 된 수학책도 없었으니 말이다. 그나마 농업을 국가의 근간 산업으로 여겼기에 세종 때 '정초'가 지은 《농사직설》과 세조와 성종 때 '강희맹'이 엮은 《사시찬요》, 《금양잡록》 등의 농서만이 명맥을 유지할 뿐이었다.

두 남성은 연희의 설명을 듣고 호기심 어린 표정으로 가격을 물었다.

"이 서책, 얼마나 할까요? 사고 싶은데요……."

"5전(錢, 약 3만 원)입니다."

"5전이요? 왜 이렇게 쌉니까? 족히 1냥(兩, 약 6만 원)이나 1냥 5전은 될 줄 알았는데요?"

민주가 《코스모스》의 가격을 말하자 남자들은 예상 외로 싼 가격에 되묻기까지 했다. 그도 그럴 것이 《논어》나 《맹자》 등 양반들이 자주 찾는 책의 가격은 7~8만 원 정도였고 조금 귀한 책일 것 같으면 2~30만 원을 훌쩍 넘어갔다. 책을 구하기도 어려웠을 뿐만 아니라 가격 또한 비쌌던 것이다. 교서관에서 내려주는 책들은 몇몇의 높은 관료들만 독점하였고 그나마 일반 양반들이 볼 수 있었던 것은 중국에서 수입해 온 것이나 누군가 옮겨 적은 필사본이 대부분이었다.

"자, 여기 책 구입 가격의 1할인 5푼의 구표(救票)도 드립니다."

"그건 또 무엇입니까?"

"다음에 저희 조선책방에 오셔서 또 다시 책을 구입하실 때 이 구표를 주시면 적혀진 액수만큼 감하여 계산해 드립니다."

"아, 그래요? 그거 좋군요! 한데 집이 워낙 멀어서 다시 한양에 올 수는 있을지 모르겠네요……."

"얼마나 멀기에 그러십니까?"

민주와 낯선 사내들의 대화를 듣고 있던 선우가 끼어들었다.

"함경도 단천에서 왔습니다."

"함경도요! 거기서 여긴 어인 일로……."

"그게, 말씀드리기가 좀…… 그렇습니다. 아무튼 서책은 감사히 보겠습니다."

선우가 함경도 단천에서 한양까지 온 이유를 묻자 그들은 쑥스러운 듯 말꼬리를 내리고 이내 사라져 버렸다. 정갈하지 못한 옷차림새는 호기심에 꽉 찬 그들의 눈빛으로 충분히 무의미해 보였다. 선우는 그들의 이름이 적힌 장부를 들춰보았다.

'함경도 단천. 김감불, 김검동《코스모스》5푼.'

순간 선우의 입에서는 '아차'라는 탄성이 새어나왔다. 바로 책방 밖을 뛰어나가 찾아보았지만 그들은 금세 사라져버렸다.

양인인 김감불과 노비 김검동은 '단천연은법(端川鍊銀法)'을 발명한 사람들이었다. 이들은 끓는점의 차를 이용하여 원석에서 은(銀)만을 추출하는, 당시로서는 굉장한 첨단 기술을 개발하여 은(銀)을 추출하는 데 성공한 사람들이었다. 연산군은 이들의 단천연은법을 확인하기 위해 직접 궁으로 불러 시연하도록 했으며 당당히 성공하였다. 하지만 연산군의 폐위와 중종의 즉위로 단천연은법에 대한 관심은 잊혀지고 만다. 그 후 일본 '이와미 광산'이라는 곳에 경수와 종단이라는 두 명의 조선인이 초청되어 은 추출법을 전수해 주었다고 기록되어 있다.

마침 그즈음 은이 국제 화폐로 통용되기 시작했고, 단천연은법을 활용한 이와미 은광은 일본에 막대한 부를 안겨주게 된다. 마치 합법적으로 달러를 찍어 세계 시장을 휩쓸었 듯이. 당시 세계 3분의 1에 해당하는 은이 이와미 은광을 통해 나왔다. 일본은 이 은으로 네덜란드와 포르투갈로부터 다양한 선진 문물을 수입하였고 얼마 있지 않아 정권을 잡은 도요토미 히데요시가 이와미 은광을 차지하게 된다. 도요토미 히데요시는 여기서 생산된 은으로 대량의 조총을 구입하였다. 우리가 등한시한 기술 단천연은법은 일본으로 넘어가 그들이 조선을 침략할 수 있는 힘을 키워준 일등 공신이 된 셈이다. 이후로도 일본은 은을 통해 선진화된 유럽 문물을 수용하고 멀리 멕시코까지도 무역을 확대해 간다. 당시 조선으로서는 상상조차 할 수 없었던 일이다.

선우가 급히 그들을 찾은 이유는 이 때문이었다. 이와미 은광을 방문한 조선인이 이들의 제자들인지 아닌지 알 수는 없으나 최소한 단천연은법이라는 기술을 일본에 넘겨줘서는 안 된다는 당부를 꼭 하고 싶었으나, 이미 늦어버린 것 같았다. 어쩌면 단군 이래 가장 뼈아픈 기술 유출 사건일 수도 있었다. 이 기술이 일본으로 넘어가지 않았다면 분명 역사는 달라졌을 수도 있었다. 과장된 상상일 수 있으나, 조선이 그 기술을 충분히 활용했다면 18~19세기의 동아시아 패권 지도는 분명 차이가 있을 거라 선우는 생각했다.

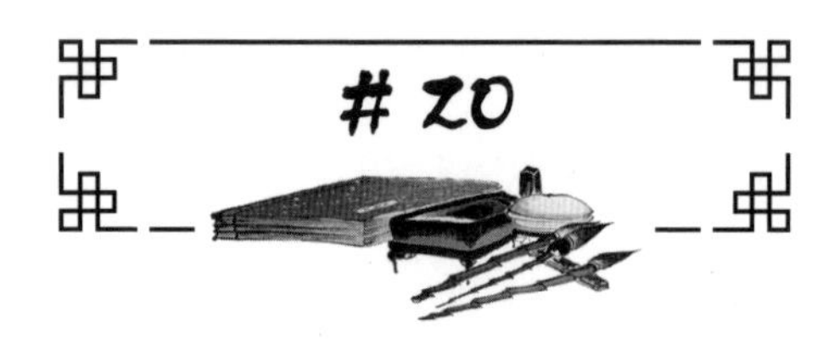

#20

연희가 국밥 두 개를 시켰다. 선우는 영 찜찜한 기운이 가시지 않았다.

"왜, 입맛이 없으세요?"

"응, 속이 좀 더부룩하네……."

"에이, 좀 전에 다녀간 그 두 분 때문에 그러시는 거 아니에요?"

"……."

"어쩔 수 없는 일이잖아요! 점장님이 모든 일에 참견할 수도 없는 거고……. 이미 벌어진 역사를 어떻게 바꿔요!"

"거창하게 역사니 어쩌니 난 그런 거 모르겠고……. 에라 모르겠다! 이모, 여기 술 한 병만 주세요!"

"주모라니까! 또 이모, 이모 하네!"

탁주 한 병과 함께 나온 국밥 뚝배기 안에 고기는 단 두세 점 밖에 없었다. 어느 부위인지도 잘 모르는 비곗덩이로 우려낸 기름투성이 국물이었다. 대신 시래기는 그릇 밖으로 넘쳐날 정도로 많았다. 살코기는 양반들이 차지하였을 것이고 그들이 버리거나 먹기 꺼리는 부위로 양인들을 위한 국밥을 만들었을 것이다. 그렇지 않아도 언짢던 선우는 투덜거리며 시래기 건더기만 건져 먹을 뿐이었다.

"너무한다. 이건 뭐 기름덩어리뿐이고……."

"그냥 드세요! 이것도 못 먹어 굶주린 사람이 허다합니다. 오늘따라 더 민감하시네요, 호호."

연희의 핀잔이 민망했는지 뚱한 표정의 선우도 한 숟가락 뜨기 시작했다.

"주모! 여기 이 아이에게 국밥 한 그릇만 주세요!"

선우와 연희가 반쯤 먹었을까? 허름한 차림의 여인과 어린 남자아이는 주막에 들어오자마자 급히 주모를 찾아 주문했다. 아마도 모자 사이인 듯했다. 행색으로 보아 몇 끼는 못 먹은 것 같았지만 그들은 국밥을 한 그릇만 주문했다. 선우는 두 그릇을 시킬 여유가 없을 거라 짐작하고 안쓰러운 마음에 줄곧 그들에게 시선이 머물렀다. 얼마나 지났을까? 허겁지겁 국밥의 시래기를 우격다짐으로 먹어치우던 아이가 밥상 앞으로 꼬꾸라지고 말았다.

"병수야! 병수야! 정신 차려라, 병수야!"

갑자기 목과 가슴을 잡고 쓰러진 아이는 숨도 못 쉬며 고통스러워했다. 갑작스런 상황에 주막 안의 모든 사람이 몰려들기는 했지만 어느 누구도 선뜻 나서지 못하고 있었다. 자칫 함부로 나섰다가 잘못되기라도 한다면 괜한 원망을 살 수도 있기 때문이다.

"누가 우리 병수 좀 살려주십시오! 병수야! 정신 차려라, 병수야!"

"빨리 업고 의원에 가 봐야겠소. 자 내 등에 업히시오!"

서로 빤히 얼굴만 쳐다보며 발만 구르고 있자 선우가 급한 마음에 꼬마 앞에 앉아 등을 내밀었다.

"의원까지 너무 머니 제가 한번 보지요!"

그때, 20대로 보이는 젊은 여성이 선우를 제치고 남자아이 앞에 앉으며 잠시의 망설임도 없이 침통을 꺼내 들었다. 그녀의 솜씨는 재빨랐으며 마치 무슨 병인지 알고 있는 것처럼 증세에 대해 묻지도 않고 바로 침을 놓기 시작했다. 가느다랗고 긴 그녀의 손끝에 잡힌 침은 여린 소년의 살갗을 꿰뚫었다. 거침없이 몇 차례의 침술이 이어졌다. 이후 팔뚝에서부터 손목까지 주물러 주었다. 단 몇 분 사이에 일어난 일이라 어느 누구도 왜 그런지 왜 그렇게 하는지 물어보지도 못한 채 그녀의 행위를 지켜볼 뿐이었다. 하지만, 결과가 나타나기 까지는 그리 오래 걸리지 않았다.

"헉! 헉! 어머니……."

"그래! 병수야! 정신이 드느냐!"

"네, 어머니……."

"아가씨! 감사합니다. 정말 감사합니다. 제 자식을 구해줘서 너무 감사합니다. 이 은혜를 어찌 갚아야 할지……."

"급체입니다."

젊은 처자는 여인의 감사의 말을 듣는 둥 마는 둥 짧은 대답과 함께 자신의 국밥 쪽으로 시선을 돌렸다. 조금은 차갑고 무덤덤한 표정이었다. 어찌 보면 일상다반사의 일처럼.

"너무 감사합니다. 쉔네, 아가씨의 은혜 잊지 않겠습니다. 지금은 어려우나……."

"네. 괜찮습니다. 그저 우연치 않게 도와드렸을 뿐입니다."

"그래도……."

조금은 냉정한 젊은 처자의 대응에 아낙네의 표정이 잠시 움추려들었다. 그리고는 잠시 어색한 상황이 이어지자 선우가 끼어들었다.

"아무리 배가 고파도 그리 급히 먹으면 안 되지! 시래기였으니 다행이지 떡이나 고깃덩이였으면 큰일날 뻔했어. 다음부터는 꼭꼭 씹어 넘겨야 해! 아가씨도 수고 많으셨습니다. 젊은 여성께서 너무 침착하시더군요."

선우는 멀뚱거리는 눈으로 그녀의 뒷모습에 대고 말을 이어가고 있었다. 옷차림으로 보아 분명 일반 양인은 아닌 듯했으나 따라온 하인이 없는 것으로 보아 양반 댁 규수도 아닌 것 같았다.

"아가씨가 저 모자를 살리셨습니다."

연희가 살가운 척하며 은근히 그녀 밥상 옆에 앉았다.

"아닙니다. 워낙 먹지 못한 이들이 많은지라 이러한 광경을 더러 볼 수 있지요. 위중한 병은 아니나 지체하게 되면 숨통이 막혀 위험해질 수도 있었답니다."

"그렇군요. 차림새를 보니 이 근처 분은 아니신 것 같은데요?"

"네, 실은 볼 일이 있어 잠시 출궁하였습니다."

"출궁이요? 아, 궁에서 나오셨군요. 그럼 궁녀이신가요?"

"뭐 그렇다고 할 수 있지요……."

"아! 그렇군요. 저희도 식사 중이었는데 괜찮으시면 같이 하실래요?"

"뭐…… 상관은 없습니다만……."

선우는 연희의 말이 끝나기가 무섭게 그들의 국밥을 그녀의 곁으로 옮겼다. 낯선 이들의 다가섬이 다소 부담스러운 눈치였지만 말을 섞어 보니 이내 이들이 나쁜 사람이 아님을 그녀는 쉽게 알 수 있었다. 몇 번인가 숟가락을 휘젓던 그녀가 말문을 열었다.

"가끔은 저도 죄인이 된 듯한 느낌이 들 때도 있습니다."

"그게 말씀이시죠? 죄인이라고요?"

선우가 모락모락 김이 나던 숟가락을 내려놓고 되물었다.

"지금과 같을 때요!"

"지금과 같다니요? 방금 전 아가씨는 소중한 한 생명을 구했잖아요?"

"그랬지요. 분명 저는 한 생명을 살렸습니다. 하지만…… 어떠한 감정도 느낄 수가 없었어요! 생명에 대한 애정을 느낄 수 없었습니다!"

"그게 무슨 말씀이신지……."

"저는 매일매일 수많은 병자를 대하고 있습니다. 곪고 다치고 부러지고, 또 때론 죽음만을 앞에 둔 그런 사람들 말이지요."

"아! 병원…… 아니 내의원에 계시군요?"

"네, 그렇습니다. 정확히 말하면 혜민서에 있지요."

"그런데, 어째서 감정을 가질 수 없다고 말씀하시는지요? 그런 사람들을 보면 오히려 더 큰 연민을 느낄 수 있을 것 같은데요?"

선우가 의아하다는 듯 물었다.

"처음엔 저도 의녀로 발을 내딛던 그 처음엔 그러했지요. 모두가 제 부모, 형제 같았답니다. 하지만, 차츰 그러한 감정이 고갈되기 시작했어요. 장마를 지난 8월의 가뭄처럼 제 가슴은 거북의 등처럼 메말라지고 말았답니다."

"모든 일이 익숙해지면 누구나 그런 감정을 가질 수 있습니다. 처음의 마음이 한결같이 유지되기는 어려운 법이잖아요?"

"아니요! 저도 처음에는 그리 생각했지요. 하지만 제가 하는 이 일은 사람의 생명을 지키는 일입니다. 모든 이들에게 생명은 오직 하나뿐이지요. 그래서 두렵습니다. 죽음과 삶에 익숙해져 가는, 그것이 저는 두려운 것뿐입니다."

선우와 연희는 그저 고개만 끄덕이며 아무 말도 할 수 없었다. 어쩜, 그녀는 낯선 이 둘에게 처음으로 자신의 속마음을 털어놓았을지도 모른다. 오랫동안 묵혀둔 그 찝찝함을 다신 볼 수 없을 것 같은 이들을 통해 내려놓으려 한 것이다. 그래야만 일말의 죄책감이라도 덜어낼 수 있는 것 같았다.

"제가 너무 쓸데없는 말을 늘어놓은 것 같습니다. 이만, 일어나야겠습니다."

"……부디, 힘내시길 빌게요! 너무 자책하지 마세요……."

"네, 감사합니다."

연희의 부탁을 끝으로 셋은 서로의 목례를 나눈 후 뒤돌아섰다.

"참, 하나 여쭙고 싶은 말씀이 있는데요?"

"네, 말씀하시지요."

순간 연희는 당황스런 눈빛을 보이며 작은 목소리로 대답했다. 본인들이 있는 곳마저도 간신히 알고 있는 지금 이 상황에 물어볼 말이 있다 하니 덜컥 겁부터 났던 것이다.

"저, 요 근방에 백록동이라는 서사가 문을 열었다고 하던데 어디에 있는지 알고 계신지요?"

"백록동이요? 물론 알고 있죠!"

백록동을 찾는다는 말에 연희가 자신 있게 대답했다.

"무슨 일로 백록동을 찾으시는지요?"

책방을 찾는 이유야 뻔한 것이겠지만 선우가 한 번 더 물었다.

"네, 직장 나리께서 몇몇 의서를 사오라 해서요."

"음, 그러시군요. 의서는 아무래도 그쪽에 많이 있을 것 같군요!"

"그쪽이요?"

"아, 사실 저희들은 백록동 맞은편에 있는 조선책방에서 일하고 있어요!"

연희가 선우 대신 대답했다.

"백록동을 들르신 뒤에 저희 책방도 꼭 찾아와 주세요! 아가씨께 꼭 권해드릴 책이 생각났습니다."

"아, 그래요? 궁금한데요. 그리하겠습니다."

"자, 그럼 이쪽으로 가시죠. 저희와 같은 방향이니 제가 안내해 드리죠."

장통교 인근에 있던 주막에서 광교까지는 멀지 않은 거리였다. 채 5분도 안 되어 셋은 책방 입구에 도착했다.

"자, 여깁니다. 앞쪽에 있는 곳이 백록동입니다."

"네. 감사합니다."

젊은 여인은 감사의 인사와 함께 백록동으로 사라졌다.

선우와 연희가 궁에서 나온 여인을 백록동까지 안내해 드리고 오니 유신과 재민이 함박웃음으로 선우를 찾았다.

"박 점장님! 이쪽으로 와 보세요!"

책방 한 귀퉁이로 선우만을 불러 세운 이들은 흥분을 감추지 못한 채 눈짓으로 한 편을 가리켰다.

"저쪽을 보세요. 박 점장님!"

선우가 그들이 알려 준 방향으로 눈을 돌리니 조심스럽게 책장을 넘기고 있는 한 여인이 보였다. 초희당에서 자주 본 파스텔톤의 맵시 나는 옷을 입고 있었지만, 과하지 않은 자수와 머리치장이 여느 기녀에게서는 볼 수 없는 기품이 느껴졌다. 비스

듬히 꺾인 목선을 따라 내려온 유선형의 살갗에 비친 반투명의 햇살은 그녀의 핏줄마저 선명히 비춰주고 있었다. 한 줌에 잡힐 듯한 허리를 서가에 얌전히 기댄 채, 서서히 아주 가끔씩 그녀의 가슴팍은 오르내리고 있었다.

"넋 나가겠네요! 점장님! 재민님!"

"어…… 어! 왜?"

"그만 좀 보세요! 대체 누구길래 남정네들 모두 이 지경이 됐나요? 제가 직접 얼굴 좀 봐야겠네요."

"연희 낭자! 됐어요! 그러지 마시오! 그러다 부끄러워 책방을 나가기도 한다면 어쩌려고 그러시오!"

"재민님! 그깟 얼굴 좀 봤다고 책방을 나간다니요. 대체 누군데요?"

"아…… 그게, 황진이입니다! 조선 제일의 기생이죠! 서사를 열었다는 소문에 개성에서 예까지 왔다는 군요!"

"옛? 황진이요?"

"지금, 황진이라 했습니까?"

연희와 선우는 너무 놀라 하마터면 소리까지 지를 뻔했다.

"내가 지금 말로만 듣던 황진이를 실제로 보고 있다는 말인가요? 점장님! 이거 실환가요?"

"나도…… 더 가까이 가서 자세히 봐야겠어! 대체 얼마나 예뻐기에 수백 년이 지나도 사람들 입에 오르내렸는지……."

"진짜, 미쳤어요! 점장님. 그만하세요!"

선우가 황진이에게 다가가려 하자 연희가 잡아채며 막았다. 하지만 연희도 지금의 광경이 믿기지 않는 건 마찬가지였다. 스마트폰이라도 있으면 맘껏 사진이라도 찍었을 것이다. 계산하느라 분주한 민주를 제외하고 책방 직원 모두 황진이의 모습에 정신이 팔린 순간 어딘가에서 점장을 부르는 소리가 들려왔다. 멀리서 보니 조금 전 주막에서부터 백록동으로 안내해 준 여성이었다. 반산반의했지만 그녀는 찾아온 것이다.

"저…… 점장님!"

선우가 정신을 번뜩 차리고 달려가며 대답했다.

"네! 갑니다…… 정말 오셨네요!"

"바쁘신 것 같은데 죄송합니다. 좀 전에 제게 권해줄 만한 책이 있다고 하셨던 것이 기억나서 찾아왔습니다."

황진이 구경에 바빴던 선우가 머쓱하게 머리를 긁적였다.

"아…… 바쁘기는요. 뭐…… 자, 잠깐만 기다리세요!"

선우가 몇 권의 책을 들척이더니 의녀에게 한 권의 책을 보여주었다.

"《숨결이 바람 될 때》?"

《숨결이 바람 될 때》는 미국의 신경의사 폴 칼라니티가 지은 책이다. 미국인 아버지와 인도인계 어머니 사이에서 태어난 폴은 명문대를 졸업한 후 의학전문대학원에서 공부하고 레지던트가 된다. 하지만 레지던트 생활을 1년 남겨두고 폐암 선고를 받게 되는데, 이 책은 폐암 선고를 받은 폴이 치료 중 틈틈이 쓴 것이다. 하지만 안타깝게도 폴은 사랑스러운 딸 케이디가 태어나고 8개월 후에 죽고 만다. 그의 죽음으로 완전하지 못했던 글은 아내 루시가 마무리했다.

삶과 죽음을 가장 현실적으로 바라보던 의사 폴은 자신의 죽음 앞에 어떤 감정을 가졌을까? 죽음이라는 절대적 숙명에 굴복할 수밖에 없는 인간들. 의사이기 전에 한 명의 인간이었던 폴은 죽음을 너무나 담담히 받아들인다. 자신의 죽음보다는 사랑하는 이들의 미래를 더 위로해 준다.《숨결이 바람 될 때》는 죽음이 아닌 삶을 다룬 책이다. 아름다운 삶을 기억하기 위해 어떻게 살아야 하며 그러한 삶을 마치기 위해선 어떤 죽음을 선택할 것인지를 생각하게 하는 책이다. 아내 루시의 글이 생생하다. "나는 그의 아내이자 목격자였다." 아마도 루시는 폴을 영원히 기억할 것이다.

선우의 설명을 들은 젊은 의녀는 다소곳이 의자에 앉아 잠시 집중하더니 한 치의 망설임 없이 그 책을 집어들었다.

"수많은 죽음을 보고 있습니다. 죽음은 그저 잊혀지는 것이라 믿었습니다. 언제나 삶이 먼저이기 때문이죠. 이 서책을 보고 다시 한번 삶과 죽음에 대해 생각해보도록 하겠습니다. 감사합니다."

책값을 받은 민주가 그녀의 이름을 장부에 적었다.

[장금]

'아뿔사! 그녀가 대장금이었다.'

선우는 상기된 얼굴로 그녀를 다시 보았다. 멍하니 선 그를 향해 장금이 인사를 건넸다.

"선비님, 그럼!"

"저…… 잠시만요!"

돌아서는 그녀를 다시 한번 붙잡고 선우는 이렇게 말해 주었다.

"부디…… 굴하지 말고 당당히 맞서 나가세요. 늘 응원하겠습니다! 대장금!"

장금을 보낸 선우는 급히 연희를 찾았다.

"연희 씨! 연희 씨!"

"또 뭔 일인데 이리 급히 찾으세요."

"연희 씨, 우리가 주막에서부터 같이 온 젊은 여성이 누군지 알아?"

"방금 전 얼핏 들리기론 의녀라고 하던 것 같던데, 그렇지 않았나요?"

"의녀, 맞지. 그것도 아주 유명한 의녀지! 대장금이었어!"

"뭐요? 그 드라마에서 나온 대장금이요? 그거 지어낸 얘기 아니었나요?"

"지어내긴…… '조선왕조실록'에도 엄연히 올라간 이름인데! 중종이 특별히 아껴서 여러 번 상도 내렸다는 기록도 있어!"

"세상에! 너무 어지러운데요……. 연은법(鍊銀法) 발명가, 황진이, 대장금……, 이젠 누가 올까요?"

"미처 그 생각까진 못했네. 조선 최초의 서점인데 최고의 인물들이 오는 건 당연한 일이지 않을까?!"

"아……넵. 호호호."

"그런데, 지금 황진이는 뭐하나? 조용한데!"

"뭐 하고 있는지가 궁금한 게 아닌 거 같은데요? 테이블에 앉아 책 읽고 있어요. 제가 직접 책 한 권 골라주고 왔어요!"

"책? 무슨 책!"

"좀 전에 책 추천을 부탁해서 《나는 나로 살기로 했다》를 권했죠."

"그거, 딱인데? 조선시대의 황진이에겐 제격인 책이네!"

"그러고 보면 '유리천장'을 깬 여성들이 지금의 중종 시대에 많이 나왔네요!"

"그러네, 물론 신사임당이나 허난설헌도 뛰어나지만 뭔가 다른 느낌이지! 출신도 그렇고……. 물론 허난설헌은 비운의 천재이긴 했지만……."

연희가 황진이에게 골라 준 《나는 나로 살기로 했다》는 국내에서만 100만 부 이상 판매된 스테디셀러다. 해외에도 판권이 수출되었는데 특히 일본에서는 50만 권이 판매돼 한국 번역서 중 가장 많이 판매된 책으로 기록되었다.

이 책은 비슷한 시기에 출판된 또 다른 스테디셀러 《자존감 수업》이라는 책과 그 궤를 같이하고 있다. 《자존감 수업》은 윤홍균 정신과 의사가 쓴 책이고, 《나는 나로 살기로 했다》는 김수현 여성 작가의 에세이다. 내용적으로도 앞의 책은 보다 전문적이고 심리적인 측면을 강조한 반면, 《나는 나로 살기로 했다》는 가볍고 상처난 감정을 살짝 어루만지는 느낌이 드는 책이다. 그래서 각각 '인문'과 '에세이'로 진열 분야도 다르다. 하지만 두 책 모두 자신에 대한 존중과 버려야만 하는 생각의 습관에 대해 조언하고 있으며 합리적 개인주의를 말하고 있다.

"이리 앉거라! 오늘도 그 책방에 다녀온 것이냐?"

"그러합니다."

"앞으로도 계속 그 조선책방에 다닐 것이냐?"

"소녀, 책방 일을 하며 많은 것을 배우고 있습니다. 좋은 분들과 함께하는 일이니 아버님께서는 개의치 말아 주십시오!"

"개의치 말라? 민주야! 아비한테 하는 말버릇이 왜 이러하냐? 정녕 내 딸 민주가 맞느냐?"

"아버님!"

민주는 차마 입을 열지 못하고 잠시 얼굴을 파묻었다.

"민주야! 말해 보거라! 왜 이러느냐? 집에 있기가 무료하면 이 아비가 다른 일을 찾아주마!"

"아버님! 아버님은 정녕 소녀가 모르실 거라 생각하셨습니까?"

민주의 볼에는 슬픔과 원망이 뒤섞인 눈물이 흐르고 있었다.

"무슨 말을 하는 거냐?"

"소녀, 기선 도련님의 죽음에 아버님이 깊이 관여되어 있다는 사실을 압니다. 아버님의 욕심으로 젊고 유능한 인재가 죽음으로 내몰렸습니다."

"네가 어찌…… 그것은 나라를 위해 한 일이었다!"

"아니요! 나라가 아닌 아버님의 그 걷잡을 수 없는 욕심이 벌인 일이겠죠. 아버님! 아버님은 나라와 가문을 위한다는 이유로 얼마나 많은 무고한 이들을 짓밟았는지 아시나요? 더 이상은 안 됩니다. 부디 예전의 온화한 아버님으로 돌아와 주십시오!"

"민주…… 너! 네가 어찌 아비의 깊은 뜻을 알겠느냐! 집 안에 화초처럼 자라 세상 돌아가는 이치를 아직 모르는 게야! 내가 그리하지 않았다면 이 나라는 더 혼란에 빠졌을 것이야!"

"소녀 비록 아버님의 그늘 아래 호의호식하며 자랐지만, 무엇이 옳고 그름은 판단할 수 있는 나이가 되었습니다. 아버님이 과거의 잘못을 인정하지 않으시고 지금과 같이 하신다면……, 소녀는 아버님을 대신해 평생 속죄하며 살아가겠습니다!"

"뭐야! 네가 감히 어찌!"

민주의 당찬 말에 심준은 크게 당황하며 화를 냈다. 하나밖에 없는 외동딸이라 금지옥엽과 같이 키웠지만 자신의 치부를 건드는 말에는 참을 수가 없었던 것이다.

"당장 내일부터는 바깥출입을 삼가라! 홍성주의 아들과 혼사를 진행할 것이니 그리 알고 있어라!"

"아버님! 그리할 수 없습니다. 절대로 그 집안과는 혼인할 수 없습니다!"

"이미 다 끝난 일이다! 그만 물러가거라!"

"아버님! 그리해서는 절대로 안 됩니다!"

"대감마님!"

민주의 애끓는 마음을 채 전하지도 못했건만 심준을 찾는 하인의 목소리가 들려왔다.

"무슨 일이냐?"

"이판 대감께서 와 계십니다! 두 분이 말씀 중이셔서 일단 사랑채에 모셨습니다!"

"그래, 알았다. 내 곧 건너간다고 전해 드려라!"

"아버님! 혼인만큼은 절대로 아니 되옵니다!"

"물러가거라! 손님이 오셨다 하지 않더냐!"

"아버님! 흑흑흑……."

"좌상 대감! 이리 두어서는 안 되겠습니다."

"나도 소식은 들었습니다."

"저리 구름떼처럼 백성들이 몰린다면 주상이 어떤 생각을 할지 모르는 일입니다!"

"나도 그리 생각하오. 이대로 가다간 서사의 수를 늘리자고 할 것이 분명합니다. 방법을 찾아야 하겠습니다. 막을 방법을……."

"그래서, 제가 묘안을 하나 생각했사옵니다!"

"묘안이라 하셨습니까? 듣던 중 반가운 얘기군요! 그래 무엇입니까?"

"오전부터 '화살배달'이 장난 아닙니다! 오늘도 죽었네, 죽었어!"

"그러게요. 우리 책방에서 제일 고생하시는 분은 재민님인 거 같아요! 쌀쌀한 날씨에 정말 수고 많습니다, 호호호."

"아니, 뭐 그렇게까지야……. 근데 지금 연희 낭자가 저를 칭찬하시는 겁니까? 늘 구박만 받다가. 이거 해가 서쪽에서 뜨겠습니다."

"재민님이 편안해서 그렇죠! 제가 언제 구박했다고 하십니까!"

"이봐, 재민. 이 친구야! 자네가 가장 뺀질거리지 않았나? 일은 연희 낭자와 민주 아가씨가 다하는데 자네가 제일 바쁜 것처럼 힘들어하고선……."

"이보게, 내가 뭘 뺀질댔다고 그러나? 자네야말로 하는 일 없이 점장님 뒤만 쫓아다니면서……."

"뭐라! 내가 하는 일이 없어?"

"유신 선비님, 재민님! 그만하세요! 이러다 진짜 싸우시겠네요. 그나저나 민주 아가씨가 오늘은 좀 늦네요!"

하얀 얇은 서리가 내렸다. 잔가지에 흰 눈썹이 그려졌고 반쯤 굳은 황톳길엔 새치 같은 도랑이 만들어졌다. 웅크린 등짝만을 보이며 걸어가는 이들에게선 이미 겨울이 온 것 같았다. 생각

없이 밖을 보던 선우에게 급히 걸어오는 기남의 모습이 보였다. 그러고 보니 오늘 아침에는 서로 인사도 못 하고 나왔다. 반년 넘게 같이 살다 보니 어느 정도 익숙해져 그러려니 하고 지나치는 경우가 잦아들었다.

"기남 선비! 아침부터 웬일이십니까? 지금 궁 안에 있어야 하는 시간일 텐데요?"

"점장님! 큰일났습니다!"

"무슨 일인데 이리……."

평소 같지 않은 기남의 모습에 유신과 재민도 황급히 다가왔다. 기남은 몇 번의 호흡을 거듭한 끝에 입을 열었다.

"궁 안이 발칵 뒤집혔습니다. 그들이 2년 전 있었던 '기묘사화'의 끝을 볼모양입니다."

"기묘사화라면…… 조광조 등 사림세력이 죽임을 당했던 일 아닙니까? 거기서 끝나는 일이 아니었습니까?"

유신이 말했다.

"아닌 것 같네. 그때 조광조를 구명하고자 애썼던 안당(安瑭)과 그의 일파를 완전히 없애려 하는 것 같아! 송사련이라는 인물이 안 대감님과 그의 아들들을 역모죄로 고변하였다네."

"어찌 그런 일이……. 그렇지 않아도 요즘 안당 대감님은 조용히 지내는 것 같던데……."

"그러게 말일세. 문제는 이 일에 우리까지도 엮일 판국이네!"

"엣! 그게 무슨 말인가?"

기남과 유신의 말을 듣던 조선책방의 사장 재민이 잔뜩 긴장하며 물었다.

'주초위왕(走肖爲王)'의 거짓 음모로 조광조 등의 사림파를 없애고 훈구 세력이 정권을 잡은 일을 '기묘사화'라 부른다. 그 때 조광조 일파의 구명 운동에 앞장 선 이가 안당이었는데 심준과 홍성주 등은 이를 매우 못마땅하게 여겼고 그 마저도 없애고자 기회를 엿보고 있었다.

그러던 중 '기묘사화' 2년 후인 1521년 안당의 부인 장례식에 참석한 이들의 방명록이 역모에 뜻을 같이한 이들의 명부라는 송사련(宋祀連)의 고변이 있자, 안당과 그의 아들 안처겸 · 처근, 권전, 이충건, 조광좌 등이 처형된다. 이를 신사무옥(辛巳誣獄) 또는 신사사화(辛巳士禍)라 부른다.

송사련의 고변은 훗날 안당의 후손에 의해 무고임이 밝혀지고 신원이 회복된다. 반대로 송사련의 후손들은 다시 노비로 환천된다. 사실 송사련은 엄밀히 안당 집안의 노비 출신이었다. 종모법에 따라 어머니가 노비인 경우 자식 또한 노비의 신분이 되고 마는데 송사련의 어머니는 안당의 아버지인 안돈후의 천첩이었다. 하지만 송사련은 안당과 안처겸의 배려로 낮기는 하지만 관직을 얻어 살아가고 있었다. 이런 송사련의 고변으로 안당과 그의 가족들은 죽음으로 내몰렸고 재산 또한 송사련의 몫이 되고 만다. 후일 고변이 거짓임이 밝혀지자 송사련은 많은 이들로부터 지탄의 대상이 되었다.

다만 그의 아들 송익필(宋翼弼)은 어려서부터 대단히 총명하여 당대의 큰 스승으로 모셔지기도 했다. 신분의 한계로 과거에 급제하고도 관직에 오르지 못한 그는 지금의 파주출판단지 한가운데 위치한 심학산에 은거하며 학문에 정진하였고 이이, 심의겸, 성혼 등과 교류하며 서인 세력의 막후 실력자로 인정받았다. 특히 율곡 이이는 송익필을 향한 안당의 후손과 동인 세력의 상소를 끝까지 막아주었다. 하지만 이이의 죽음으로 결국 송익필 또한 어려운 상황에 이르게 되었고 이를 이용하여 동인(東人)의 이산해가 이이를 비난하는 글을 써 주면 모든 것을 면하게 해주겠다고 유혹했으나 그의 제안을 끝까지 거부하였다. 결국 이산해의 미움을 산 송익필은 충청도 당진에 은거한 뒤 후학을 양성하다 그곳에서 죽음을 맞이했다.

"송사련의 고변과 조선책방이 무슨 관계란 말인가?"

유신이 얼토당토않다는 표정으로 말했다.

"그러게 말이네……. 나도 그리 생각하네! 역모라니……. 우리가 무슨, 서책만 파는 우리가?"

재민도 흥분했는지 얼굴이 울그락불그락해졌다.

"그건, 제가 말씀드리겠습니다."

"어! 민주 아가씨!"

연희가 힘없이 고개를 숙인 채 들어오는 민주를 아는 체했다.

"다, 제 아버지와 이판 대감의 간계입니다."

"뭐요! 심준 대감과 홍성주 대감의 계략이라고요?"

"자세히 말씀해 보시죠, 민주 낭자!"

재민과 유신이 민주를 다그쳤다. 그녀는 힘 잃은 눈빛으로 모두의 얼굴을 바라보았고 금방 촉촉한 눈물이 뺨을 타고 흘러내렸다. 연희가 오른팔로 그녀의 어깨를 감싸 주었다.

"어제 저녁 홍성주 대감이 저희 집에 찾아왔습니다. 저는 저의 혼담에 대해 말씀을 나누는 것이라 생각하고 아버님과 홍성주 대감이 자리하신 사랑채로 찾아갔습니다."

"민주 낭자의 혼담이요?"

"네, 그렇습니다, 재민님. 홍명한 도련님과의 혼담이랍니다."

"뭐요! 홍명한! 그것만은 절대로 안 됩니다. 낭자도 왜 그런지 아시지 않습니까?"

"물론입니다. 저 또한 그래서 두 분 자리에 찾아가 분명히 말씀을 드리고자 했던 것입니다."

어젯밤 책방 일을 그만두고 홍명한과의 혼인을 준비하라고 말하던 중 홍성주가 찾아왔다는 말에 심준이 사랑채로 자리를 옮기자, 민주는 잠시 생각을 정리하고는 자신도 사랑채로 향했다. 자신의 뜻을 명확히 전달하기 위함이었다. 이번 혼인은 결코 이루어질 수 없으며 그래도 강요하신다면 출가까지 결심하겠다고 말할 생각이었다.

"그래요! 그거 아주 잘됐습니다. 하늘이 주신 절호의 기회로군요!"

"그럼요! 이 차에 화근들을 모두 제거해야겠습니다."

"이를 말씀입니까! 그렇지 않아도 남은 사림의 잔당이 계속 마음에 걸렸었는데……. 체증이 싹 가시는 느낌이군요, 하하하!"

심준의 웃음소리가 들렸고 민주는 크게 한숨을 내쉬었다.

"아(버님)……."

"그러면, 조선책방도 이번에 함께 처리하면 어떻겠소? 이판대감!"

조선책방이라는 말이 나오자 민주는 바로 입을 닫았다.

"조선책방까지요! 어떻게 말입니까?"

"지금, 송사련은 어디에 있는지 아시지요? 대감."

"그야, 의금부에 있습죠."

"대감께서 의금부 좀 다녀오셔야겠습니다. 송사련에게 오늘 밤 역모자 명부를 조선책방에 두라고 말씀하세요!"

"그 말씀인즉, 역모자의 명부를 조선책방에서 찾는다……. 참 좋으신 생각입니다!"

"내일 입궁하는 대로 전하께 아뢴 뒤 바로 출발하도록 하겠습니다! 조선책방이 역모자들의 연락처 역할을 한 곳이 되지요! 그러면 자연스럽게 그곳도 사라지게 될 겁니다. 또한 서사라는 것이 얼마나 불순한 사상이 스며들기 쉬운 곳인지도 알려지게 될 것이고요!"

"좋습니다. 역시 좌의정 대감의 계략은 참 기발하십니다."

"그런가요? 제 별호가 괜히 '지혜 주머니'겠습니까! 하하하……."

"암요. 그렇고말고요. 이 나라에서 좌의정 대감의 지혜를 따라갈 이가 없지요! 하하하!"

"참! 이판 대감, 그 책은 어디에 있습니까?"

"그 책이라면…… 아! 그거요, 아무도 예상치 못하는 곳에 숨겨 두었습니다. 백록동 깊숙한 곳에 있죠. 아무래도 궁 안은 무슨 일이 벌어질지 몰라 제 아들놈보고 잘 관리하라 신신당부했습니다."

"그렇습니까? 궁 안은 언제 어명으로 검열이 이루어질지 모르니 그게 더 안전할 수도 있겠군요. 《내훈》이라 했던가요?"

"네, 그러합니다, 대감!"

민주는 조심스럽게 자신의 방으로 돌아왔다. 비참했다. 아니 안타까웠고 서글펐다. 아버지인 심준의 비열한 민낯을 보는 것 같아 마음이 아팠다. 오늘 밤 누구보다 존경하고 믿어왔던 아버지의 모습은 사라지고 없었던 것이다. 어기선이 죽은 이유를 알게 된 날부터 '설마 아버지가 그렇게까진 하지 않았을 거야! 뭔가 오해가 있을 거야!'라는 일말의 희망을 갖고 있었지만, 방금 전 민주의 귀로 들린 그 목소리는 분명 25여 년 간 자신이 그토록 믿어왔던 아버지의 것이 확실했다. 흐르는 눈물이 멈추지 않았다. 아버지의 모습과 이제는 볼 수 없는 기선의 얼굴이 눈물에 겹쳐져 일렁였다.

얼마나 지났을까? 민주는 집을 빠져나왔다. 몸종도 없이 급히 발걸음을 재촉했으며, 그녀가 향한 곳은 기남의 집이었다. 민주는 기남을 찾아 방금 전 심준과 홍성주의 말을 그대로 전해주었다. 민주는 아버지 심준의 탐욕을 그저 바라보고만 있을 수 없었다. 누군가가 말려야만 했다. 더 이상 무고한 이들이 다치지 않도록 해야만 했다.

"고맙습니다. 민주 아가씨!"

"바로 내일 아침인데 무슨 방도가 있겠습니까?"

"……."

"이대로 날이라도 새면 모든 것이 끝장일 것입니다."

"송사련의 고변은 막을 수 없을 것입니다. 오늘 전하의 모습에서도 그 의지는 단호해 보였으니까요! 사림에 대한 실망이 크셨던 것 같습니다!"

"그렇다고 죄 없는 이들이 다치는 것을 보고만 있을 수는 없는 법 아닙니까?"

"그들이 역모를 꾀하지 않았다는 물증 또한 없지 않습니까. 자칫 함부로 나섰다가는 모두 죽임을 당할 수도 있습니다."

"그럼, 조선책방은 어찌합니까?"

"……."

"도련님! 어찌 말씀이 없으신가요?"

민주는 다그치듯 말하며 기남을 바라보았다. 물론 그녀 또한 알고 있었다. 당장에 어떤 수를 만들기 어렵다는 것을. 하지만 깊은 밤 집을 떠나 기남을 찾아온 순간 그녀는 모든 것을 버릴 각오를 해야만 했다. 설령 그것이 가족과 그녀 자신이 된다 하더라도.

"아가씨! 괜찮겠습니까? 어떠한 처참한 상황이 된다 하더라도……."

"도련님! 저는 형님의 억울한 죽음을 안 순간 모든 것을 감내하기로 했습니다. 아니, 그래야만 합니다! 뿐만 아니라 제 아버님으로 인해 더 이상…… 소녀는 후회하지 않을 것입니다! 오늘밤 집을 나오는 순간 저는 더 이상 심 씨 가문의 민주가 아닙니다!"

민주의 말에 기남은 착잡했다. 어찌 이리 정갈하고 단단한 여인이 심준의 딸이란 말인가?

"일단, 방 하나를 정리해 둘 테니 그곳에 잠시 계시지요. 저는 급히 할 일이 있습니다!"

"아닙니다! 소녀 혼자 쉴 수만은 없습니다. 도련님을 도와드리고 싶습니다!"

"정히…… 그러하시겠습니까? 아가씨!"

#21

기남은 일행들에게 민주와의 일을 말하였다.

"지난밤, 민주 아가씨께서 우리 집에 오셨습니다!"

"민주 아가씨가…… 어제요? 저희는 그것도 모르고 잠만 잤나 보네요!"

연희가 멋쩍은 표정으로 선우를 바라보았다.

"유신, 자네는 급히 판윤 대감을 찾아뵙고 도움을 청할 일이 있네! 아주 급하네!"

"그래! 무슨 일인가?"

"조금 있으면 의금부에서 포졸들이 나와 조선책방을 뒤질 걸세. 역모와 관련된 명부를 찾기 위함일세."

"역모자의 명부! 이 무슨 해괴한 소린가! 그따위 책이 왜 우리 조선책방에 있다는 겐가!"

"진정하고 내 말 좀 끝까지 듣게, 재민 이 친구야!"

"미안하네……."

"어젯밤 송사련이 이곳에 갖다 놓았지만 민주 아가씨와 내가 다시 백록동으로 옮겨 놓았네!"

"백록동으로요?"

선우와 연희가 함께 놀라서 소리쳤다.

"네, 그렇습니다. 유신 자네는 판윤 대감께 백록동에 명부가 있다는 사실을 전하고 또한 《내훈》을 모두 찾아 걷으시라 말씀 드리게!"

"알겠네! 그런데 《내훈》은 왜 그러한가?"

"진짜 반역자들의 명부가 그 안에 있네!"

유신이 재빨리 책방 밖으로 나가자 민주의 얼굴은 하얗게 창백해졌고 고개를 떨군 채 눈물을 보였다. 아버지 심준에 대한 연민이 그녀를 괴롭혔다. 누구보다 그녀만을 사랑했던 아버지의 모습이 자꾸 떠올랐다. 민주는 주저앉고 말았다. 아니, 땅을 치며 통곡이라도 하고 싶은 마음이었다. 아버지를 죽음으로 내던졌다는 죄책감에 숨마저 멈출 것 같았다.

"민주 아가씨, 이쪽으로 오세요."

연희가 민주를 부축하며 간신히 의자에 앉혔다.

"연희 씨가 당분간 민주 아가씨를 잘 보살펴 줘야겠는데……."

"네, 그래야죠, 점장님."

기남의 말이 끝나기가 무섭게 의금부의 도사(都事, 종 5품 관직) 2~3명과 나장(羅將) 수십 명이 들이닥쳤다.

"어명이요! 조선책방을 샅샅이 수색하여 대역죄인들의 명부를 확보하라는 어명이요! 모두들 물러나시오!"

책방 안은 금방 쑥대밭이 되었다. 그들은 쓰레기 더미를 뒤지듯 거친 손으로 파헤쳤다. 책들이 흙과 오물로 더렵혀지고 찢겨 나갔다. 지켜보는 선우와 연희의 가슴은 무너져 내릴 것만 같았다. 수개월간 밤새 써내려간 자식 같은 책들이었다.

고대 최대의 도서관이었던 알렉산드리아 도서관을 불태운 카이사르가 클레오파트라의 분노를 샀듯 그들의 행위는 선우 일행 모두에게 허탈함을 안겨주었다. 클레오파트라는 20만 권의 장서를 싣고 온 안토니우스에게 위안을 받기는 했지만 조선책방의 설립자들은 직접 또 다시 새로 시작해야만 할 것 같았다.

잠시 후, 심준과 홍성주가 타고 온 사인교(四人轎, 정 2품 판서 이상이 타던 가마)에서 내렸다.

"잘 살펴야 할 것이야! 이 잡듯 뒤져 반드시 찾아 내거라!"

"네! 대감마님!"

홍성주가 도사와 나장을 다그치며 흐뭇한 웃음을 지었다.

"이제야 모든 것이 마무리되는가 봅니다, 대감!"

"그런가요? 하하, 모두 이판 대감의 공입니다."

"뭘, 별 말씀을요. 이 모두 좌의정 대감의 지략으로 이룬 일 아닙니까? 대감이 아니 계셨다면 어찌 이 자리까지 왔겠습니까?"

"아이고! 그만하십시오. 과한 칭찬은 농처럼 들릴 수 있습니다. 근데, 의금부 말고 포도청에도 연통하셨습니까?"

"포도청이요? 아닙니다. 굳이 포도청까지……. 아니, 저쪽은 포도청 이윤성 종사관 아닌가요?"

"이 종사관 말고도 꽤 여럿이 이쪽으로 오고 있는데요?"

포도청에서 나온 종사관들이 심준과 홍성주에게 다가왔다.

"안녕하셨습니까. 좌의정 대감님! 이판 대감님!"

"오, 그래 잘 지내셨는가? 이 종사관! 그런데, 여긴 어쩐 일인가? 조선책방 일이라면 내 의금부에만 알려 놨는데. 혹, 판윤 대감이 가보라 하시던가?"

"네, 그러하옵니다. 이판 대감님!"

"허…… 판윤 대감도…… 의금부만으로도 충분한 일인데 굳이 이리 심려해 주시고……. 괜찮으니 그만 돌아가도 되네. 여긴 이 정도면 충분할 걸세. 판윤 대감께는 감사하다고 전해 주시고!"

"아닙니다. 대감! 저희는 조선책방이 아닌 백록동을 살펴보러 왔습니다."

"뭣! 백록동을!"

점잖던 심준의 얼굴이 한순간에 돌변하였다.

"무슨 일로 백록동을 검열한단 말이냐!"

"백록동에 불온한 서책이 있다는 밀고가 있었습니다."

"백록동에 불온한 서책이 있다? 어디서 그런 거짓된 밀고를 받았단 말이냐! 그런 일은 없으니 당장 돌아가거라!"

심준이 더욱 완강하게 종사관들에게 말했다.

"대감마님, 아니 되옵니다. 판윤 대감의 엄명입니다! 자, 가자!"

포도청의 군사들이 심준의 말을 무시하고 조선책방을 지나 백록동으로 향하자 심준이 특유의 평정심을 잃고 소리쳤다.

"네 이놈, 이윤성! 거기 서지 못할까! 감히 내 말을 업신여기는 것이냐!"

이 종사관은 잠시 뒤돌아서서 심준에게 천천히 목례를 한 후 '백록동' 안으로 들어갔다.

"대감, 고정하시지요! 찾아봤자 아무것도 나오지 않을 것이니 염려치 마세요."

"그래도 그렇지. 내 저 놈을 결단코 가만 두지 않을 것이오!"

얼마나 흘렀을까? 한 시간 이상을 찾았지만 심준의 손에 들어온 것은 아무것도 없었다.

"확실히 갖다 놓은 것이 맞습니까?"

"그럼요, 대감. 내 오늘 새벽에도 송사련에게 직접 물어 확인했습니다."

"그런데, 어찌 나오지 않는단 말입니까?"

"좀 더 기다려 보시지요. 여봐라, 뭐가 이리 굼뜬 것이냐! 어서 서둘러라!"

심준과 홍성주가 점점 초초해질 쯤 바로 옆 백록동에서 당황한 듯한 외침이 들려왔다.

"이거 놓아라! 이놈들, 감히! 내가 누군지 아느냐! 이거 놓지 못할까!"

홍성주의 아들 홍명한과 몇몇의 관원이 포승줄에 묶여 나오고 있었다. 이를 본 홍성주가 사색이 되어 포도청 종사관들에게 달려갔다.

"이 무슨 짓이냐! 어서 풀어 주거라!"

"안 됩니다! 이번 고변 사건과 관련된 일입니다."

"고변! 증좌도 없이 이 무슨 무례한 짓이냐! 어서 풀어주지 못할까?"

"이판 대감님! 백록동에 있던 것입니다."

조선책방에 있어야 할 명부가 이 종사관 손에 쥐어져 있었다.

"어찌…… 이것이 백록동에 있었던 말이냐!"

"이뿐만이 아닙니다."

포도청에서 나온 이윤성 종사관이 급히 의금부 도사들을 불러 모았다.

"심준 대감과 홍성주 대감을 포박하라!"

의금부의 한 도사가 명하자 모든 나장들의 창이 심준과 홍성주를 향했다.

"이 무슨 무례한 짓들이냐! 감히 누구에게 창끝을 겨누느냐! 너희가 진정 죽고 싶은 게냐!"

홍성주가 당황하며 소리 지르자 포도청 종사관이 다가섰다.

"대감! 이 서책이 무엇인지 기억하십니까?"

종사관 손에 들려 있는 건 《내훈》이라는 책이었다.

"그…… 그것은, 성종대왕의 어머니 소혜왕후께서 아녀자를 위해 지은 《내훈》 아니더냐!"

"그렇습니다 대감. 하지만, 이 서책은 다른 《내훈》과는 조금은 다르지요. 이 안에 무엇이 들었는지도 알고 계십니까?"

"네 이놈! 감히 네가 나를 희롱하는 것이더냐!"

홍성주의 발악 같은 외침과 상관없이 심준의 표정은 무덤덤하였다. 오랜 시간 끝에 맞이한 기다림처럼 그의 눈 끝이 떨렸고 희미한 미소마저 머금었다. 책방 안, 어둠에 가려져 있던 딸 민주의 눈빛과 마주쳤다. 민주의 눈에선 하염없이 눈물만 흘러내리고 있었다. 그러한 민주를 보며 심준은 고개를 끄덕이며 환하게 웃었다. 미리 알고 있었다는 듯 한없이 사랑스런 표정으로 민주를 바라보았다.

초췌한 늙은이의 주름처럼 모든 것은 자연스러울 때 가장 순수해 보인다. 사라지는 모든 것들엔 나름의 사연도 있을 것이다. 자연스럽게 사라지지 못하는 것에는 사연에 따른 그 대가가 반드시 필요하다. 그리고 그것은 자신의 가장 소중한 것을 잃게 만드는 경우가 잦다. 탐욕과 이기심에 중독된 마음은 연민을 받아들이지 못하고 만다. 기억해야 할 것은 연민은 나를 평온하게 하는 최소한의 도구라는 점이다. 연민은 행복한 이기심일 수 있다. 타인을 위함이 아닌 나의 자유로움을 위해 꼭 필요한 감정일 수 있다. 연민이 사라진 이들에겐 늘 불편함이 자리 잡게 된다.

민주가 느낀 아버지와 타인들에 대한 연민은 둘 중 어느 쪽이 더 컸을까? 단지 아버지를 버렸다 해서 연민이 더 적었다고 말할 수 있을까? 아니다! 연민은 늘 정의로운 편에 서 있다. 자연스럽게 느끼는 연민이야말로 순수하며 정의로움 그 자체일 것이다.

심준과 홍성주의 무리가 수결한 조광조 제거 계획은 만천하에 드러나게 되었다. 한성부 판윤 이만희가《내훈》안에 들어 있던 그들의 수결을 증좌로 보이자 중종은 크게 화를 냈다. 죄인들에게 국문을 해야 한다는 상소가 있었지만 그 어떤 어명도 내려지지 않았다. 또한 '주초위왕'이라는 조작된 것으로 자신을 농락했던 희빈 홍 씨에 대해서도 일절 언급하지 않았다. 다만 당사자인 심준과 홍성주만 삭탈관직하고 유배를 보냈으며 그의 식솔들은 관비로 삼으라는 명을 내렸다.

중종의 입장에선 사림 세력에 염증을 느꼈던 것이었으리라. 이 일을 뒤엎게 되면 또 다시 사림이 정권을 잡게 될 것이 분명하기 때문이다. 다만 빗발치는 사림들의 상소를 막기 위해 당사자들에 대한 처벌만은 이루어졌다.

"전하, 신 어기남이옵니다."

"그래, 들라!"

기남이 중종을 찾았다. 기남이 허리를 숙이며 반쯤 얼굴을 들어 중종을 대하였다.

"전하! 신 어기남 죽기를 각오하고 주청드릴 일이 있어 찾아왔사옵니다!"

"주청? 그래 무슨 일이더냐?"

"전하! 죄인 심준의 여식 심민주를 방면해 주시옵소서!"

"심민주를 방면하라……. 그게 무슨 말인가? 추악한 아비의 죄를 물어 후대에 교훈을 삼기 위함인데 어이 그 여식만은 그러지 말라는 것이더냐?"

"죄인 심준의 간악한 술수는 전하와 이 나라의 근간을 흔드는 씻을 수 없는 중죄이었사옵니다. 하지만 그의 여식 심민주의 도움이 없었더라면 지금과 같이 그의 죄가 만천하에 드러날 수는 없었을 것입니다!"

"뭐라! 지금, 심민주의 도움이 있었다고 했느냐?"

"네, 그러하옵니다. 전하! 심민주는 아비 심준의 죄를 부끄러이 여겼으며 저와 조선책방의 일에 깊숙이 간여해 왔습니다. 또한, 그녀가 심준과 홍성주의 간계를 소신에게 미리 알려주어 사전에 막을 수 있었나이다."

"그 말이 사실이었더냐?"

"전하! 어느 안전이라고 소신이 거짓을 고하겠나이까! 조선책방에 관련된 이들이 이 모든 사실을 다 알고 있사옵니다!"

"음…… 그러하였느냐!"

민주는 전옥서에 갇혀 있었다. 조선책방 맞은편에 위치한 전옥서에는 그녀의 아버지인 심준과 홍성주, 홍명한 또한 각각의 옥사에 갇혔다.

선우와 연희는 아침 일찍 민주를 만나고 왔다. 연희의 눈이 붉게 충혈되고 말았다. 찬바람조차 막을 수 없는 옥 앞에서 그저 따뜻한 두 손을 잡아주는 것만이 이들이 해 줄 수 있는 전부였다. 얇디얇은 치마저고리만이 현재 그녀가 가진 모두였던 것이다. 전옥서의 낡은 형장이 그녀의 아름다움마저 가둘 수는 없었지만 어쩌면 그것이 그녀에겐 더 불행한 미래를 가져다줄지도 모르는 일이었다. 한성부는 노비로 귀속될 민주를 분명 관기로 삼을 것이다. 연좌제로 양반에서 노비로 전락한 수많은 젊은 여성이 그러했듯 민주도 죽음을 택할지 모르는 일이었다.

하지만 선우를 비롯한 조선책방 식구들의 이러한 우려는 그리 오래가지 않았다. 책방 문을 열고 얼마 되지 않아 기남이 들어왔다.

"어서 오시게! 그래, 민주 낭자 일은 어떻게 되었는가?"

재민은 기남이 들어오자마자 민주의 일부터 물었다. 사실 심준과 홍성주의 죄가 밝혀진 그날, 재민과 유신은 기남을 붙잡고 민주의 일을 걱정했었다. 기댈 것은 기남이 직접 중종을 찾아 지금까지의 일을 설명하는 수밖에 없었다.

"어서 전옥서로 가십시다. 민주 아가씨가 곧 방면될 것입니다!"

"정말인가요! 기남 선비님!"

"그럼요! 연희 낭자. 아침에 전하께서 승정원에 교지를 내리셨습니다. 민주 아가씨를 방면하라는……."

"정말 잘됐습니다. 그럼 어서 나갑시다. 함께 민주 낭자를 만나러 갑시다."

선우가 모두의 어깨를 감싸 안으며 책방 밖으로 나섰다.

모처럼 따스한 햇살이 책방 안에 내려앉았다. 잔잔한 종이 먼지 사이로 책장을 넘기는 손들이 분주히 움직이고 있었다. 많은 이들이 조선 최초이자 유일한 민간 서점을 찾아 그들의 상상력을 넓히고 있었다. 늘어나는 책방의 손님만큼 조선의 사상은 다양하고 새로워질 것임에 틀림없을 것이다.

선우는 늦은 오후가 되어 약간의 짬이 생기자 새로운 책 한 권을 집어 들었다.

“점장님! 우린 이제 어떻게 해야 하죠? 여태까지는 여기 일 때문에 잊고 있었지만 계속 이렇게 지낼 수는 없잖아요?”

“그러게 말야! 나도 연희 씨처럼 걱정되기는 해. 이러다 이 조선이라는 나라에서 벗어날 수 없으면 어떡하나 하고! 하지만 뭐 뾰족한 방법이 없으니……."

"다시 한번 그 선종 스님인가 하는 그 분을 만나러 가지 않으실래요? 그래도 그 스님은 뭔가 달라 보였거든요?"

"응! 그렇지 않아도 기남 선비에게 말해 놓았어! 우리끼리 간다고 하니 자신이 꼭 같이 가야 한다며 며칠 기다려 달라 하더군. 승정원의 급한 일을 마무리 짓고 휴가를 내겠다고 하더군."

"휴가요? 여기도 그런 게 있어요?"

"'사가독서제(賜暇讀書制)'로 선발돼서 휴가를 얻었나 봐!"

"사가독서제요?"

"응! 쉽게 '책 읽는 휴가'라고 할 수 있을까? 단 독후감 비슷한 걸 제출해야 한다네. 훗훗. '호당(湖堂)'이라고도 부르는 제도인데 젊고 유능한 관료를 선발해서 학업에 몰두하게 하는 것이래!"

"놀라운데요!"

"그렇지! 기남 선비에게 물어보니 출산휴가도 있다던데!"

"출산휴가요!"

"응, 출산한 여성 관노비에게는 130일이 남편에게는 30일의 출산휴가가 주어진대. 그리고 세쌍둥이를 낳은 이들에게는 쌀과 콩 10석을 준다네. 9품 직계의 관료 녹봉이 1년에 쌀과 콩

10석이니 굉장히 높은 대우를 해 주고 있는 것 같아."

"현대 대한민국에서도 남자의 출산휴가가 정착된 지 얼마 안 되었는데 조선시대에 이미 시행되었었다니……. 더구나 책까지 읽으라고 휴가도 주고!"

"맞아! 이런 호당 제도의 흔적은 성동구 옥수동쪽에 가면 남아있어. 독서당길이라는 주소가 그것이지. 독서당길이라는 명칭은 젊은 관료 몇 명을 선발해서 책만 읽게 했던 호당과 같은 뜻인 독서당(讀書堂)에서 유래했는데 독서당을 거친 관료만이 홍문관이나 예문관의 대제학이 될 수 있었다고 해! 독서당에 대한 나라의 지원도 든든해서 음식과 그곳에 필요한 물품까지도 지원해 주었다고 하더군."

"그러고 보면 조선도 책 읽는 것을 권장하기도 했던 것 같아요! 이런 제도를 만들 정도면……."

"그런 것 같아. 하지만 누가 어떤 것을 읽었느냐가 문제였지! 한정된 고위 양반들이 성리학이라는 탁상공론의 학문만을 연구했던 것이 그 한계였던 것 같아."

"그러게요! 저도 얼마 전《천지명찰》이라는 일본 소설을 읽었는데, 17세기 일본 에도 막부 시대의 다양한 학문을 엿볼 수 있었어요! '산가쿠(算額)'라고 해서 절이나 신사에 봉납하는 것도 소개되는데요. 수학 문제와 그 해답을 적어놓는 일종의 배틀 게

임도 등장해요. 주인공은 일본식 달력을 만든 스부카와 하루미라는 인물의 이야긴데 천문, 역학, 수학, 주자학, 바둑 등 여러 방면의 이야기가 쓰여 있었어요! 꼭 우리나라의 장영실 같은 사람의 이야기라고 해야 할까요?"

"그래? 재밌겠는데! 1627년인가? 아마 정묘호란이 일어난 해지, 그때 일본에서 만들어진《진코우키(塵劫記)》라는 수학책이 당시 에도시대 최고 베스트셀러라고 들은 것 같아. 이후로도 300여 종 이상의 비슷한 수학책이 출판되었다고 하니 일본에서는 기초과학에 엄청난 공을 들였던 것 같아! 장영실은 안여(임금이 타는 가마)를 잘못 만들어 직첩(職帖)이 삭탈되고 곤장까지 맞았는데…… 이상한 건 이후 장영실의 행방이 묘연하긴 하지만, 당시 고위 관료들은 노비 출신인 그를 참 지독히 미워했던 것 같아! 스부카와 하루미는 어떤 대우를 받았는지 궁금하군!"

"그러게요? 그것까진……. 그건 그렇고 지금 점장님 보시는 책은 뭐예요?"

"응,《부분과 전체》."

"뭐야! 과학 책 같은데요?"

"맞아, 분류는 과학으로 되었는데 읽어 보니 인문에 가까울 정도로 철학과 정치 · 사회에 관련된 글이 많네!"

"이 책은 필사 작업할 때 보지 못한 것 같은데요……."

"그게…… 옮기기에 자신이 없어서 한쪽으로 빼놓았었어."

"그래요? 무슨 내용인데 그러지? 무척 어려운 책인가 보네요?"

"아직 내 수준엔 그런 것 같네. 양자역학의 세계를 다룬 책이라……."

"양자역학이요? 벌써 머리가 아플 것 같은데요!"

《부분과 전체》는 독일의 물리학자 베르너 하이젠베르크가 지은 책이다. 하이젠베르크은 1927년 불확정성 이론을 발표하고 1932년 노벨물리학상을 받았다. 닐스 보어와 함께 코펜하겐 학파를 이끈 주도적 인물이었다.

《부분과 전체》는 하이젠베르크의 자서전과 같은 책이다. 20장으로 구성된 이 책은 과학이 어떻게 종교 · 철학 · 정치 · 윤리를 바라봐야 할 것인가에 대한 사유가 담겨 있다. 특히 끝까지 코펜하겐 학파의 양자역학을 부정했던 아인슈타인과의 일화도 기록되어 있다.

"하지만 양자역학을 깊이 있게 설명하고 있지는 않아! 굳이 물리학을 전공하지 않았더라도 어느 정도까진 이해할 수 있을 것 같아."

"여기 책 제목에서 '부분'은 뭐고 '전체'는 뭐예요?"

"글쎄. 솔직히 나도 모르겠어! 책 제목을 보고 처음에 나도 연희 씨와 똑같은 생각을 했거든! 부분과 전체는 무얼 뜻하는 걸까 하고…….”

“‘양자역학’이라면 뭐, 부분과 전체도 원자 안에 있는 핵 · 전자 이런 거에 대한 거 아닐까요?”

“나도 그렇게 생각했었어. 근데 쭉 읽다 보니 그런 뜻이 아닌 것 같더군. 과학이라는 학문 자체 보다는 삶을 바라보는 관점으로까지 확대한 것 같아! 마치 원자라는 최소의 단위를 관측하는 것과 그것들이 모여 이루어진 사람을 관찰한다는 것이 절대적 숫자만으로는 바라볼 수 없듯이……. 좀 철학적이지!”

“관찰자의 눈은 하나인데 대상에 따라 측정의 가치가 달라질 수도 있다는 말이네요?”

“그게 애매모호해! 그래서 아인슈타인과 끝까지 결론을 보지 못한 것 같아! 모든 것을 수학적으로 확증해야만 과학으로 인정한 아인슈타인에 비해 하이젠베르크는 확률로 원자의 세계를 설명했거든. 그래서 불확정성의 원리도 확률함수를 근간으로 하고 있고.”

“확률이요? 과학을 확률로 말한다고요!”

“원자 안의 전자들은 고전역학으로 설명할 수 없다고 하네. 위치와 에너지에 관한 값이 관측할 때마다 다르다는 거야! 상자 안의 것을 보려 뚜껑을 열 때마다 그 안에 사물의 위치가 달라진다고나 할까? 그래서 확률로서만 그 값을 정할 수 있다는 거야! 다시 말해 원자는 사물이 아니기 때문에 직관적 서술로써는 접근하기 어렵다는 거지!"

"관측하는 시점에 따라 달라진다고요? 그걸 '확률함수'로 계산하고요!"

"그렇지! 상자 안의 중첩과 얽힘은 매번 관측하는 순간마다 다르게 결정될 수 있다는 것이지."

"에고, 뭐가 그리 복잡해요? 아무튼 그 상자 안의 사물은 지금의 점장님과 저 같네요. 몸은 하나인데 우리가 겪는 시대는 중첩되었으니……."

"연희 씨! 지금 뭐라 했지! 몸은 하나인데, 시대는 중첩되었다!"

"네. 맞잖아요……."

"바로 그거야! '부분'과 '전체'의 뜻을 조금은 이해할 수 있을 것 같아! 고마워, 연희 씨!"

"무슨 말씀하시는 거예요?"

선우는 표정에서 의미심장한 미소가 보였다. 무언가 알아차린 듯 다시 연희를 보며 말했다.

"연희 씨! 미친 소리 같지만, 내 말 좀 들어 봐!"

선우는 다중우주를 생각한 것이다. 우리가 판단하는 모든 행동에 따라 서로 각각의 우주가 존재한다는 것이 다중우주론이다. 즉, 점심을 햄버거로 먹은 나와 비빔밥을 먹은 나는, 그 판단에 따라 각기 다른 우주에 존재하게 되는 것이다. 헤아릴 수 없을 정도의 수많은 우주에 또 다른 나는 각자의 삶 속에서 독립된 객체로 살아가는 것이다.

하지만 이런 가설이 사실이라 해도 각각의 우주와 우주를 이어준 것이 무엇인지 선우는 짐작조차 할 수 없었다. 모든 과학자들이 원자 속 전자의 움직임을 궁금해 하듯, 단지 알 수 없는 것에 추측이라는 과학적 감정이 동원될 뿐이었다.

"양자역학에서는 이론상으로 시간여행이 가능하다고 해!"

선우는 자신의 생각을 연희에게 말했다.

"점장님! 믿기지는 않지만…… 따지고 보면, 지금 우리가 여기 있는 것도 마찬가지인 것 같아요. 그러면 우주와 우주를 이어 준 그 '무엇'은 어디서 찾아야 할까요?"

"…… 모르겠어……."

둘 사이에선 잠시 침묵이 흘렀다.

"철원은 언제 가기로 했어요? 점장님!"

"3일 후, 기남 선비가 그때가 돼야 시간이 나나 봐."

"점장님! 그 책 나도 좀 읽어볼게요!"

"응, 여기! 나는 세화(歲畵, 연하장) 준비가 어떻게 되는지 알아볼게."

선우는 자신이 읽던《부분과 전체》를 연희에게 건네주고 재민이 알아봐 준다던 세화 제작소를 방문하기 위해 밖으로 나갔다.

벌써 한 해의 5/6이 사라졌다. 선우가 이곳에 온 지도 반년이 지나가고 있었던 것이다. 예전에도 크리스마스 카드를 진열하던 11월 중순이 되면 왠지 모를 우울감에 휩싸이곤 했던 선우였다. 분명 후회를 가장한 우울이었을 것이다. 지난 것에 대한 아쉬움은 시간에 묻혀 영영 되돌릴 수 없는 법이다. 가을이 되면 이러한 감정이 더 심하게 일상 속에 파고들어 선우를 괴롭혔다. 반복되는 후회는 스스로를 무력하게 하는 채찍과도 같다. 남들은 "가을을 탄다"고도 말했지만 그보다는 잘못된 과거에 대한 집요한 집착이 그 이유인 것 같았다.

기억을 버려야만 앞을 볼 수 있다. 선택적 기억에 의해 감정은 재단되기 때문이다. 일상 안으로 틀어박힌 후회를 걷어내지 못한다면 다가올 내일 또한 어제와 같을 것이다. 여기 조선에서만큼은 과거의 선우는 잊어져 버렸다. 사라진 과거에 얽매일 필요 없이 새로운 것에 집중했다. 아마도 선우의 마음 한 편에서는 이곳을 떠나지 않았으면 하는 바람도 있을지 모른다. 있는 자는 상상이 두렵지만, 가진 것이 없는 자는 현실을 두려워하는 법이니까. 선우는 더 이상 잃을 것이 없는 자였다. 단, 사랑스러운 딸 세진을 제외하고는…….

선우는 책방을 나선 후 재민에게 가지 않았다. 1897년 우리나라 최초의 세워진 근대식 서점인 회동서관 터를 걸었다. 그는 도포자락 안에서 벽조목 책도장을 꺼내보았다. 백지 같던 청춘에 책방지기의 표식을 찍어준 상징적인 물건이었다. 비록 '얼떨결에 얻게 된 것'이었지만 그것은 책방지기를 천직으로 만들어 준 은인 같은 존재였다. 몇 번이고 이직의 기회를 엿보던 30대 초반, 책방을 떠날 결심으로 술과 함께 밤을 지샐 때면 이상할 정도로 이 책도장이 그의 눈에 들어왔다. 검갈색의 윤을 빛내며 자신을 바라보는 것 같았다. 낙인처럼 그의 영혼을 가두는 듯 했다. 자신도 알 수 없는 끌림으로 내내 지금의 자리를 지키게 만들었다.

하지만 결국 모든 선택은 선우의 일이었을 것이다. 수많은 선택지가 있지만 본인이 정한 대로 삶은 꾸며지게 마련이다. 다만, 자신의 선택을 핑계 삼을, 아니 의지하고 싶은 상징적인 것이 필요했을 뿐일지 모른다. 책도장은 선우에게 그러한 존재였다. 그가 책방 일을 계속하게 해준 일종의 부적과도 같은 것 말이다. 어쩜 미래는 이미 정해져 있는 다양한 각본과도 같을 수 있다고 선우는 생각했다. 과거와 현재와 미래는 흐름이 아닌 선택으로 존재할지도 모른다.

다세계 이론에 따르면 미래는 이미 정해져 있다고 했다. 시간은 흐르는 것이 아닌 선형적 구조를 가지며 과거 · 현재 · 미래는 이미 같은 선상에 놓여 있는 '존재하는 일'인 것이다.

선우는 생각했다.

'미래는 정해져 있지만, 운명은 아직 결정되지 않았을지 모른다!'

아직 볼 수 없는 미래이기 때문에 현재의 노력 여하에 따라 바뀔 수 있다는 생각이 들었다.

'미래는 여러 현상이 중첩된 세계지만 보는 순간, 즉 관측될 때 결정되는 것이야! 관측이라는 것은 운명을 뜻하는 것이 아닐까? 스스로가 어떻게 행동하는가에 따라 미래는 결정되는 거야!'

다양한 미래는 이미 존재하고 있다. 버스를 탔을 때와 그러지 않았을 때의 나의 미래, 연인과의 결혼 또는 이별에 따른 미래, 직업의 선택에 따른 미래 등 살아가며 수많은 갈림길에 서서 반드시 한 편의 길을 선택하지 않으면 안 되는 순간을 마주하게 된다. 선택된 것은 미래이며 선택하는 순간, 즉 관측되는 순간이 운명일 것이다. 또한 갈림길에서 선택되지 못한 수많은 미래는 또 다른 우주를 이루며 또 다른 내가 살고 있는 것이다.

선우는 또 생각했다.

'그러한 우주와 우주를 이어 준 것이 무엇일까? 코펜하겐 학파가 원자핵을 공전하는 전자의 위치는 알 수 없고 다만 확률적으로만 분석할 수 있다고 하자 아인슈타인은 이를 비난하며 받아들이지 않았지만 결국 그 또한 코펜하겐 학파의 주장을 반박할 만한 이론을 내놓지 못했다. 그렇다면 그 해답도 확률적으로는 추측할 수 있지 않을까? 가능성은 있을 거야! 돌아갈 방법은 분명 우리의 행동에 달려 있어!'

회동서관 터에 앉아 이것저것 한참을 생각한 선우는 가벼운 마음으로 일어설 수 있었다. 빨리 연희에게 가봐야겠다는 생각이 먼저 들었다. 한때 이곳에 계속 살았으면 좋겠다는 유혹으로 연희의 고민에 공감하지 못했던 것이 미안했다.

10년 이상 한 가지 일에 집중한 사람에겐 본인도 모르는 사이 뭔가 특별한 재주가 생기게 된다. 선우든 연희든 둘에게 지금의 조선은 어울리지 않는다. 아니 지금의 선우와 연희를 있게 해준 21세기의 대한민국이 그들에겐 필요했다. 대한민국에서 얻은 보잘것없는 재주지만 그것조차도 그곳에서 부려야 한다고 생각했다.

선우는 그날의 사건을 천천히 되짚으며 연희를 만나러 갔다.

시간마다 각각을 주관하는 시절이 있기 마련이다. 오늘은 어제의 내가 아니고 오늘의 나도 내일의 내가 아닐 수도 있는 법이다. 어쩜 시간이라는 것은 선택된 공간에 종속되어 전 우주에 펴져 있을 수도 있다고 생각했다.

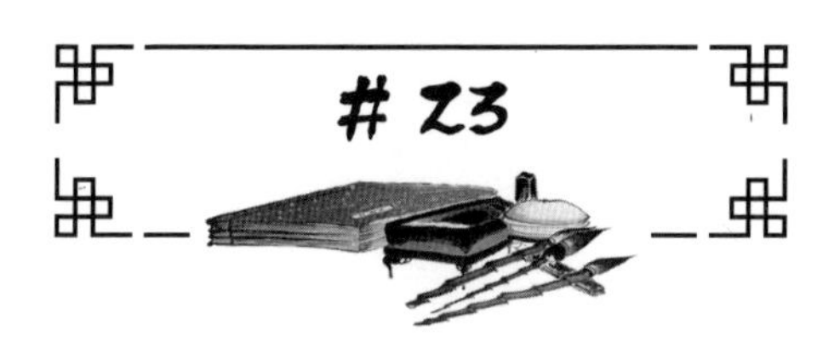

"용화사에 가신다고요?"

"예, 점장님이랑 잠시 다녀오려고요."

"점장님하고 연희 아가씨가 안 계시면 책방이 너무 쓸쓸할 것 같아요. 또 저희끼리 잘할 수 있을까요?"

"별 말씀을요. 민주 아가씨라면 별 탈 없이 잘 꾸려갈 수 있으실 거예요!"

"자, 이거 받으세요! 어제 가신다는 말씀을 듣고 몇 가지 음식을 해 보았습니다. 입맛에 드실지 모르겠네요!"

"와! 이런 것까지 준비해 주시고…… 정말 감사합니다. 재민 사장님은 아무것도 없어요?"

“엣…… 그게…… 아, 저는 음식보다 여기…… 노자에 보태 쓰십시오.”

당황한 재민이 부랴부랴 예쁜 조각보에 얼마의 여비를 넣어 주었다.

“아니예요! 농담인데요……. 이러시면 제가 부끄럽잖아요!”

“그냥 넣어두세요. 연희 낭자! 제 것도 거기에 포함되었습니다. 몸조심하시고요!”

“네, 그럼 감사히 받겠습니다.”

몇 번을 우쭐거리던 연희가 조각보에 든 엽전을 받아 넣었다.

“이거, 꼭 이별하는 사람들처럼 거창하게 마중 나오신 거 아닙니까?”

“그러게 말입니다. 보름 정도 후면 다시 볼 수 있는데……. 그래도 왠지 섭섭한데요!”

선우의 말에 유신이 대답했다.

“그만 출발하시죠! 점장님, 연희 아가씨!”

“네, 이렇게 동행해 주셔서 감사합니다, 기남 선비님!”

“아닙니다! 점장님과 연희 낭자가 해준 거에 비하면 이 정도야 당연한 거죠!”

“그럼, 다녀오겠습니다. 그동안 건강하십시오!”

“네, 조심히 다녀오세요!”

선우는 책방 일행에게 다녀오겠다는 인사를 건넸지만 어쩜 이것이 이들을 보는 마지막 순간일지도 모른다는 생각이 들었다. 아니 그래야만 했다. 좀 더 또렷이 그들의 모습을 바라보며 인사했다.

용화사는 예전과 같은 모습이었다. 단아한 소녀 같은 일주문을 지나면 단 몇 걸음 만에 무서운 사천왕상과 마주하게 되고 견고한 기둥으로 치받쳐진 불이문을 넘어서면 정면에 대웅전이 자리 잡고 있었다.

기남이 대웅전 앞에 보이는 젊은 스님에게 선종 스님을 찾아왔노라 말을 건넸다.

"선종 스님이요? 선종 스님을 어떻게 찾아오셨는지요?"

"예, 저는 한양 사는 어기남이라 합니다만. 스님께 긴히 여쭐 말씀이 있어 왔습니다."

"한양에서요……. 혹 몇 분이 오셨는지요?"

"그건…… 왜? 저까지 모두 세 명입니다."

"그러시군요! 죄송합니다만, 선종 큰스님은 이레(7일) 전 입적하셨습니다!"

"네! 선종 스님이 돌아가셨다고요? 불과 두 달 전만 해도 건강해 보이셨는데요……."

"맞습니다. 무척 건강하셨지요. 하지만, 큰스님이 어느 날 저희 모두를 불러 놓고 당신께서 얼마 후 죽음을 맞이할 거라 말씀하셨습니다."

"자신의 죽음을 예견하셨다고요!"

연희가 놀라 물었다.

"네, 그러합니다. 그러신 후 서찰을 주시며 이레 후 한양에서 세 명이 나를 찾아올 것이니 전해 주라 하셨습니다."

"서찰을요! 그건 어디에 있습니까?"

"네, 잠시만 기다려 주십시오."

젊은 스님은 진영각(고승들을 모시는 법당) 안으로 들어가선 하얀 봉투를 가지고 나왔다.

"여기 있습니다."

기남이 봉투를 열고 서찰을 펼쳤다.

[모든 것의 시작과 끝은 부분에 있다. 하지만, 부분은 전체를 볼 수 없고 전체는 부분을 볼 수 있다! 과거와 미래는 바뀔 수 없으나 반듯이 하나만 존재하는 것도 아니다.]

그날 밤, 선우와 그 일행은 용화사에 머물며 수수께끼 같은 선종 스님의 글에 대해 고민했다. 세 명이 머리를 맞대고 고민했지만 좀처럼 그 뜻을 헤아릴 수 없었다.

"건강하셨던 선종 스님이 그렇게 빨리 돌아가신 것도 의아하지만 어떻게 우리가 올지 미리 알고 계셨을까요? 그것도 날짜까지!"

"그러게 말입니다. 범상치 않은 스님이었다는 것은 전부터 알고 있었지만 본인의 죽음과 가까운 미래까지 예측하실 줄은……. 정말 대단하신 분이었습니다."

"이 서찰에 그 해답이 있을지 모르겠습니다."

선우와 연희의 말을 듣기만 하던 기남이 입을 열었다.

"저도 그렇게 생각해요. 올 것을 미리 알고 계셨다면, 우리가 왜 왔는지도 이미 아셨을 거예요!"

"연희 씨의 말이 맞아. 그렇다면 이 글의 뜻은 무엇일까?"

선우는 '부분은 전체를 볼 수 없고 전체는 부분을 볼 수 있다!'라는 구절을 한참을 쳐다봤다.

많이 본 적 있는 글귀와 비슷했다. '나무를 보지 말고 숲을 봐라'.

"맞아!"

선우는 무릎을 치며 무언가 알려 차려다는 듯이 말했다.

"왜요, 점장님! 뭔가 떠오르는 것이 있어요?"

"왜 그러십니까? 점장님!"

"기남 선비님, 연희씨! 내일 당장 대성산 정상에 가 봐야겠습니다.”

“산꼭대기요?”

“응! 모든 것은 시작과 끝이 있다고 했고 전체를 봐야 부분을 알 수 있다고 했잖아!”

“옳습니다! 산 정상에서 보면 이곳에 온 지점을 알 수 있을 것이고 그렇다면 갈 수 있는 곳도 찾을 수 있을 거란 뜻이죠!”

“그러합니다, 기남 선비님!”

부분이 모여 전체를 이룰 수 있다. 부분이 없으면 온전한 것으로 탄생할 수 없는 법이다. 어느 지점에선가 시작하고 또 어느 지점에선가 그 끝이 보인다. 부분은 현재이고 전체는 미래이다. 부분은 관측이고 전체는 중첩이다. 부분은 결정적이고 전체는 불확정성이다.

아침 식사를 마치고는 바로 대성산 정상을 향해 걸었다. 족히 3시간 정도는 걸릴 것이다. 선우가 군 생활 할 때의 대성산은 정상에 있는 군부대를 위해 보급로가 잘 닦여 있어 제법 걸어갈만 했지만 지금은 들짐승이 만들어 준 좁은 길만을 의지한 채 일일이 풀숲을 헤지며 가야 했다.

가까스로 1,175m의 대성산 꼭대기에 다다르자 모든 것이 훤하게 변하였다. 거칠 것이 없었다. 끝없이 펼쳐진 푸른 하늘만이 그들의 시선에 가득 찼다. 가끔씩 까악거리며 귀를 간질거리는 까마귀 떼만이 그들을 방문을 알아차린 것 같았다.

"정말 멋진 풍경이네요! 저 멀리 보이는 높은 산은 뭐예요?"

"어디? 저 남쪽에 저건 화악산. 높이가 1,500m 가까이 될걸? 경기도에서 가장 높은 산으로 알고 있는데. 날이 좋아 너무 가까이 보인다!"

선우와 연희는 오랜만에 시원함을 만끽할 수 있었다. 하지만 그것도 잠시 바로 산등성이를 살펴보기 시작했다.

"아참, 점장님! 우리가 사고 난 지점은 어디쯤 될까요?"

"저 아래 거의 산허리 정도 높이일 것 같은데……."

선우가 가리키는 동쪽으로 기남과 연희의 시선도 모아졌다. 가느다란 선이 희미하게 이어져 있었지만 그곳이 고갯길이라는 것을 어렵지 않게 분간할 수 있었다. 둥그런 나무뭉치들 사이로 가르마를 탄 것처럼 중고개가 보인 것이다.

"어디쯤일까? 내 기억에는 한참을 내려온 것 같은데……. 거의 2/3는 내려왔을 거야!"

선우가 중고개를 바라보며 손가락으로 원을 그리듯 사고 난 지역을 찾아보았다.

"점장님 추측이라면 뭔가 특별한 지형이 보여야만 하는데요?"

“그러게 말입니다, 기남 선비님. 꼭 찾아야 하는데…….”

다행히 걱정한 것만큼 그리 오래 지체되지 않고 찾아냈다. 가느다란 선에 누군가가 거대한 바늘로 실을 꿰맨 듯 한 쪽은 볼록 솟아났고 다른 한쪽은 움푹 파인 지형이 연희 눈에 띄인 것이다. 그 모양은 너무나 확연했다. 마치 그래프의 곡선처럼…….

“앗, 저기 같아요!”

연희가 중고개의 아랫부분을 가리켰다. 선우와 기남이 급히 다가왔다.

“그런 것 같군요! 연희 낭자가 찾은 곳 말고는 다른 특이한 곳은 없는 것 같습니다.”

“그런 것 같습니다. 선비님. 그럼 함께 내려가 보실까요?”

한동안 그곳을 살펴 본 선우는 확신이 생긴 듯 말했다.

6개월의 시간이 흘렀지만 스타렉스의 모습은 이상하리만치 깨끗했다. 물론 떨어진 나뭇가지와 잎으로 인해 겉은 지저분했지만 긴 시간에 흐른 것에 비하면 녹이 슬거나 차창이 깨진 흔적은 거의 찾아보기 힘들었다. 그들은 그곳을 잠시 훑어본 뒤 바로 아래로 좀 더 내려갔다. 정상에서 봤을 때 수 미터 아래 파인 곳으로 빠르게 발걸음을 옮긴 것이다. 정상에서 내려오면서부터 두 지점 사이에는 분명 무언가가 연관되어 있을 거라는 추측을 서로 이야기했기 때문이다.

"이곳인 것 같습니다, 점장님!"

기남이 가리킨 쪽을 보니 지름이 20미터는 되는 작고 마른 구릉이 나타났다.

"네. 그런 것 같네요. 과연 이곳이 사고 난 곳과 관련이 있을까요?"

"점장님! 연희 낭자!"

"네, 선비님."

기남이 뭔가 아쉬운 듯 망설이더니 애꿎은 들꽃을 꺾으며 점장과 연희에게 물었다.

"만일, 만일 말입니다. 여기가 원하시던 그곳이 맞다면 미래로 바로 돌아가시는 겁니까?"

기남의 질문에 선우와 연희는 움찔 놀랐다. 그도 그럴 것이 다시 현대 사회로 돌아가는 방법을 찾는 것에만 집중했지, 기남과의 이별은 전혀 상상하지 못했었기 때문이다. 한참 끝에 연희가 한숨을 토했다.

"그래야겠지요! 우리가 언제까지 신분을 속이고 여기서 살순 없으니까요."

"그래야겠지요……. 당연한 걸 공연히 여쭤봤습니다."

"선비님! 가령 연희씨와 제가 돌아간다 해도 절대 선비님과 책방 식구들은 잊을 수 없을 것입니다. 당연히 선비님도 그러시겠죠?"

"그야 이를 말씀입니까? 어찌 점장님과 연희 낭자를 잊겠습니까! 평생 잊지 못할 귀중한 기억일 것입니다."

선우와 기남의 얼굴에선 씁쓸한 미소가 번졌다.

"연희 씨! 혹시라도 모르니 내 손을 절대 놓치면 안 돼! 꼭 잡고 있어!"

"네!"

"그리고, 선비님은 잠시 뒤로 물러나 주시죠! 저희가 먼저 이 근처를 한번 돌아보도록 하겠습니다!"

"네, 그러시죠!"

기남이 움푹 파인 곳에서 3~4미터 뒤로 물러났다. 그런 후 선우와 연희가 두 손을 잡은 채 낙엽이 덮인 낮은 구릉으로 다가갔다. 날카로운 풀잎에 베이듯 알싸한 소름이 가슴을 쿵쾅거리게 했다. 무뎌진 걸음이 초초한 선우와 연희의 마음을 더욱 애태우게 했지만 그렇다고 굳이 서두르고 싶지도 않았다. 한 발 두 발 작은 구릉 중앙으로 발걸음을 옮겼지만 어떠한 이상한 낌새도 느끼지 못했다. 한 바퀴, 두 바퀴, 구릉 안쪽을 원을 그리며 걸어도 보았다.

"점장님, 아닌 것 같은데요?"

"그러게 말이야. 선비님! 기남 선비님! 여기가 아닌 것 같습니다!"

연희와 선우는 두 손을 놓은 채 구릉 밖으로 나와 기남을 찾았다.

"선비님! 기남 선비님! 분명 여기 계셨는데……."

연희도 기남을 불러 보았다. 10여 분 넘게 기남을 찾았지만 그의 모습은 어디에도 없었다. 너무도 이상한 일이었다. 1~2분 사이 그렇게 감쪽같이 사라질 수도 없었을 것이고 더군다나 기남이 아무 말 없이 움직일 사람은 아니었다.

"이상해요, 점장님!"

"그러게, 이럴 리 없는데……. 혼자 위로 올라갔나? 우리도 가 보자."

선우와 연희는 스타렉스가 쓰러진 그곳으로 가보기로 했다. 혹여 기남이 그곳에 있을지도 모른다는 생각이 든 것이다. 스타렉스를 본 그들은 서로를 바라보며 씽끗 웃음을 지었다. 스타렉스는 방금 전 사고가 난 것 같지만 다행히 한쪽 바퀴를 도로에 의지한 채 15도 정로 기울여져 있었다. 둘은 달려가 차 안에 스마트폰을 확인해 보았다. 안테나 막대 4개가 선명히 그려져 있었다.

"오랜만이네, 이렇게 모여서 술 한잔하는 것도!"

"네? 무슨 말씀이세요, 어제도 드셔 놓고!"

"아아…… 그랬었지! 근데, 이 과장! 한 주임! 너희들 '태봉'이라고 들어봤어?"

"태봉이요? 뜬금없이…… 처음 들어 보는데요!"

"후삼국 시대 궁예가 새로운 제국의 꿈을 그리며 만든 나라래! 지금의 철원 땅에! 김 대리! 김 대리는 알고 있었나?"

"그럼요, 너무 잘 알죠!"

선우와 연희는 서로 한쪽 눈을 찡그리며 멋쩍은 웃음을 지었다.

"갑자기 웬 역사 이야기예요? 그나저나 어제는 고생하셨어요. 하마터면 큰일날 뻔하셨어요."

"차는 공장에 잘 맡겼지, 한 주임? 다음엔 이 과장하고 함께 당신이 다녀와! 아마 평생 잊지 못할 재밌는 경험을 할 수도 있으니! 안 그래, 김 대리?"

"네? 그게 뭔 말씀이세요, 김 대리님?"

"글쎄요? 단단히 공부하고 가셔야 할 텐데……, 호호."

"그게 무슨 말씀이에요? 대체 무슨 일이 있었나요?"

"됐어, 그냥 웃자고 한 말이야! 야, 역시 닭갈비는 춘천에서 먹어야 해! 주모, 여기 소주 한 병만 더 주세요!"

날도 흐린데 소슬바람이 불어온다. 민주는 비가 내려도 좋겠다고 생각했다. 다 날리고 씻겨져서 다시 새로울 수만 있다면 늘 바람 불고 비가 와도 좋겠다고 생각했다. 한땐 기선에 대한 그리움이 이것들과 같이 소멸되면 좋겠다는 생각도 했었다. 부질없는 생각이었다. 기선에 대한 그리움과 탓은 시간에 역행하여 더욱 짙어져 가는 중이었다. 단지 지금처럼 책방 일에 몰두하며 남은 생을 즐길 수 있다는 점이 그나마 큰 위안이라 여겼다.

"저어…… 말씀 좀…… 여쭙고 싶은 게 있는데요?"

"어서 오세요, 꼬마 도련님! 무엇을 물어보시게요?"

"음…… 제가 시문집(詩文集)을 좀 찾고 있는데요. 이곳에 오면 생전 처음 보는 서책들을 만날 수 있다고 해서 왔습니다."

"오! 우리 조선책방이 그리 소문이 났습니까? 정말 감사한 일이네요!"

"그런데, 아가씨께서는 이곳에서 일하시는 분인가요?"

"네, 그러합니다, 호호. 심민주라 합니다. 여기선 점장이라고도 부르지요!"

"아…… 그런가요! 점장님, 제게 권해 주실 만한 서책이 있을까요?"

"잠시만요……. 음, 이 책은 어떨까요?"

"《꽃을 보듯 너를 본다》?"

"한글로 쓰인 시집입니다. 서정적인 글귀가 꽤 인상적이죠!"

"그런가요? 그럼 점장님 말씀을 믿고 읽어 보도록 하겠습니다."

"근데, 우리 꼬마 도련님은 어디서 온 누구신데 벌써 시집을 읽으십니까?"

"저는 백운동(지금의 종로구 청운동)의 '정철'이라고 합니다. 시문에 워낙 관심이 많아서요."

"정철 도련님! 꼭 기억하고 있겠습니다. 도련님이 장성하신 후엔 어떤 글을 쓰실지 참 궁금해지네요!"